THE RUNNING MAN
by Stephen King

Copyright © Richard Bachman 1982
All rights reserved.

Korean translation edition is published by arrangement with
Stephen King c/o The Lotts Agency, Ltd. through Danny Hong Agency.

Korean Translation Copyright © Minumin 2025

이 책의 한국어판 저작권은 대니홍 에이전시를 통해
The Lotts Agency, Ltd.와 독점 계약한 ㈜민음인에 있습니다.

저작권법에 의해 한국 내에서 보호를 받는 저작물이므로 무단 전재와 무단 복제를 금합니다.

스티븐 킹 장편소설   최세진 옮김

STEPHEN KING

······마이너스 100, 계속된다······

실라는 창문으로 들어오는 창백한 빛을 받으며 눈을 가늘게 뜨고 체온계를 바라봤다. 뒤쪽의 창문 밖에는 이슬비가 내리고, 공영주택 단지의 고층 건물들이 교도소의 회색 포탑처럼 솟아 있었다. 아래의 통풍구에는 줄에 널린 해진 빨래들이 펄럭였다. 쓰레기통 사이로 쥐와 포동포동 살찐 길고양이들이 뛰어다녔다.

실라가 남편을 쳐다봤다. 리처즈는 멍한 얼굴로 식탁에 앉아 꼼짝하지 않고 '프리비'에서 눈을 떼지 않았다. 지금 몇 주째 프리비만 보고 있었다. 그답지 않았다. 리처즈는 늘 프리비를 싫어했다. 모든 공영주택 아파트에는 법에 따라 프리비가 설치되어 있긴 하지만, 프리비를 끄는 것이 아직 불법은 아니었다. 2021년 '의무 혜택법'이 여섯 표 차로 3분의 2를 얻지 못해 통과되지 않았기 때문이었다. 평소라면 두 사람은 프리비를 절대로 보지 않았을 것이다. 하지만 캐서린이 병에 걸린 이후로 남편은 큰돈이 걸린 프로그램들에서 눈을 떼지 않았다. 그 모습 때문에 실라는 몹시 두려웠다.

중간 휴식 시간에 최근 뉴스를 빠르게 뱉어 내는 아나운서가 강박적으로 질러 대는 날카로운 소리 너머로 독감에 걸려 쉰 목소리로 칭얼대는 캐서린의 울음소리가 끊임없이 이어졌다.

"얼마나 심해?" 리처즈가 물었다.

"그렇게 나쁘지 않아."

"거짓말하지 마."

"40도야."

리처즈가 두 주먹으로 식탁을 내려쳤다. 플라스틱 접시가 공중으로 튀어 올랐다가 달그락거리며 떨어졌다.

"의사를 데려올 거야. 너무 걱정하지 마. 있잖아……." 실라는 정신없이 주절주절 말을 늘어놓으며 리처즈의 주의를 돌리려 애썼다. 리처즈는 고개를 돌려 다시 프리비에 눈을 고정했다. 중간 휴식이 끝나고 게임이 다시 시작되었다. 물론 큰 게임은 아니었고, 「돈 버는 러닝 머신」이라는 시시한 낮 프로그램이었다. 심장이나 간, 폐에 만성 질환이 있는 환자들만 참여할 수 있었는데, 때때로 우스꽝스럽게 긴장을 풀기 위해 쉽게 돈을 딸 수 있는 기회를 제공해 주기도 했다. 참가자는 사회자와 끊임없이 대화를 나누며 러닝 머신 위에서 버티면 1분마다 10달러를 받았다. 사회자는 2분마다 참가자가 고른 분야에서 50달러가 걸린 보너스 문제를 냈다.(지금 참가자는 뉴저지주 해컨색에서 온 심장병 환자로 미국 역사광이었다.) 심장이 고무공처럼 쿨렁거리며 곡예를 펼치고 숨이 턱까지 차서 어질어질한 참가자가 문제를 놓치면, 이미 딴 돈에서 50달러가 빠지고 러닝 머신의 속도가 빨라졌다.

"우린 잘 해낼 거야, 벤. 잘될 거야. 정말로. 내……내가……."

"당신이 뭘?" 벤저민 리처즈가 험악한 눈빛으로 그녀를 바라봤다. "몸이라도 팔겠단 말이야? 더는 안 돼, 실라. 캐서린에겐 진짜 의사가 필요해. 더 이상 손은 더럽고 술 냄새나 풍기는 동네 산파 같은 거로는 안 돼. 완전히 현대적인 장비를 갖춘 의사가 필요하다고. 내가 알아서 할게."

리처즈는 싱크대 위의 색이 벗겨진 벽에 볼트로 고정된 프리비를 최면에 걸린 듯 쳐다보며 방을 가로질러 갔다. 그는 옷걸이에서 싸구려 데님 재킷을 집어 안절부절못하며 걸쳤다.

"안 돼! 안 돼. 보내 줄 수 없어. 거기 가면 안…….."

"왜 안 된다는 거야? 일이 아무리 엉망이 되더라도, 당신은 아버지가 없는 집안의 가장으로서 구권 달러 몇 푼 받을 수 있을 거야. 어찌 되든 당신은 캐서린을 끝까지 돌봐야 해."

실라는 그다지 매력적인 여성이 아니었고, 남편이 일자리를 잃은 지난 몇 년 동안 점점 야위어 갔지만, 지금 이 순간 그녀는 아름답고…… 당당해 보였다. "난 그 돈 안 받을 거야. 공무원이 문 앞에 오면 2달러짜리 몸뚱이를 팔고, 그놈이 가져온 그 빌어먹을 더러운 돈은 주머니에 넣어서 다시 보낼 거야. 내가 남편의 목에 걸린 상금을 받아야겠어?"

웃음기가 사라진 음울한 얼굴로 리처즈가 실라를 향해 돌아섰다. 그는 자신을 두드러지게 하는 특성, '네트워크'가 무자비하게 계산해 왔던 보이지 않는 그 어떤 특성을 믿었다. 리처즈는 이 시대의 공룡이었다. 큰 공룡은 아니었지만, 여전히 구시대적이고 골치 아픈 존재였다. 어쩌면 위험 요소일 수도 있었다. 작은 입자들을 중심으로 큰 구름이 뭉치기 마련이다.

벤저민이 침실을 가리켰다. "가난뱅이 무덤에 묘비도 없이 캐서린을 묻는 건 괜찮아? 그러고 싶어?"

비정하고 슬픈 말싸움을 해야만 하는 상황이었다. 실라의 얼굴이 무너지며 눈물이 흘러내렸다.

"벤, 이게 바로 그놈들이 우리 같은 사람들에게, 당신 같은 사람에게 원하는 거잖아……."

"어쩌면 나를 안 받아 줄지도 몰라." 벤저민이 문을 열며 말했다. "나한테 그놈들이 찾는 게 없을 수도 있잖아."

"지금 가면, 놈들이 당신을 죽일 거야. 그리고 나는 여기서 그 모습을 지켜봐야 해. 내가 옆방에서 캐서린과 함께 그 모습을 보면 좋겠어?" 실라가 눈물을 흘리며 말을 제대로 잇지 못했다.

"난 캐서린을 살리고 싶은 거야." 벤저민이 문을 닫으려 했지만, 실라가 몸으로 막았다.

"그러면, 가기 전에 마지막으로 키스해 줘."

벤저민이 실라에게 입맞춤했다. 복도에서 제너 부인이 문을 열고 내다봤다. 감질나고 불쾌한 양배추와 콘비프의 진한 냄새가 풍겨 왔다. 제너 부인은 요리를 잘했다. 그녀는 지역 할인 약국의 일을 돕고 있어서 불법적인 약팔이들을 잡아먹을 듯이 쳐다봤다.

"돈은 받을 거지? 바보 같은 짓 안 할 거지?" 리처즈가 물었다.

"받을게. 내가 받으리라는 거 알잖아." 실라가 낮게 속삭였다.

리처즈는 실라를 어색하게 끌어안더니, 예의상 던지는 인사도 없이 휙 돌아서 어둡고 가파른 계단을 재빨리 내려갔다.

실라는 문간에 서서 소리 없이 흐느끼며 몸을 떨다가, 다섯 층 아래에서 정문이 삐걱거리는 소리가 들리자, 앞치마로 얼굴을 감쌌다. 그녀는 아기의 체온을 잴 때 사용했던 체온계를 아직도 손에 움켜쥐고 있었다.

제너 부인이 살며시 다가와 앞치마를 살짝 당겼다. "이봐." 그녀가 작게 말했다. "그 돈이 들어오면 내가 암시장에서 파는 페니실린을 살 수 있게 해 줄게⋯⋯. 정말로 싸고⋯⋯ 품질도 좋은 걸로⋯⋯."

"꺼져!" 실라가 소리쳤다.

제너 부인이 움찔하며 자기도 모르게 입이 벌어져서 검게 변한 잇몸이 드러났다. "그냥 도와주려는 건데⋯⋯."라고 웅얼거리며 서둘러서 방으로 돌아갔다.

얇은 플라스틱 나무로 이루어진 벽은 끊이지 않고 이어지는 캐서린의 울음소리를 거의 막아 주지 못했다. 제너 부인의 프리비가 울려 퍼지며 야유 소리가 들렸다. 「돈 버는 러닝 머신」의 참가자가 조금 전 보너스 문제를 놓치고 심장마비를 일으켰다. 관중이 박수를 치는 동안 참가자가 고무로 만든 들것에 실려 나갔다.

제너 부인은 윗입술을 리듬에 맞춰 들썩거리며 공책에 실라 리처즈의 이름을 적었다. "두고 보자." 부인이 혼잣말했다. "두고 보자고. 냄새가 달콤한 부인."

제너 부인은 공책을 휙 닫고, 다음 게임을 보기 위해 자리를 잡고 앉았다.

······마이너스 099, 계속된다······

리처즈가 거리로 나왔을 때 이슬비는 장대비로 바뀐 상태였다. 길 건너편에 있는 '환각의 즐거움을 주는 담배 도크'의 커다란 온도계는 섭씨 10.5도를 가리키고 있었다.(도크를 피우기 좋은 온도―한없이 취하기에 딱 좋아!) 그들의 아파트는 아마 15.5도쯤일 것이다. 그래서 캐서린이 독감에 걸렸다.

갈라지고 부풀어 오른 시멘트 도로를 지저분한 쥐 한 마리가 느릿느릿 가로질러 갔다. 길 건너편에는 오래된 2013년형 험버의 녹슨 골격이 부식된 차축 위에 서 있었다. 휠 베어링과 모터 마운트까지 모조리 뜯겼지만, 경찰은 차를 수거해 가지 않았다. 이제 경찰이 위험을 무릅쓰며 운하 남쪽으로 순찰을 오는 경우는 거의 없었다. 공영주택 단지는 주차장과 버려진 상가, 도시 센터, 콘크리트 놀이터로 이루어진 쥐 소굴에 둘러싸여 있었다. 여기서는 오토바이 갱단이 곧 법이었고, 용감무쌍한 도시 남부의 지역 경찰에 관한 뉴스는 모두 쓸모없는 똥 덩어리에 불과했다. 거리는 유령 도시처럼 고요했다. 집 밖으로 나오면 허파 버스를 타거나 산소통을 들고 다녀야 했다.

리처즈는 주변을 둘러보지 않고, 생각도 하지 않고 빠르게 걸어갔다. 공기는 탁하고 유황 냄새가 났다. 오토바이 네 대가 지나갔는데, 누군가가 울퉁불퉁한 아스팔트 조각을 던졌다. 리처즈는 능숙하게 고개를 숙여 피했다. 허파 버스 두 대가 리처즈를 지나쳤다. 리처즈는 버스가 일으킨 바람에 몸이 흔들렸지만, 손을 들어 세우지는 않았다. 이번 주 실업 수당으로 나온 구권 20달러는 다 써 버렸다. 버스표를 살 돈이 없었다. 리처즈는 오토바이를 타고 다니는 패거리도 자신이 가난하다는 사실을 알아챘을 거라고 생각했다. 리처즈를 괴롭히는 무리는 없었다.

고층 건물들과 주택단지, 철망 울타리, 헐벗은 노숙자들만 가득한 주차장. 도로에 분필로 써 놓은 음담패설은 이제 빗물에 번져 흐릿했다. 깨진 창문과 쥐, 젖은 쓰레기봉투가 인도를 뒤덮고 배수구로 쏟아져 내렸다. 무너진 회색 벽에는 개발새발 갈겨쓴 낙서들이 있었다. 흰둥이들아, 해 지기 전에 꺼져라. 우리 동네는 도크 피워. 너희 어미가 간지럽댄다. 바나나나 벗겨. 토미는 푸시 먹는대요. 히틀러 쩔었지. 메리. 시드. 유대인 놈들을 죽여라. 70년대에 설치된 제너럴 아토믹스 사(社)의 낡은 나트륨 조명은 돌과 도로 조각에 맞아 부서진 상태였다. 기술자가 조명을 고치러 여기까지 오지는 않을 것이다. 그들은 신권 달러에만 움직인다. 기술자들은 부자 동네에서 꼼짝도 안 했다. 부자 동네는 끝내주지. 허파 버스가 오르락내리락하며 쌩쌩 지나가는 소리 외에는 사방이 고요해서 리처즈의 발소리만 울려 퍼졌다. 이 전쟁터는 밤이 되어야만 활기가 돌았다. 낮에는 고양이와 쥐, 그리고 쓰레기 더미 위를 기어 다니는 살찐 흰 구더기들 외에는 움직임이 없는 황량한 회색의 침묵만 흘렀다. 이렇게 멋진 2025년이 썩어 가는 악취만 가득했다. 프리비 케이블은 도로 아래에 안전하게 묻혀 있었다. 바보나 혁명가가 아니라면 누구도 케이블을 훼손하지 않을 것이다. 프리비는 꿈의 원료이자 생계 수단이었다. 헤로인은 봉지당 구권 12달러이고, 프리스코 푸시는 알약 하나에 구권 20달러지만, 프리비는 무료로 흥분시켜 주었다. 게다가 운하의 건너편에서는 꿈의 기계가 하루 24시간 작동했지만, 그 기계는 신권 달러로만 작동하며, 고용된 사람들만 신권 달러를 가질 수 있었다. 운하 남쪽의 공영주택 단지에는 약 400만 명이 살고 있었으나 대부분 실업자였다.

리처즈가 5킬로미터를 걸어가자, 쇠창살을 두껍게 설치한 주류 판매점과 담배 가게가 가끔 보이다가 점점 많아졌다. 그리고 X-하우스(24가지 체위! 24가지를 세어 보세요!!)와 전당포, 빌어먹을 상점가가 나타났다. 길모퉁이마다 오토바이에 걸터앉은 폭주족이 보였고, 배수구에는 담배꽁초가 수북이 쌓여 있었다. '돈 많은 녀석들은 도크를 피우지.'

이제 구름 위로 솟아오른 고층 건물들이 나타났다. 높고, 깔끔했다. 그중 가장 높은 건물은 100층짜리 네트워크 게임사 건물이었는데, 위쪽 절반은 구름과 스모그에 잠겨 있었다. 리처즈는 그 건물에서 눈을 떼지 않고 1킬로미터 넘게 걸어갔다. 이제 거리에는 더 비싼 영화관과 창살이 없는 담배 가게들이 나타났다.(하지만 혁대에 전기봉을 매단 용역 경비들이 문 앞에서 서 있었다.) 길모퉁이마다 시 경찰이 있었다. 피플스 분수공원, 입장료 75센트. 철망 울타리 너머의 인조 잔디에서 즐겁게 뛰어노는 아이들을 잘 차려입은 엄마들이 지켜보고 있었다. 입구의 양쪽에 경찰이 서 있었다. 작고 우스꽝스러운 분수가 얼핏 눈에 들어왔다.

리처즈가 운하를 건넜다.

게임사 건물은 가까워질수록 더욱 커지고, 사무실 창문들과 번쩍거리는 석조 건물의 층층이 비인간적으로 올라가며 더욱 비현실적인 모습으로 변해 갔다. 경찰들은 리처즈를 지켜보며, 그가 어슬렁거리기 시작하면 난폭하게 쫓아내거나 체포할 태세를 취하고 있었다. 이 부자 동네에서 헐렁한 회색 바지에 싸구려 바가지 머리를 하고 눈이 움푹 들어간 남자가 할 수 있는 일은 오직 하나뿐이었다. 바로 게임이다.

 자격 심사는 정각 12시에 시작되었다. 벤저민 리처즈가 줄의 마지막 남자 뒤에 섰을 때, 그는 게임사 건물의 그늘 속으로 들어가기 직전이었다. 그러나 건물은 아직도 아홉 블록, 1킬로미터 이상 떨어져 있었다. 줄은 끝도 없는 뱀처럼 길게 늘어서 있었다. 곧 다른 사람들이 리처즈 뒤에도 섰다. 경찰들은 총의 개머리판이나 전기봉에 손을 얹은 채 줄에 선 사람들을 지켜봤다. 제복으로 개인을 감춘 경찰들이 경멸의 미소를 지었다.

 ……저놈 좀 멍청해 보이지 않아, 프랭크? 내가 보기엔 딱인데.

 ……저기 있는 놈은 나한테 어디로 가야 화장실이 있냐고 물어보더라니까. 말이 되냐?

 ……저 개새끼들은……

 ……저놈들은 애미도 죽일 놈들이야……

 ……씻지를 않아서 냄새가……

 ……괴물들 구경하는 것만큼 재밌는 건 없다니까……

 줄에 선 사람들은 비를 피해 고개를 숙인 채 발을 끌며 이리저리 움직였는데, 잠시 후 줄이 앞으로 나아가기 시작했다.

······마이너스 098, 계속된다······

　벤저민 리처즈가 접수대에 도착해서 성이 Q-R로 시작하는 사람들을 위한 9번 책상으로 안내를 받았을 때는 오후 4시가 지난 시각이었다. 플라스틱으로 만든 흔들리는 책상에 앉은 여자는 피곤하고 무자비하며 냉정해 보였다. 여자가 리처즈를 향해 눈길을 돌렸지만, 그를 바라본 것은 아니었다.
　"성명. 성, 이름, 가운데 이름순으로."
　"리처즈, 벤저민, 스튜어트."
　여자의 손가락이 키보드 위를 빠르게 움직였다. 타닥, 타닥, 타닥 컴퓨터에 입력했다.
　"나이, 키, 몸무게."
　"스물여덟 살, 189센티미터, 75킬로그램."
　타닥, 타닥, 타닥.
　거대한 로비는 소리가 메아리치고 울려 퍼지는 무덤 같았다. 질문들이 던져지고, 답변이 돌아갔다. 사람들이 울면서 밖으로 끌려나갔다. 사람들이 밖으로 던져졌다. 쉰 목소리로 항의하는 소리가 들렸다. 비명 소리가 한두 번 들렸다. 질문. 계속 질문이 떨어졌다.
　"마지막으로 다닌 학교는?"
　"수공업학교."
　"졸업했나요?"
　"아니."

"몇 년 동안 다녔고, 몇 살 때 학교를 그만뒀나요?"
"2년 다녔고, 열여섯 살 때 그만두었소."
"학업을 중단한 이유는 무엇인가요?"
"결혼했소."
타닥, 타닥, 타닥.
"배우자가 있다면 이름과 나이."
"실라 캐서린 리처즈, 스물여섯 살."
"자녀가 있다면 이름과 나이."
"캐서린 세라 리처즈, 18개월."
타닥, 타닥, 타닥.
"마지막 질문입니다. 거짓말하지 마세요. 신체검사를 통해 거짓말이 발각되면 실격으로 처리됩니다. 헤로인이나 샌프란시스코 푸시라는 합성 암페타민 환각제를 사용한 적이 있나요?"
"없소."
타닥.

플라스틱 카드가 튀어나오자, 여자가 리처즈에게 건네주었다. "키 큰 친구, 이 카드는 잃어버리지 마세요. 이걸 잃어버리면 다음 주에 다시 처음부터 시작해야 합니다." 여자는 이제야 리처즈를 바라봤다. 그의 얼굴과 화난 눈, 호리호리한 몸을 보고 있었다. 나쁘지 않은 외모. 최소한 약간은 지적인 느낌. 좋은 신체 조건.

여자가 갑자기 리처즈의 카드를 다시 가져가더니, 오른쪽 윗부분의 모서리를 쿡 찍어서 이상한 톱니 모양으로 만들었다.

"이건 왜 그런 거요?"

"신경 쓰지 마요. 아마 나중에 누군가가 알려 줄 거예요." 여자는 리처즈의 어깨 너머로 긴 복도를 가리켰는데, 복도는 엘리베이터로 이어졌다. 책상에서 막 일어난 수십 명의 남자들이 잠깐 멈춰서 플라스틱 카드를 보여 주고 복도로 들어갔다. 리처즈가 지켜보는 동안 몸을 떨고 얼굴에 병색이 뚜렷한 푸시 약쟁이를 경찰이 막더니 문으로 안내했다. 약쟁이가 울기 시작했다. 그래도 쫓겨났다.

"키 큰 친구, 힘든 세상이에요." 책상에 앉은 여자가 냉정한 말투로 말했다. "가세요."

리처즈가 자리에서 일어나 갔다. 그의 뒤로 벌써 질문이 다시 시작되고 있었다.

······마이너스 097, 계속된다······

책상 뒤쪽의 복도 입구에서 굳은살이 박인 억센 손이 리처즈의 어깨를 툭 쳤다. "이봐, 카드."

리처즈가 카드를 보여 주었다. 경찰의 긴장이 풀리고, 얼굴이 실망감으로 미묘하게 일그러졌다.

"사람들을 돌려보내는 걸 좋아하지? 그게 정말 흥분되잖아, 그렇지?" 리처즈가 물었다.

"밖으로 쫓겨나고 싶어, 벌레 새끼야?"

리처즈는 그 경찰을 지나갔고, 경찰은 다른 움직임이 없었다.

리처즈가 엘리베이터로 반쯤 가다가 뒤를 돌아봤다. "어이, 경찰."

경찰이 리처즈를 노려봤다.

"가족 있어? 다음 주에는 네 차례가 될 수도 있어."

"계속 가!" 경찰이 화가 난 목소리로 소리쳤다.

리처즈가 미소를 지으며 계속 걸어갔다.

엘리베이터 앞에는 20명 정도의 지원자들이 한 줄로 서서 기다리고 있었다. 리처즈가 근무 중인 경찰에게 자신의 카드를 보여 주자, 경찰이 그를 유심히 바라봤다. "꼬마야, 싸움에 자신이 있나 보네?"

"네 다리에 있는 그 총을 없애고 바지를 발목까지 내려도, 그렇게 똑똑하게 말할 수 있을까?" 리처즈가 여전히 빙글빙글 웃으며 말했다. "한번 해 볼래?"

잠깐 동안 리처즈는 경찰이 자신에게 주먹을 휘두를 거라 생각했다. "쟤들이 널 혼내 줄 거야. 넌 무릎으로 기어 다니다가 뒈질걸." 경찰이 말했다.

그 경찰은 거드름을 피우며 걸어가 새로 도착한 세 사람에게 카드를 보여 달라고 했다.

리처즈의 앞에 서 있던 남자가 고개를 돌렸다. 남자는 불안하고 불편한 표정이었는데, 곱슬머리가 이마를 덮고 있었다. "이봐, 친구, 저놈들을 적으로 만들지 마. 놈들 사이에 소문이 돌아."

"그렇소?" 리처즈가 남자를 부드럽게 바라보며 물었다.

남자가 고개를 돌렸다.

갑자기 엘리베이터의 문이 휙 열렸다. 배가 불룩하게 튀어나온 흑인 경찰이 엘리베이터 버튼 앞에 서 있었다. 다른 경찰 한 명은 대형 엘리베이터 뒤쪽에 있는 공중전화 부스 크기의 작은 방탄 칸막이 안에서 등받이가 없는 의자에 앉아 3D 성인 잡지를 읽고 있었다. 그 경찰의 가랑이 사이에는 총신을 짧게 자른 산탄총이 놓여 있었다. 그리고 옆에는 손이 쉽게 닿을 거리에 탄약통이 줄지어 있었다.

"뒤로 물러나!" 뚱뚱한 흑인 경찰이 지루한 표정으로 거드름을 피우며 소리쳤다. "뒤로 가! 뒤로 가라고!"

지원자들이 숨도 쉬기 어려울 정도로 빽빽이 밀려들었다. 슬픈 살덩이들이 사방에서 리처즈를 둘러쌌다. 엘리베이터가 2층으로 올라갔다. 문이 휙 열렸다. 다른 사람들보다 머리 하나는 더 큰 리처즈에게는 의자들이 잔뜩 있는 넓은 대기실이 보였는데, 한 면을 거대한 프리비 화면이 차지하고 있었다. 한쪽 구석에 담배 자동판매기가 서 있었다.

"밖으로 나가! 나가! 신분증 카드를 왼쪽에 보여 줘!"

사람들이 카드를 들어 비인간적인 카메라 렌즈에 보여 주며 밖으로 걸어 나갔다. 경찰 세 명이 가까이 서 있었다. 이유는 모르겠지만 지원자 수십 명이 카드를 비췄을 때 경보음이 울렸고, 그 사람들은 줄에서 밀려나 쫓겨났다.

리처즈가 카드를 보여 주자, 경찰이 손짓으로 지나가도록 했다. 리처즈는 담배 자판기로 가서 블램즈 한 갑을 꺼내고, 프리비에서 최대한 멀리 떨어진 곳으로 가서 앉았다. 리처즈는 담배를 빨아들이고 내쉬다가 기침을 했다. 거의 6개월 만에 피워 보는 담배였다.

······마이너스 096, 계속된다······

거의 곧바로 신체검사를 위해 성이 A로 시작되는 사람들부터 불렀다. 스무 명 남짓의 사람들이 일어나 프리비 뒤쪽의 문으로 들어갔다. 문 위에 붙은 커다란 표지판에 '이쪽'이라고 적혀 있었다. 표지판 아래에는 문을 가리키는 화살표가 그려져 있었다. 게임 지원자들은 문해력이 낮기로 악명이 높았다.

대충 약 15분마다 새로운 알파벳을 불렀다. 벤저민 리처즈가 자리에 앉았을 때가 5시쯤이었으므로, 9시 15분쯤은 되어야 R의 차례가 올 것 같았다. 책을 가져왔으면 좋았겠다 싶었지만, 이대로도 나쁘지 않다는 생각이 들었다. 책은 기껏해야 의심의 눈초리를 불러들일 뿐이다. 특히 운하 남쪽에서 온 사람이 책을 들고 왔으면 더욱 의심스럽게 보였을 것이다. 성인 잡지라면 또 모를까.

리처즈는 마음이 편하지 않은 상태로 6시 뉴스를 봤다.(에콰도르에서는 전투가 더 격렬해졌고, 인도에서는 새로운 유혈 폭동이 일어났으며, 오늘 오후 경기에서 디트로이트 타이거즈가 하딩 캐터마운트를 6 대 2로 이겼다.) 그리고 6시 30분에 큰돈이 걸린 저녁 게임이 시작되었을 때, 리처즈는 가만히 있지 못하고 창가로 가서 밖을 내다보았다. 이제는 마음의 결정을 내린 상태였기 때문에, 예전처럼 그런 게임들이 지겨웠다. 하지만 다른 사람들은 대부분 넋을 놓고 「즐거운 총」을 보고 있었다. 다음 주에는 그들의 차례가 될지도 모르는데도.

밖에는 해가 서서히 저물어 가고 있었다. 2층 창문 위쪽으로 고가 열차가 파워링을 고속으로 질주하며 헤드라이트로 회색 허공을 비추었다. 아래의 인도에는 남녀들(대부분은 물론 기술자나 네트워크 관료들)이 저녁의 유흥을 찾아 돌아다니기 시작했다. 길 건너 모퉁이에서는 인증받은 약팔이가 약을 팔고 있었다. 바로 아래에는 양팔에 흑인 미녀를 낀 남자가 지나갔다. 세 사람은 무언가에 대해 웃고 있었다.

리처즈는 갑자기 실라와 캐서린이 몹시 그리웠다. 가족에게 전화하고 싶었다. 여기에서는 전화가 허용되지 않을 것 같았다. 물론 리처즈는 지금도 밖으로 걸어 나갈 수 있다. 이미 몇 사람은 밖으로 나갔다. 그들은 멍하게 미소를 지으며 방을 가로질러서 '거리로'라고 적힌 문으로 갔다. 옆방에 발갛게 열이 오른 딸이 있는 아파트로 돌아갈까? 아니다. 그럴 수 없다. 그럴 수는 없다.

리처즈는 창가에 잠시 서 있다가, 다시 자리로 돌아가 앉았다. 새로운 게임 「네 무덤을 파라」가 시작되었다.

옆자리에 앉아 있는 남자가 불안한 듯 리처즈의 팔을 거칠게 잡아당기며 말했다. "신체검사만 해도 30퍼센트가 넘는 사람들이 탈락한다는 게 사실인가요?"

"모르오." 리처즈가 대답했다.

"젠장, 난 기관지염에 걸렸거든요. 어쩌면 「돈 버는 러닝 머신」에……."

리처즈는 할 말이 떠오르지 않았다. 남자의 호흡 소리는 멀리서 가파른 언덕을 오르는 트럭 소리와 비슷했다.

"처자식이 있어요." 남자가 살짝 절망감이 담긴 목소리로 말했다.

리처즈는 프리비를 흥미가 당긴다는 듯 바라봤다.

남자는 한참 동안 조용히 앉아 있었다. 7시 30분에 프로그램이 다시 바뀌자, 남자가 반대편에 있는 다른 사람에게 신체검사에 관해 묻는 소리가 들렸다.

 밖은 이제 완전히 어두워졌다. 리처즈는 아직도 비가 내리는지 궁금했다. 아주 지루한 저녁이 될 것 같았다.

······마이너스 095, 계속된다······

성이 R로 시작하는 사람들이 빨간 화살표 아래의 문을 통해 검사실로 들어갔을 때는 저녁 9시 30분이 조금 지난 시각이었다. 사람들은 처음의 흥분이 상당히 가라앉은 상태에서 이전과 달리 두려운 기색 없이 프리비를 열심히 보거나 졸고 있었다. 가슴에서 시끄러운 소리가 나던 남자는 L열이어서 한 시간 전에 불려 갔다. 리처즈는 남자가 탈락했는지 괜히 궁금해졌다.

검사실은 길고 타일이 깔려 있었으며, 형광등이 환하게 켜져 있었다. 마치 조립 공정처럼 보였는데, 지루해 보이는 의사들이 기다란 검사실을 따라 군데군데 서 있었다.

'이렇게 의사가 많은데, 우리 어린 딸을 진찰해 줄 의사는 없는 건가?' 리처즈가 씁쓸하게 생각했다.

지원자들은 벽에 내장된 카메라에 카드를 다시 보여 주고, 줄줄이 늘어선 옷걸이 옆에서 멈추라는 지시를 받았다. 흰색의 긴 실험실 가운을 입은 의사가 클립보드를 한쪽 팔에 끼고 지원자들에게 다가왔다.

"옷 벗어. 옷은 옷걸이에 걸고, 옷걸이 위에 있는 번호를 기억했다가 저쪽 끝에 있는 잡역부에게 그 번호를 이야기해. 귀중품은 걱정하지 마. 여기 있는 사람은 아무도 안 가져갈 테니까." 의사가 말했다.

'귀중품? 웃기고 있네.' 리처즈가 셔츠 단추를 풀면서 생각했다. 그에게는 실라와 캐서린의 사진 몇 장만 들어 있는 빈 지갑, 6개월 전

동네 구둣방에서 구두 밑창을 교체할 때 받은 영수증, 집의 문 열쇠 외에는 아무것도 안 달린 열쇠고리, 언제 넣었는지 기억도 안 나는 아기 양말 한 짝, 그리고 자판기에서 뺀 블램즈 담배 한 갑이 있었다.

실라가 속옷을 꼭 입고 나가라고 우겼기 때문에, 리처즈는 너덜너덜한 속옷을 입고 있었는데, 많은 남자가 속옷 없이 바지만 입고 있었다. 곧 지원자들은 모두 옷을 벗은 후 벌거숭이가 되어 다리 사이로 축 늘어진 야구 방망이 같은 성기를 늘어트리고 서 있었다. 다들 한 손에 카드를 들고 있었다. 몇몇 사람은 바닥이 차지 않은데도 차다는 듯 발을 이리저리 옮기며 서성거렸다. 인간미 없는 과거의 기억을 떠올리게 하는 알코올 냄새가 희미하게 감돌았다.

"줄 서." 클립보드를 든 의사가 지시했다. "항상 카드를 보여 주고, 지시를 따르도록."

줄이 앞으로 이동했다. 긴 검사실의 모든 의사 옆에는 경찰이 서 있었다. 리처즈는 눈을 아래로 깔고 순순히 기다렸다.

"카드."

리처즈가 카드를 건네줬다. 첫 번째 의사가 카드의 번호를 확인한 다음 말했다. "입 벌려."

리처즈가 입을 벌렸다. 의사가 그의 혀를 눌렀다.

다음 의사는 작고 밝은 손전등으로 리처즈의 동공을 들여다본 다음, 귀를 들여다봤다.

다음 의사는 리처즈의 가슴에 차가운 청진기를 댔다. "기침."

리처즈가 기침을 했다. 줄에서 남자 한 명이 끌려 나갔다. 남자는 돈이 필요했지만, 그들은 돈을 줄 수 없었다. 남자는 변호사를 고용해야 할 것이다.

의사가 청진기를 움직였다. "기침."

리처즈가 기침했다. 의사가 리처즈를 돌려 등에 청진기를 댔다.
"숨을 깊게 들이쉬고 멈춰." 청진기가 움직였다.
"내쉬어."
리처즈가 숨을 내쉬었다.
"다음."
안대를 눈에 대고 히죽거리는 의사가 리처즈의 혈압을 측정했다. 이마에 검버섯 같은 커다란 갈색 점이 여러 개 있는 대머리 의사에게 성병을 검사받았다. 의사는 불알과 허벅지 사이로 찬 손을 넣었다.
"기침."
리처즈가 기침했다.
"다음."
체온을 측정했다. 컵에 침을 뱉으라는 지시를 받았다. 이제 절반쯤 지났다. 긴 검사실의 중간쯤 왔다. 두세 명은 벌써 끝났는지, 창백한 얼굴에 토끼 이빨을 가진 잡역부가 철망 바구니에 옷을 담아 그들에게 가져다주었다. 대여섯 명 이상이 줄에서 끌려 나가 계단으로 갔다.
"앞으로 숙이고, 엉덩이 벌려."
리처즈가 몸을 숙이고 엉덩이를 벌렸다. 비닐로 감싼 손가락이 리처즈의 직장을 침범하더니 탐색하고 물러났다.
"다음."
리처즈는 옛날 투표장의 기표소처럼 세 면이 커튼으로 막힌 칸막이방으로 들어갔다.(기표소는 11년 전 컴퓨터 선거가 도입되며 사라졌다.) 그리고 파란 비커에 소변을 보았다. 의사가 비커를 받아 철망 선반에 놓았다.
다음 순서에서는 시력 검사표를 봤다. "읽어." 의사가 말했다.
"E······ A, L······ D, M, F······ S, P, M, Z······ K, L, A, C, D······ U, S, G,

A……."

"그만. 다음."

리처즈는 또 다른 가짜 기표소에 들어가 머리에 헤드폰을 썼다. 뭔가 소리가 들리면 흰색 단추를 누르고, 소리가 더 이상 들리지 않으면 빨간 단추를 누르라는 지시를 받았다. 소리는 매우 주파수가 높고 희미했다. 마치 개를 부를 때 쓰는 호루라기를 인간이 들을 수 있는 범위로 낮춘 것 같았다. 리처즈는 멈추라는 지시가 떨어질 때까지 단추를 눌렀다.

체중을 측정했다. 발의 아치를 검사받았다. 그리고 납 앞치마를 입고 엑스선 투시기 앞에 섰다. 껌을 씹으며 음정에 맞지 않는 노래를 낮게 흥얼거리는 의사가 몇 장을 촬영한 후 리처즈의 카드 번호를 기록했다.

리처즈는 약 서른 명과 함께 검사실에 들어왔었다. 그중 열두 명이 검사실의 끝에 도착했다. 일부는 옷을 입고 엘리베이터를 기다렸다. 10여 명이 줄에서 끌려 나갔다. 그중 한 명은 자신을 탈락시킨 의사를 공격하려다 전압을 최대로 올린 전기봉을 휘두르는 경찰에게 진압당했다. 그 친구는 도끼로 찍힌 것처럼 쓰러졌다.

리처즈는 낮은 탁자에 앉아 50가지가 넘는 질병을 앓은 적이 있는지 질문받았다. 대부분은 호흡기 질환이었다. 리처즈가 가족 중에 독감이 걸린 사람이 있다고 하자, 의사가 고개를 들고 매섭게 쳐다봤다.

"아내?"

"아니, 딸."

"나이는?"

"한 살 반."

"예방접종은 받았나? 거짓말할 생각 마!" 리처즈가 거짓말을 하려던 것처럼 의사가 갑자기 소리쳤다. "우리가 당신 건강 상태를 다 확인할 테니까."

"2023년 7월에 받았소. 2023년 9월에 추가 접종을 받았고. 동네 보건소에서."

"다음."

리처즈는 문득 탁자 위로 손을 뻗어 저 벌레 같은 의사 놈의 멱을 따 버리고 싶다는 충동을 느꼈지만, 다음 의사에게로 갔다.

마지막 검사에서는 머리를 짧게 깎고, 한쪽 귀에 전기 주스기처럼 생긴 것을 꽂고 있는 엄격해 보이는 여자 의사가 리처즈에게 동성애자인지 물었다.

"아니오."

"중범죄로 체포된 적이 있나?"

"없소."

"심각한 공포증이 있나? 무슨 뜻이냐면……."

"없소."

"공포증의 정의를 제대로 듣는 게 좋을걸." 의사가 살짝 부드러운 어조로 말했다. "내 말은……."

"내게 고소공포증이나 폐소공포증 같은 특이하고 강박적인 공포가 있느냐는 뜻이라면, 없소."

의사가 입을 꾹 다물고, 잠시 날카로운 말을 뱉어 낼 것 같았다.

"환각제나 중독성 약물을 과거에 사용했거나 사용하고 있나?"

"아니오."

"정부나 네트워크에 대한 범죄 혐의로 체포된 친인척이 있나?"

"없소."

"이 충성 서약서와 게임 위원회 면책 계약서에 서명해."

리처즈가 서명했다.

"저 잡역부에게 카드를 보여 주고 번호를 말하면……."

리처즈는 말하고 있는 여자 의사를 뒤로하고, 앞니가 튀어나온 잡역부에게 엄지손가락으로 손짓했다. "어이, 26번." 잡역부가 리처즈의 물건을 가져왔다. 리처즈는 천천히 옷을 입고 엘리베이터로 갔다. 항문이 화끈거리고 거북했으며 성폭력을 당한 느낌이었고, 의사가 사용한 윤활제 때문에 살짝 미끈거렸다.

사람들이 모두 모이자, 엘리베이터 문이 열렸다. 이번에는 방탄 칸막이 안에 아무도 없었다. 경찰은 코 옆에 큰 혹을 달고 있는 마른 남자였다. "뒤로 들어가." 경찰이 소리쳤다. "뒤로 들어가라고."

엘리베이터의 문이 닫힐 때, 검사실의 반대편 입구로 S열이 들어오는 게 보였다. 클립보드를 든 의사가 그들에게 다가갔다. 곧 엘리베이터의 문이 닫히며, 시야가 차단되었다.

지원자들은 3층으로 올라갔다. 엘리베이터의 문이 열리자, 거대하고 조명이 살짝 어두운 공동 숙소가 나타났다. 철제 프레임과 캔버스 천으로 만든 좁은 간이침대가 끝도 없이 줄지어 있었다.

경찰 두 명이 엘리베이터에서 나오는 이들을 확인하며 침대 번호를 알려 주었다. 리처즈의 침대는 940번이었다. 침대에는 갈색 담요 한 장과 매우 납작한 베개 하나가 있었다. 리처즈는 침대에 누우며 신발을 바닥에 떨어트렸다. 발이 침대 끝으로 튀어 나갔다. 하지만 그것은 어떻게 할 수 있는 문제가 아니었다.

리처즈는 양팔을 위로 올려 팔베개를 하고 누워 천장을 바라봤다.

······마이너스 094, 계속된다······

　리처즈는 다음 날 아침 매우 요란한 알람 소리에 깨어났다. 잠시 멍하고 혼란스러운 상태에서 실라가 알람 시계 같은 걸 샀는지 궁금해했다. 그러다 정신을 차리고 자리에서 일어나 앉았다.
　지원자들은 50명씩 한 조로 나뉘어 공장용 대형 화장실로 안내를 받아 가서, 경찰이 지키고 있는 카메라에 카드를 보여 주었다. 리처즈는 파란색 타일로 덮인 칸에 들어갔다. 거기에는 거울과 세면대, 샤워기, 변기가 있었다. 세면대 위 선반에는 셀로판 비닐로 감싼 칫솔과 전기면도기, 비누, 반쯤 사용한 치약 튜브가 있었다. 거울의 한쪽 구석에 '이 물건들을 소중하게 다뤄 주세요!'라고 쓰여 있었는데, 그 아래에 누가 '내가 소중하게 다루는 건 내 엉덩이뿐이야!'라고 낙서해 놓았다.
　샤워를 한 리처즈는 변기 물탱크 위에 쌓인 수건으로 몸을 말리고, 면도하고, 이를 닦았다.
　지원자들은 식당에 들어갈 때 다시 카드를 보여 주었다. 리처즈는 식판을 들고 스테인리스 선반 아래로 밀어 넣었다. 콘플레이크 한 통, 기름투성이 감자튀김 한 접시, 스크램블드에그 한 국자, 대리석 묘비처럼 차갑고 딱딱한 토스트 한 조각, 우유 한 컵, 맹탕 커피(크림 없음) 한 잔, 설탕 봉지, 소금 봉지, 작은 사각형 기름종이 위에 가짜 버터 한 조각을 받았다.
　리처즈는 아침 식사를 게걸스럽게 먹었다. 다른 사람들도 마찬가지였다. 리처즈로서는 기름 범벅의 피자 조각과 정부가 제공해 주는 약 외에 진짜 음식을 먹어 본 게 정말 오랜만이었다. 그런데 이상하게도 맛은 없었다. 마치 주방에서 흡혈귀 요리사가 모든 맛을 빨아들이고 순수한 영양소만 남겨 놓은 것 같았다.

　아내와 아기는 오늘 아침에 무엇을 먹을까? 치료용 알약. 아기용 가짜 우유. 갑자기 절망감이 리처즈를 덮쳤다. 젠장, 가족들에게는 언제쯤이나 돈이 전달될까? 오늘? 내일? 다음 주?

　어쩌면 그것도 그저 속임수나 번지르르한 미끼에 불과한 것인지도 모른다. 금이 가득한 항아리는 고사하고, 어쩌면 무지개조차 없을 수도 있다.

　리처즈는 7시 알람이 울릴 때까지 빈 접시를 바라보며 앉아 있다가, 엘리베이터로 이동했다.

······마이너스 093, 계속된다······

　리처즈와 함께 4층으로 올라간 50명은 가구가 전혀 없는 커다란 방으로 들어갔다. 빙 둘러서 우편함 투입구처럼 생긴 게 설치되어 있었다. 그들은 다시 카드를 보여 주며 엘리베이터에서 내렸다. 엘리베이터 문이 휙 닫혔다.
　머리가 벗어진 마른 체형의 남자가 게임사의 로고(횃불 위에 사람의 머리가 겹쳐 있는 모양의 실루엣)가 그려진 실험실 가운을 입고 그 방으로 들어왔다.
　"옷을 벗고, 옷 안에 있는 귀중품을 모두 꺼내 주세요. 그런 다음 옷을 소각로 투입구에 넣어 주세요. 게임용 작업복을 지급할 겁니다." 남자가 너그러운 미소를 지었다. "게임의 결과와 상관없이 그 작업복은 가져가셔도 됩니다."
　불평하는 사람들도 있었지만, 다들 지시를 따랐다.
　"서둘러 주세요." 마른 남자가 말했다. 그리고 초등학교 1학년 교사가 놀이 시간이 끝났다고 알려 줄 때처럼 손뼉을 짝짝 두 번 쳤다. "앞으로 해야 할 일이 많습니다."
　"당신도 게임에 참가하는 거요?" 리처즈가 물었다.
　마른 남자가 당황한 표정으로 리처즈를 바라봤다. 뒤쪽에서 누군가가 킥킥거리며 웃었다.
　"됐소." 리처즈가 말하고, 바지를 벗었다.
　리처즈는 별로 귀중하지 않은 귀중품들을 빼고, 셔츠와 바지, 속옷을 투입구에 던져 넣었다. 멀리 아래쪽에서 굶주린 듯한 불꽃이 잠시 밝아졌다.

반대편 끝에 있는 문이 열렸다.(항상 반대편 끝에 문이 있었다. 그들은 위쪽으로 가는 거대한 미로에 들어온 쥐들 같았다. 리처즈는 미국식 미로라는 생각이 들었다.) 남자들이 바퀴가 달린 커다란 바구니들을 밀고 들어왔다. 바구니에는 S, M, L, XL이라는 꼬리표가 붙어 있었다. 리처즈는 길이가 긴 XL을 선택했는데, 옷이 몸에 헐렁할 거라 예상했으나 의외로 잘 맞았다. 옷의 소재는 부드럽고 몸에 착 달라붙었는데, 실크 비슷했지만 실크보다 튼튼했다. 앞쪽에 나일론 지퍼가 하나 달려 있었다. 모든 옷은 짙은 파란색이었고, 오른쪽 가슴 주머니에는 게임사 로고가 새겨져 있었다. 사람들이 모두 유니폼을 입자, 리처즈는 얼굴을 잃어버린 기분이 들었다.

"이쪽으로 오세요." 마른 남자가 말하며, 다음 대기실로 그들을 안내했다. 어쩔 수 없이 눈에 들어오는 프리비가 요란한 소리를 내며 낄낄거리고 있었다. "열 명씩 한 조가 될 겁니다."

프리비 뒤쪽의 문에 화살표와 함께 '이쪽'이라고 적힌 또 다른 표지판이 붙어 있었다.

그들은 자리에 앉았다. 잠시 후, 리처즈가 일어나 창문으로 가서 밖을 내다봤다. 그들은 높은 곳에 올라왔지만, 아직도 비가 내리고 있었다. 거리는 매끈하고 까맣고 축축했다. 실라가 어떻게 지낼지 궁금했다.

······마이너스 092, 계속된다······

10시 15분, 리처즈는 열 명으로 이루어진 조에 들어가 문을 지났다. 그들은 한 줄로 통과했다. 카드를 스캔했다. 세 면으로 된 칸막이 방이 열 개 있었는데, 앞서 봤던 것보다 더욱 견고했다. 각 면은 구멍이 숭숭 뚫린 방음 코르크판으로 제작되었다. 머리 위에는 부드러운 간접 조명이 비쳤다. 보이지 않는 스피커에서 음악이 흘러나왔다. 바닥에는 푹신한 카펫이 깔려 있었다. 리처즈는 시멘트가 아닌 바닥을 딛고 깜짝 놀랐다.

마른 남자가 리처즈에게 뭔가 말했다.

리처즈가 눈을 끔뻑거렸다. "뭐요?"

"6번 칸." 마른 남자가 나무라듯 말했다.

"아."

리처즈가 6번 칸으로 갔다. 안에 탁자가 하나 있고, 그 너머에는 눈높이에 커다란 벽시계가 설치되어 있었다. 탁자 위에는 제너럴 아토믹스/IBM 연필과 줄이 없는 종이가 쌓여 있었다. 리처즈는 싸구려일 거라고 생각했다.

이 물건들 옆에 눈부신 컴퓨터 시대의 사제가 서 있었다. 키가 큰 그녀는 당당하고 기품 있는 금발에 삼각주처럼 봉긋한 외음부의 윤곽을 깔끔하게 드러내는 무지갯빛 짧은 반바지를 입고 있었다. 실크 망사 블라우스를 통해 젖꼭지가 생기 넘치게 솟아 있었다.

"앉으세요. 시험관 린다 워드입니다." 그녀가 손을 내밀며 말했다.

깜짝 놀란 리처즈가 그 손을 잡고 악수했다. "벤저민 리처즈요."

"벤으로 불러도 될까요?" 미소는 매혹적이었지만, 인간미는 없었다. 리처즈는 잘 먹으며 지낸 육체를 뽐내는 이 풍만한 여성에게 그가 느껴야 하는 욕망이 솟구치는 게 정확히 느껴졌다. 그는 화가 났다. 리처즈는 고기 분쇄기로 들어가고 있는 불쌍한 찌질이들에게 이렇게 자신의 육체를 과시하면서 그녀가 쾌감을 느끼는지 궁금했다.

"물론이오. 가슴 이쁘네."

"고맙습니다." 여자가 무표정하게 말했다. 리처즈는 이제 자리에 앉았다. 여자는 서서 아래로 내려다보고, 그는 더욱 민망한 각도로 그 모습을 올려다보게 되었다. "어제 신체검사를 했고, 오늘은 정신적 기능을 검사합니다. 검사는 상당히 오래 걸릴 것이고, 당신이 합격한다면 오늘 오후 3시쯤 점심을 먹을 수 있을 것입니다." 여자는 미소를 지었다가 그치기를 반복했다.

"첫 부분은 언어 검사입니다. 제가 시험지를 건네줄 때부터 당신에게는 한 시간이 주어집니다. 시험 중에 질문을 할 수 있으며, 제가 답변할 수 있는 경우에는 답변하겠습니다. 하지만 시험 문제에 대한 해답은 알려 주지 않습니다. 이해되나요?"

"그렇소."

린다가 리처즈에게 소책자를 건넸다. 표지에 커다란 빨간 손이 손바닥을 바깥쪽으로 내밀고 있는 모습이 인쇄되어 있었고, 그 아래에 큰 빨간 글씨로 이렇게 적혀 있었다.

멈춰!

그 아래에는 이렇게 적혔다. '시험관이 진행하라는 지시를 하기 전

까지 첫 페이지를 넘기지 마시오.'

"빡빡하네." 리처즈가 말했다.

"네?" 완벽한 모습의 눈썹이 살짝 올라갔다.

"아무것도 아니오."

"소책자를 펼치면 답안지가 나올 겁니다. 표시는 진하고 검게 해 주세요. 답을 바꾸고 싶을 때는 완전하게 지워 주세요. 답을 모르면 추측하지 마세요. 이해되나요?" 린다가 지시 사항을 열거했다.

"알겠소."

"그러면 1페이지로 넘겨서 시작하세요. 그리고 제가 멈추라고 하면 연필을 내려놓으세요. 시작해도 됩니다."

리처즈는 시작하지 않았다. 그는 린다의 몸을 무례한 눈빛으로 천천히 바라봤다.

잠시 후, 린다가 얼굴을 붉히며 말했다. "시험 시간이 시작됐습니다, 벤. 시험을……."

"왜 다들 운하 남쪽에서 온 사람을 만나면 여자만 밝히는 정신적 무능력자를 대하듯 하는 거요?"

이제 린다의 얼굴이 완전히 새빨개졌다. "전…… 저는 절대로……."

"그렇지. 당신은 안 그랬소." 리처즈가 웃으며 연필을 집어 들었다. "맙소사, 당신들은 진짜 멍청하다니까."

린다가 대답할 말을 찾거나 그가 공격한 이유라도 이해하려 애쓰는 동안 리처즈는 시험에 열중했다. 그녀는 절대로 이해하지 못할 것이다.

첫 부분은 답안지의 빈칸에 맞는 글자를 적어 넣어야 했다.

    1. _ 하나가 왔다고 여름이 되는 것은 아니다.

a. 생각
b. 맥주
c. 제비
d. 범죄
e. 정답 없음

리처즈는 빠르게 답안지를 채웠다. 해답을 두 번 생각하거나 고민하는 경우는 거의 없었다. 다음 문제는 어휘, 그다음엔 단어 비교가 나왔다. 리처즈는 할당된 시간이 아직 15분이나 남아 있을 때 시험을 마쳤다. 여자는 그에게 시험을 계속 보게 했다. 규정에 따라 시험 시간이 끝날 때까지는 답안지를 제출할 수 없었다. 그래서 리처즈는 의자에 등을 기대고 앉아 거의 헐벗은 그녀의 몸을 말없이 바라봤다. 침묵이 더욱 짙어지고 숨 막힐 듯 답답해지며 긴장이 고조되었다. 리처즈는 그녀가 외투를 입고 싶어 한다는 사실을 알아챘다. 그 사실이 기뻤다.

시간이 되자, 여자가 리처즈에게 두 번째 시험지를 건넸다. 첫 페이지에는 휘발유 카뷰레터가 그려져 있었다. 그림 아래에 다음과 같은 질문이 있었다.

이것은 여기에 넣습니다.
a. 잔디 깎는 기계
b. 프리비
c. 전기 해먹
d. 자동차
e. 정답 없음

세 번째 시험은 수학이었다. 리처즈는 숫자에 약해서 점점 빨라지는 시계를 보며 살짝 식은땀을 흘리기 시작했다. 정말로 아슬아슬했다. 그는 마지막 문제를 끝내지 못했다. 린다가 시험지와 답안지를 당기며 조금 지나치게 활짝 미소를 지었다. "너무 급하게 풀지 마세요, 벤."

"그래도 그건 전부 다 맞을 거요." 리처즈가 말하며 여자에게 미소를 지었다. 그가 앞으로 몸을 숙이더니 그녀의 엉덩이를 가볍게 툭 쳤다. "샤워하러 가시오, 아가씨. 잘했소."

린다의 얼굴이 격렬하게 붉어졌다. "당신을 실격시킬 수도 있습니다."

"웃기지 마시오. 그러다간 당신이 해고당할 거요."

"나가. 줄로 돌아가." 여자가 고함을 치더니, 갑자기 눈물을 흘렸다.

리처즈는 거의 연민을 느낄 뻔했지만, 그 감정을 다시 삼켰다. "오늘 좋은 밤 보내시오. 이번 주에 나가서 누구와 자든, 여섯 코스로 나오는 요리를 맛있게 먹으면서 내 아이가 거지 같은 방 세 개짜리 공동주택 아파트에서 독감에 걸려 죽어 가고 있다는 사실을 생각해 보시오."

리처즈는 하얗게 질린 얼굴로 뚫어져라 쳐다보는 여자를 놔두고 나갔다.

열 명이었던 조는 여섯 명으로 줄었다. 그들은 옆방으로 몰려갔다. 1시 30분이었다.

……마이너스 091, 계속된다……

작은 칸막이방의 탁자 건너편에 앉은 의사는 작고 두꺼운 렌즈가 달린 안경을 쓰고 있었다. 의사는 리처즈가 어렸을 때 알던 얼간이 녀석을 떠올리게 하는 심술궂고 유쾌한 미소를 지었다. 그 녀석은 고등학교 때 관람석 밑에 웅크리고 앉아 여자애들 치마를 올려다보며 자위행위를 즐겼었다. 리처즈가 웃기 시작했다.

"기분 좋은 일이라도 있나요?" 의사가 첫 번째 잉크 얼룩을 뒤집으며 물었다. 의사의 심술궂은 미소가 조금 더 커졌다.

"그렇소. 당신을 보니 예전에 알던 사람이 생각났소."

"아, 누구?"

"신경 쓰지 마시오."

"좋아요. 여기에 뭐가 보이나요?"

리처즈가 잉크 얼룩을 바라봤다. 그의 오른팔에는 부풀어 오르는 혈압계가 끼워져 있었다. 머리에는 여러 개의 전극을 붙였고, 머리와 팔에 연결된 전선은 의사 옆에 있는 단말기로 연결되었다. 컴퓨터 단말기의 모니터에 구불구불한 선들이 움직였다.

"두 명의 흑인 여성. 키스하고 있소."

의사가 다른 그림을 뒤집었다. "이건?"

"스포츠카. 재규어처럼 생겼소."

"휘발유차를 좋아하나요?"

리처즈가 어깨를 으쓱했다. "어렸을 때 자동차 모델 수집품이 있었소."

의사가 메모하고, 다른 카드를 뒤집었다.

"아픈 사람. 여자가 옆으로 누워 있소. 얼굴에 드리운 그림자가 감옥 창살처럼 보이네."

"그러면 이 마지막 그림은 어떤가요?"

리처즈가 웃음을 터트렸다. "똥 더미처럼 보이오." 리처즈는 하얀 가운을 입은 이 의사가 관람석 아래에서 여학생들의 치마를 훔쳐보며 자위하는 모습이 떠올라 다시 웃음이 나왔다. 의사가 심술궂은 미소를 지으며 앉아 있는 바람에, 그 모습이 더욱 또렷이 떠올라 더 웃겼다. 마침내 리처즈의 킥킥대는 웃음소리가 한두 번 콧소리를 내는 수준으로 잦아들었다. 그리고 딸꾹질을 한 번 한 후 차분해졌다.

"왜 웃는지는 말해 주지……."

"안 할 거요."

"그럼 진행합시다. 단어 연상입니다." 의사는 굳이 설명하지 않았다. 리처즈는 자신에 대한 소문이 돌고 있다고 생각했다. 시간을 절약할 수 있으니 오히려 좋았다.

"준비됐나요?"

"그렇소."

의사가 안주머니에서 초시계를 꺼냈다. 그리고 볼펜을 누르더니, 자신 앞에 있는 목록을 지긋이 바라봤다.

"의사."

"깜둥이." 리처즈가 대답했다.

"남근."

"좆."

"빨강."

"검정."
"은색."
"단검."
"소총."
"살인."
"승리."
"돈."
"섹스."
"테스트."
"스트라이크."
"아웃."

단어 목록은 계속 이어졌다. 의사는 50개 이상의 단어를 읽은 후 초시계의 버튼을 누르고 펜을 놓았다. "좋습니다." 의사가 말했다. 그리고 두 손을 모으며 리처즈를 진지하게 바라봤다. "마지막 질문이에요. 벤저민. 당신이 거짓말을 하면 알 수 있다고 하진 않겠지만, 당신에게 연결된 기계가 어떤 식으로든 매우 강한 신호를 줄 겁니다. 혹시 자살 충동 때문에 이 게임에 참여하기로 결심했나요?"

"아니오."

"그럼, 이유가 뭔가요?"

"내 어린 딸이 병들어서 의사가 필요했소. 약도 필요하고, 병원 치료도 받아야 하오."

볼펜을 끄적였다. "다른 이유는?"

리처즈는 없다고 말할까 했지만(그들과 전혀 상관없는 일이니까), 모든 사실을 터놓기로 마음을 정했다. 아마도 거의 잊고 있었던 어린 시절의 그 더러운 소년과 의사가 닮았기 때문일 것이다. 그게 아니라면, 이 말을 한번 털어놓아야 응집되고 구체적인 형태를 갖출 수 있기 때문일 수도 있다. 형성되지 않은 감정적 반응을 억지로 말로 옮기려 할 때처럼.

"난 오랫동안 일자리를 못 얻었소. 이미 짜 놓은 판에서 쪼다 역할만 하더라도 다시 일하고 싶소. 일해서 가족을 부양하고 싶단 말이오. 난 자존심이 있소. 당신도 자존심이 있지 않소, 의사 양반?"

"자존심은 결국 사람을 망칠 뿐이죠." 의사가 말했다. 그리고 볼펜 끝을 꾹꾹 눌렀다. "더 할 말이 없으면, 리처즈 씨……." 의사가 자리에서 일어섰다. 그의 이름을 정중하게 부른 것은, 리처즈가 더 할 말이 있든 없든 이 면담이 끝났다는 뜻이었다.

"알겠소."

"복도를 따라 내려가면 오른쪽에 문이 있습니다. 행운이 있기를 빌어요."

"알았소." 리처즈가 말했다.

······마이너스 090, 계속된다······

리처즈와 함께 왔던 사람들은 이제 네 명으로 줄었다. 새로운 대기실은 훨씬 작았고, 사람들의 전체 숫자도 대략 60퍼센트 정도로 줄었다. 마지막 Y조와 Z조는 뒤늦게 4시 30분에 들어왔다. 4시에 잡역부 한 명이 맛없는 샌드위치 쟁반을 들고 돌아다녔다. 리처즈는 샌드위치 두 개를 받고, 앉아서 우적우적 먹으며 레텐문트라는 친구가 리처즈와 다른 사람들에게 끝도 없이 늘어놓는 야한 농담을 들었다.

모든 사람이 다 모이자, 다시 엘리베이터를 타고 5층으로 올라갔다. 숙소는 커다란 휴게실과 공동 화장실, 그리고 침대들이 줄지어 있는 수면실로 구성되어 있었다. 복도 안쪽에 있는 식당에서 7시에 따뜻한 식사가 제공된다는 안내를 받았다.

리처즈는 잠시 가만히 앉아 있다가 일어나서 그들이 들어온 문 옆에 배치된 경찰에게 걸어갔다. "혹시 여기 전화기가 있소, 친구?" 리처즈는 전화 통화가 허용될 거라고는 기대하지 않았지만, 경찰이 복도 쪽을 향해 엄지손가락을 흔들었다.

리처즈가 문을 밀어서 열고 밖을 내다봤다. 확실히 거기에 있었다. 공중전화였다.

리처즈가 다시 경찰을 바라봤다. "저기, 전화하게 50센트만 빌려주면, 내가······."

"꺼져, 인마."

리처즈가 화를 눌렀다. "아내에게 전화하고 싶어서 그렇소. 우리 아이가 아프거든. 내 입장이 되어 보시오."

경찰이 웃음을 터트렸다. 짧고 툭툭 끊어지는 꼴사나운 웃음소리였다. "너 같은 놈들은 다 똑같아. 1년 내내 매일 똑같은 이야기야. 크리스마스와 어버이날에는 총천연색 3D라니까."

"이 개자식아." 리처즈가 말했다. 그의 눈빛과 어깨의 자세 때문인지, 경찰이 갑자기 벽으로 눈을 돌렸다. "넌 결혼 안 했어? 돈이 궁할 때 아무리 엿 같아도 빌릴 수밖에 없던 적이 한 번도 없었어?"

경찰이 갑자기 점퍼 주머니에 손을 집어넣더니, 플라스틱 동전을 한 주먹 꺼냈다. 그리고 리처즈에게 신권 25센트 두 개를 내밀고 나머지는 다시 주머니에 집어넣더니, 리처즈의 윗옷을 움켜잡았다. "혹시라도 찰리 그레이디가 만만하더라며 다른 놈을 또 여기로 보내면, 네 대갈통을 갈겨 줄 테니까 그리 알아, 이 벌레 같은 자식아."

"빌려줘서 고맙소." 리처즈가 표정의 변화 없이 말했다.

찰리 그레이디가 웃으며 리처즈를 놓아주었다. 리처즈는 복도로 나가 수화기를 들고 전화기에 돈을 집어넣었다. 텅 빈 돈통에서 동전이 떨어지는 소리가 들리고, 한참 동안 아무 일도 일어나지 않았다. '아, 젠장, 괜히 쓸데없는 짓을 했네.' 그런데 그때 발신음이 들렸다. 리처즈는 5층 복도에 있는 전화기의 번호를 천천히 누르며, 복도 끝에 사는 제너 그 잡년이 받지 않기를 바랐다. 그 여자가 리처즈의 목소리를 알아채면 곧바로 '전화 잘못 걸었어.'를 외칠 게 뻔했고, 그러면 이 돈을 날리고 말 것이다.

벨 소리가 여섯 번 들리더니, 낯선 목소리가 말했다. "여보세요?"

"5C에 사는 실라 리처즈와 통화하고 싶소."

"그 여자는 나간 것 같던데요." 목소리가 넌지시 돌려 말하는 투로 바뀌었다. "그 여자는 동네를 계속 왔다 갔다 해요. 아픈 아이가 있다는데, 남자가 좀 한심하거든요."

"그냥 문을 두드려 주시오." 리처즈가 목멘 소리로 말했다.

"잠깐만요."

낯선 목소리가 수화기를 그냥 내려놓아서 전화기에 대롱대롱 매달린 채 벽에 부딪히는 소리가 들렸다. 그 낯선 목소리가 노크하며 외치는 소리가 저 멀리서 꿈속처럼 희미하게 들렸다. "전화! 전화 왔어요! 리처즈 부인!"

30초 후 낯선 목소리가 다시 전화로 돌아왔다. "그 여자는 없어요. 아이가 소리 지르는 건 들리는데, 여자는 없어요. 내가 말했잖아요, 그 여자는 함대만 들어오면 기웃거린다니까요." 목소리가 킥킥 웃었다.

리처즈는 검은 병에 담긴 사악한 지니처럼 전화선을 통해 순간이동으로 가고 싶었다. 그리고 저 낯선 목소리의 목을 졸라서 눈알이 튀어나와 바닥을 굴러다니게 하고 싶었다.

"메시지를 남겨 주시오. 필요하면 벽에 쓰시오."

"펜이 없어요. 끊을게요. 안녕."

"잠깐만!" 리처즈가 당황한 목소리로 소리쳤다.

"저기…… 잠깐만요." 목소리가 못마땅한 투로 말했다. "지금 여자가 계단으로 올라오고 있어요."

리처즈가 땀에 젖어 벽에 기댔다. 잠시 후 놀라고 살짝 겁을 먹은 듯 경계하는 실라의 목소리가 들려왔다. "여보세요?"

"실라." 리처즈가 벽에 기댄 채 눈을 감고 말했다.

"벤, 벤, 당신이야? 괜찮아?"

"응. 괜찮아. 캐서린은 어때……."

"그대로야. 열은 아주 심하진 않은데 기침이 너무 심해. 벤, 폐에 물이 찬 것 같아. 폐렴이면 어떡하지?"

"괜찮아질 거야. 괜찮아질 거야."

"난……." 실라가 잠시 멈칫했다. "아이만 놔두고 나가긴 싫지만, 어쩔 수 없었어. 벤, 오늘 아침에 손님을 두 번 받았어. 미안해. 그렇지만 약국에서 캐서린에게 먹일 약을 좀 가져왔어. 좋은 약이야." 실라의 목소리는 열정적이고 열광적인 분위기를 풍겼다.

"그런 약은 쓰레기야. 잘 들어. 더는 안 돼. 실라. 부탁이야. 난 통과한 것 같아. 정말이야. 게임사는 진행하는 쇼가 너무 많으니까, 사람들을 더 자를 수 없어. 쇼에 내보낼 총알받이가 많이 필요할 거야. 그리고 돈을 선불로 줄 것 같아. 업쇼 부인에게……."

"그 여자는 검은 옷이 정말 안 어울려." 실라가 생기 없이 말했다.

"그건 됐고, 캐서린 옆에 있어, 실라. 더 이상 몸을 팔지 마."

"알았어. 다시는 안 나갈게." 하지만 리처즈는 실라의 말을 믿지 않았다. '잘 되겠지, 실라?' "사랑해, 벤."

"그리고 내가……."

"3분이 끝났습니다." 교환원이 끼어들었다. "계속 통화를 하시려면 신권 25센트 또는 구권 75센트를 넣어 주세요."

"잠깐만!" 리처즈가 소리쳤다. "젠장, 꺼져, 씨발. 야……."

연결이 끊어지고 공허하게 웅웅거리는 소리만 들렸다.

리처즈가 수화기를 던졌다. 수화기는 은색 전화선 길이만큼 날아갔다가 되튀어 와서 벽에 부딪힌 후, 한번 물더니 바로 죽어 버린 이상한 뱀처럼 천천히 앞뒤로 흔들렸다.

'누군가는 대가를 치러야 해.' 리처즈는 멍하니 생각하며 돌아갔다. 누군가는 반드시.

······마이너스 089, 계속된다······

그들은 다음 날 10시까지 5층에 갇혀 있었다. 리처즈가 분노와 걱정, 좌절감으로 정신이 반쯤 나간 상태가 되었을 때, 살짝 게이처럼 보이는 젊은 친구가 몸에 짝 달라붙는 게임사 유니폼을 입고 나타나 엘리베이터에 타라고 했다. 지원자는 모두 합해 300명 정도였다. 전날 밤 60명 이상이 소리 없이, 고통 없이 제거되었다. 끝없이 지치지도 않고 야한 농담을 해 대던 녀석도 사라졌다.

50명씩 6층에 있는 작은 강당으로 이동했다. 강당은 매우 호화스러웠고, 붉은색 고급 벨벳이 깔려 있었다. 좌석마다 진짜 나무로 만든 재떨이가 있어서, 리처즈가 구겨진 블램즈 담뱃갑을 꺼냈다. 그는 바닥에 재를 털었다.

강당 앞쪽에 작은 연단이 있는데, 연단 중앙에 강연대가 있었다. 그리고 강연대 위에는 물주전자가 하나 올려져 있었다.

10시 15분쯤 되었을 때, 게이처럼 생긴 친구가 강의대로 가서 말했다.

"아서 M. 번스 게임사 부국장님을 소개합니다."

"얼씨구." 리처즈 뒤에서 누군가가 쉰 목소리로 말했다.

정수리 부분이 벗어지고 흰머리가 둘러 있는 살찐 남자가 연단으로 걸어가더니, 가만히 멈춰 서서 마치 자기 귀에만 들리는 박수 소리를 음미하듯 머리를 끄덕거렸다. 곧 번스 부국장은 신사복을 입은 통통하고 나이 든 큐피드처럼 경쾌하게 활짝 웃으며 그들을 바라봤다.

"축하합니다. 여러분은 해냈습니다." 부국장이 말했다.

한꺼번에 안도의 한숨 소리가 쏟아져 나오고, 웃음소리와 서로의 등을 두드리는 소리가 이어졌다. 더 많은 사람들이 담배에 불을 붙였다.

"얼씨구." 쉰 목소리가 다시 말했다.

"곧 프로그램 배정 결과와 7층의 방 번호를 알려 드리겠습니다. 각 프로그램의 담당 프로듀서가 여러분에게 정확히 어떤 것을 기대하는지 더욱 자세히 설명해 줄 겁니다. 하지만 그 전에 한 번 더 축하한다는 말씀을 드리고 싶습니다. 여러분은 용감하고 지혜로운 분들이며, 공공 지원 정책에 의존하는 삶을 거부하고 자신이 가진 자원을 활용해 남자로 살아가려는 분들이라는 말씀을 드리고 싶군요. 개인적으로 덧붙이자면, 여러분이야말로 우리 시대의 진정한 영웅입니다."

"개소리하고 있네." 쉰 목소리가 말했다.

"아울러, 네트워크 전체를 대표해 여러분에게 행운과 성공이 함께 하길 기원합니다." 아서 M. 번스는 돼지처럼 껄껄 웃으며 양손을 비볐다. "자, 여러분은 빨리 배치를 받고 싶어서 안달이 날 겁니다. 그러니 제 수다는 이만 줄이겠습니다."

옆문이 벌컥 열리더니 빨간 튜닉을 입은 게임사 안내원 10여 명이 강당으로 들어왔다. 그리고 지원자들의 이름을 부르기 시작했다. 하얀 봉투를 건네줬는데, 봉투는 곧 바닥에 버려져서 축제 때 뿌리는 색종이 조각처럼 흩뿌려졌다. 사람들은 플라스틱 배정 카드를 읽고, 새로운 지인들과 의견을 교환했다. 소리를 낮춘 신음 소리와 환호, 야유가 터져 나왔다. 아서 M. 번스는 연단에서 자비로운 미소를 지으며 행사를 진행했다.

……빌어먹을 「얼마나 열기를 견딜 수 있나」에 걸렸어. 젠장, 난 더운 거 싫어하는데.

……그 쇼는 완전 싸구려 저질이야. 플릭툰 끝나고 바로 나오잖아, 맙소사.

……「돈 버는 러닝 머신」이야, 제기랄, 몰랐네. 내 심장에……

……이걸 하고 싶긴 했지만, 진짜로 내가……

……어이 제이크, 「악어와 수영」 본 적 있어? 내 생각엔……

……내 예상하곤 전혀 다르네……

……넌 못 할 거야……

……젠장할……

……「총을 잡아라」라니……

"벤저민 리처즈! 벤 리처즈?"

"나요!"

리처즈가 평범한 흰색 봉투를 받고 찢어서 열었다. 손가락이 조금 떨려서 두 번을 시도한 끝에 작은 플라스틱 카드를 꺼냈다. 그는 잘 이해가 되지 않아 인상을 찌푸렸다. 카드에 배정된 프로그램이 새겨져 있지 않았다. 그저 이렇게 적혀 있었다. 6번 엘리베이터.

리처즈는 신분증 카드와 함께 그 카드를 가슴 주머니에 넣고 강당을 나섰다. 복도 끝에 있는 엘리베이터 다섯 대는 다음 주 게임에 참여하는 지원자들을 7층으로 실어 나르느라 분주하게 오르락내리락 했다. 여섯 번째 엘리베이터의 닫힌 문 앞에는 네 명이 서 있었다. 리처즈는 그중 한 명이 쉰 목소리의 남자라는 것을 알아차렸다.

"이게 뭐지? 우리는 쫓겨나는 거요?" 리처즈가 물었다.

쉰 목소리의 남자는 스물다섯 살 정도로 보였으며, 외모도 나쁘지 않았다. 그런데 팔 하나가 소아마비 때문에 쪼그라든 것 같았다. 소아마비는 2005년에 다시 심하게 퍼졌고, 공영주택 단지에서 특히 기승을 부렸었다.

"그렇게 운이 좋을 리가 있나요." 목쉰 남자가 헛웃음을 지으며 말했다. "큰돈이 되는 게임에 배정을 받은 거 같아요. 그저 뇌졸중으로 병원에 실려 가거나, 눈이 뽑히거나 팔을 한두 개 잘리는 정도가 아니라, 진짜 죽는 게임 말이에요. 황금 시간대에 방영될걸요."

잘생긴 아이가 놀란 듯 눈을 껌뻑거리며 여섯 번째로 합류했다.

"덜떨어진 놈, 어서 와." 쉰 목소리가 말했다.

11시가 되자 다른 사람들이 떠난 후 6번 엘리베이터의 문이 열렸다. 방탄 칸막이 안에 다시 경찰이 타고 있었다.

"봤죠?" 목쉰 남자가 말했다. "우린 위험한 놈들이에요. 공공의 적이라고 할 수 있죠. 저놈들이 우리를 없애버릴 거고요." 남자가 흉악한 깡패 같은 표정을 짓고 상상의 경기관총 흉내를 내며 방탄 칸막이를 향해 총알을 퍼부었다. 경찰은 무표정하게 남자를 노려봤다.

······마이너스 088, 계속된다······

    8층의 대기실은 매우 작고, 매우 호화롭고, 매우 아늑하고, 매우 은밀한 공간이었다. 리처즈는 그 공간을 마음껏 음미했다.
    엘리베이터에서 내리자마자 경찰 세 명이 그들 중 세 사람을 화려한 카펫이 깔린 복도로 재빨리 데려갔다. 리처즈와 목쉰 남자, 그리고 눈을 껌뻑거리는 아이는 여기에 남았다.
    세 사람이 들어가자, 리처즈가 어렸을 때 TV에서 보았던 옛날 섹시 스타(엘리자베스 켈리? 그레이스 테일러?)를 어렴풋이 떠올리게 하는 안내원이 미소를 지었다. 그녀는 벽이 움푹 들어간 곳에 있는 책상에 앉아 있었는데, 에콰도르인의 은신처에나 있을 법한 수많은 화분에 둘러싸여 있었다. "잰스키 씨." 안내원이 환하게 웃으며 말했다. "바로 들어가세요."
    눈을 몹시 껌뻑거리는 아이가 안쪽의 밀실로 들어갔다. 리처즈는 목쉰 남자와 조심스럽게 대화를 나눴는데, 그의 이름은 지미 래플린이었다. 리처즈는 지미가 자신과 불과 세 블록 떨어진 부둣가에 살고 있다는 사실을 알게 되었다. 지미는 제너럴 아토믹스에서 시간제로 엔진 닦는 일을 하다가 방사선 차폐막 누출에 항의하는 연좌 농성에 참여했다는 이유로 해고되었다.
    "뭐, 어쨌든 난 아직 살아 있어요. 그 벌레 같은 놈들은 그게 중요하대요. 물론, 난 임신을 시킬 수 없는 몸이 됐죠. 그건 중요하지 않대요. 하루에 신권 7달러를 벌기 위해 감수해야 하는 사소한 위험일 뿐이라는 거죠."

지미는 제너럴 아토믹스에서 쫓겨난 후 소아마비에 걸린 팔 때문에 일자리를 구하는 게 더욱 힘들었다. 그의 아내는 2년 전에 심한 천식으로 쓰러져 지금은 침대에 누워 있었다. "결국 큰 기회를 잡아 보자고 결심했죠." 지미가 씁쓸한 미소를 지으며 말했다. "매콘의 부하들에게 잡히기 전에 몇 놈은 높은 창문에서 밖으로 던져 버릴 겁니다."

"이게 정말로……."

"「러닝 맨」이요? 내기할래요? 그 너저분한 담배나 하나 줘 봐요."
리처즈가 한 개비 건넸다.

문이 열리더니 눈을 껌뻑거리는 아이가 손수건 두 장만 겨우 걸친 예쁜 여자를 팔에 끼고 나왔다. 아이는 그들 옆을 지나갈 때 긴장한 미소를 살짝 지었다.

"래플린 씨? 들어가시겠습니까?"

이제 리처즈 혼자 남았다. 안내원을 제외하면 말이다. 그녀는 또다시 은신처로 들어가 사라졌다.

리처즈는 자리에서 일어나 구석에 있는 무료 담배 자판기로 갔다. '지미의 말이 맞은 모양이네.' 그가 생각했다. 이 담배 자판기에는 도크가 있었다. 그들이 큰 판에 올라탄 게 틀림없었다. 리처즈는 블램즈 한 갑을 뽑고, 자리에 앉아 담배에 불을 붙였다.

약 20분 후, 지미가 옅은 금발의 여성을 팔에 끼고 나왔다. "카풀로 만난 친구예요." 지미가 금발을 가리키며 리처즈에게 말했다. 여자는 순종적으로 보조개를 지으며 웃었다. 지미는 고통스러워 보였다. "적어도 이 자식은 제대로 말하네요. 나중에 봐요."

지미가 나갔다. 안내원이 은신처에서 고개를 내밀었다. "리처즈 씨? 들어가시겠습니까?"

리처즈가 안으로 들어갔다.

······마이너스 087, 계속된다······

안쪽에 있는 사무실은 킬볼 게임을 할 수 있을 정도로 넓었다. 중산층 주택가와 부둣가의 창고, 석유 탱크, 하딩 호수가 서쪽으로 내려다보이는 거대한 유리창이 가장 두드러졌다. 하늘과 물은 모두 진줏빛 회색이었고, 여전히 비가 내렸다. 저 멀리 대형 유조선 한 척이 오른쪽에서 왼쪽으로 느리게 움직이고 있었다.

책상에 앉아 있는 남자는 중간 키에 피부색이 상당히 어두운 흑인이었다. 사실 너무 검어서, 리처즈는 잠시 비현실적인 느낌을 받았다. 마치 백인이 흑인으로 분장한 쇼에서 튀어나온 것 같았다.

"리처즈 씨." 남자가 일어나 책상 위로 손을 뻗었다. 리처즈가 악수에 응하지 않았지만, 그는 별로 당황한 것 같지 않았다. 남자는 손을 다시 거둬들이고 자리에 앉았을 뿐 아무런 내색이 없었다.

책상 옆에는 슬링 체어가 놓여 있었다. 리처즈는 자리에 앉으며 게임사 로고가 새겨진 재떨이에 담배를 비벼 껐다.

"저는 댄 킬리언입니다, 리처즈 씨. 지금쯤이면 당신이 왜 여기에 왔는지 짐작할 수 있을 겁니다. 저희 기록과 시험 점수에 따르면, 당신은 '영리한 사람'이니까요."

리처즈는 양손을 모으고 다음 말을 기다렸다.

"리처즈 씨, 당신은「러닝 맨」에 참가하게 될 예정입니다. 저희 회사에서 가장 큰 프로그램이죠. 참가자에게도 가장 수익성이 높으면서 위험한 쇼입니다. 여기 제 책상에 최종 동의서가 있습니다. 서명해 주실 거라 믿어 의심치 않지만, 먼저 왜 당신이 선발되었는지 말씀드리고 싶습니다. 그리고 당신에게 앞으로 닥칠 상황을 완벽하게 이해하시길 바랍니다."

리처즈는 아무 대꾸도 하지 않았다.

킬리언이 깨끗한 책상 깔개 위에 서류철을 꺼내 놓았다. 리처즈는 그 서류에 적힌 자신의 이름을 보았다. 킬리언이 서류를 펼쳤다.

"벤저민 스튜어트 리처즈. 28세. 1997년 8월 8일 하딩시 출생. 2011년 9월부터 2013년 12월까지 도시 남부 수공업학교 재학. 불복종으로 두 차례 정학. 교감이 등을 돌린 틈을 타서 허벅지를 차셨군요?"

"젠장, 내가 찬 건 엉덩이였소."

킬리언이 고개를 끄덕였다. "리처즈 씨의 말씀이 맞겠죠. 16세에 실라 리처즈, 결혼 전 성은 고든인 여성과 결혼하셨고요. 옛날식으로 평생 계약을 하셨군요. 모든 면에서 반항적이시네요. 노조의 충성 서약과 임금 통제 조항에 대한 서명을 거부하고 노조에 가입하지 않으셨습니다. 존스버리 지사장을 '후장이나 밝히는 개자식'이라고 불렀군요."

"그렇소."

"당신의 근무 기록은 들쭉날쭉하고, 해고된 횟수가…… 어디 보자…… 총 여섯 번이네요. 불복종과 상급자 모욕, 권위에 대한 악의적 비난 등."

리처즈가 어깨를 으쓱했다.

"요약하자면, 당신은 반권위주의적이고 반사회적인 사람이라고 생각됩니다. 일탈적이지만, 감옥에 가거나 정부와 심각한 문제를 일으키지는 않았고, 어떤 약물에도 중독되지 않을 정도로 영리한 사람입니다. 심리학자는 당신이 다양한 잉크 얼룩에서 레즈비언, 배설물, 오염 가스를 배출하는 차량을 보았다고 보고했습니다. 또한 특별한 이유 없이 과도하게 웃는다고 했습니다."

"그 의사가 내가 예전에 알던 아이와 비슷해서 그런 거요. 학교에서 관중석 아래에 숨어 자위하는 걸 좋아하던 놈이었소. 의사 말고, 그놈 말이오. 그 의사가 뭘 좋아하는지는 모르겠고."

"알겠습니다." 킬리언은 어두운 피부에 가려졌던 하얀 이를 반짝이며 미소를 짧게 짓고는 다시 서류로 돌아갔다. "당신은 2004년 인종차별방지법에서 금지한 인종차별적 발언을 한 적이 있습니다. 단어 연상 테스트 중에도 여러 차례 폭력적인 발언을 했고요."

"난 여기에 폭력적인 일을 하러 온 거잖소."

"물론 그렇죠. 그렇지만 저희는…… 지금 저는 게임사 당국의 입장을 넘어 국가적 차원에서 말하는 겁니다만, 이런 반응을 대단히 우려하고 있습니다."

"밤에 누군가가 당신의 자동차 시동 장치에 블랙 아이리시 폭탄이라도 붙여 놓을까 봐 걱정하는 거요?" 리처즈가 씩 웃으며 말했다.

킬리언은 반사적으로 엄지손가락에 침을 묻혀 서류를 넘겼다. "저희로서는 다행스럽게도, 당신에게 약점이 있더군요, 리처즈 씨. 18개월 된 캐서린이라는 딸이 있으시죠? 실수로 태어난 딸인가요?" 그가 얼음처럼 싸늘한 미소를 지었다.

"계획한 거였소." 리처즈가 담담하게 대답했다. "당시에는 제너럴 아토믹스에서 일하고 있었소. 그런데도 정자가 조금 살아남았더군. 신의 장난일 수도 있고. 세상이 이런 꼴이니, 우리도 제정신이 아니었던 게 아닐까 생각할 때도 있소."

"결국 당신은 여기에 왔습니다." 킬리언이 계속 싸늘한 미소를 지으며 말했다. "그리고 다음 주 화요일에 「러닝 맨」에 출연하게 될 겁니다. 그 프로그램을 본 적이 있나요?"

"그렇소."

"그렇다면 프리비에서 가장 큰 게임이라는 걸 아시겠군요. 시청자들에게는 대리 만족을 하거나 실제로 참여할 기회가 많이 주어집니다. 저는 그 프로그램의 총괄 프로듀서입니다."

"참 대단하시네."

"이 프로그램은 리처즈 씨 당신처럼 타고난 말썽꾼을 제거하기 위해 네트워크가 취할 수 있는 가장 확실한 방법입니다. 이 프로그램을 6년째 진행하고 있는데, 지금까지 생존자는 단 한 명도 없었습니다. 솔직히 말해, 앞으로도 없을 거라고 예상합니다."

"그렇다면 당신네가 게임에서 속임수를 부린다는 거잖소." 리처즈가 심드렁하게 말했다.

킬리언은 불쾌하기보다는 오히려 재미있다는 표정을 지었다. "우리는 속임수를 쓰지 않습니다. 당신은 자신이 시대착오적인 존재라는 사실을 계속 잊고 있군요, 리처즈 씨. 사람들은 술집이나 호텔, 혹은 추운 날씨에 가전제품 가게 앞에 모여 당신이 도망치길 바라며 응원하지 않을 겁니다. 천만에요! 사람들은 당신을 없애버리길 바라고, 할 수만 있다면 당신을 없애도록 도울 겁니다. 혼란이 커질수록 더 좋지요. 그리고 당신은 매콘도 상대해야 합니다. 에번 매콘과 사냥꾼들 말입니다."

"무슨 신생 밴드 이름 같군."

"매콘은 절대로 놓치지 않습니다."

리처즈가 코웃음을 쳤다.

"당신은 화요일 밤 생방송에 출연하게 됩니다. 이후 프로그램은 테이프와 필름, 그리고 가능한 경우엔 트라이캐스트 생중계까지 조합한 형태로 진행될 것입니다. 저희는 특별히 재능이 있는 참가자가 개인적인 파멸에 다다를 때는 예정된 프로그램을 중단하고 중계한 전례가 있습니다.

규칙은 단순합니다. 당신이 잡히지 않고 도망치는 동안 당신이나 당신의 생존한 가족은 시간당 신권 100달러를 받게 됩니다. 저희는 당신이 48시간 동안은 사냥꾼들을 속일 수 있을 거라 가정하고, 도피 자금 4800달러를 제공합니다. 물론, 48시간이 지나기 전에 잡히면 미사용 금액은 반환됩니다. 당신에게는 먼저 도망갈 수 있도록 12시간이 주어집니다. 30일을 버티면 그랑프리를 받는데, 상금은 신권 10억 달러입니다."

리처즈가 고개를 뒤로 젖히며 웃었다.

"제 생각도 똑같습니다." 킬리언이 건조한 미소를 지으며 말했다. "혹시 궁금한 게 있나요?"

"한 가지 있소." 리처즈가 앞으로 몸을 기울이며 말했다. 그의 얼굴에서는 웃음의 흔적이 완전히 사라졌다. "만일 당신이라면 도망치는 사람이 되겠소?"

킬리언이 웃음을 터트렸다. 그는 배를 움켜잡고 웃었다. 흑인의 커다란 웃음소리가 방에 풍성하게 울려 퍼졌다. "아…… 리처즈 씨…… 용서해 주시기 바랍니다……." 그리고 다시 한바탕 웃음을 터트렸다.

이윽고 커다란 하얀 손수건으로 눈을 닦은 킬리언이 진정한 것처럼 보였다. "보세요, 리처즈 씨. 유머 감각도 있으시군요. 당신이…… 저는……." 그가 다시 터져 나오는 웃음을 삼켰다. "죄송합니다. 제 웃음 버튼을 누르셨어요."

"그런 모양이오."

"다른 질문은 없나요?"

"없소."

"아주 좋습니다. 프로그램 직전에 직원들과 만나게 될 것입니다. 혹시라도 당신의 흥미로운 머릿속에 뭔가 질문이 떠오르면, 그때까지 참아 주시기 바랍니다." 킬리언이 책상 위의 단추를 눌렀다.

"싸구려 유혹은 그만두시오. 난 결혼했소."

킬리언의 눈썹이 올라갔다. "정말로 진심인가요? 충실함은 훌륭한 자질이지만, 금요일에서 화요일까지는 긴 시간입니다. 그리고 다시는 부인을 만날 수 없을지도 모른다는 사실을 고려하면……."

"나는 결혼했소."

"아주 좋습니다." 킬리언이 문에 서 있는 소녀에게 고개를 끄덕이자, 소녀가 나갔다. "리처즈 씨, 혹시라도 필요한 게 있을까요? 9층에 개인용 스위트룸이 준비되어 있으며, 식사는 합리적인 범위에서 요청하시면 준비해 드리겠습니다."

"좋은 버번 한 병과 전화기. 아내와 통화를 하려……."

"아, 죄송합니다, 리처즈 씨. 버번은 가능합니다. 하지만 이 면책 동의서에 서명하시면 말이죠." 킬리언이 리처즈에게 서류와 펜을 밀며 말했다. "화요일까지 외부와 연락을 할 수 없게 됩니다. 여자를 다시 고려해 보겠습니까?"

"싫소." 리처즈가 말했다. 그리고 점선 위에 자신의 이름을 끄적였다. "하지만 버번은 두 병으로 주는 게 좋겠소."

"물론입니다." 킬리언이 일어나서 다시 손을 내밀었다.

리처즈는 다시 그 손을 무시하고 밖으로 걸어 나갔다.

킬리언이 무심한 눈으로 리처즈를 바라봤다. 그는 웃지 않았다.

······마이너스 086, 계속된다······

리처즈가 나가자, 안내원이 재빨리 은신처에서 나와 그에게 봉투를 내밀었다.

봉투 앞면에 이렇게 적혀 있었다.

리처즈 씨,
저는 면담할 때 당신에게 당장 돈이 몹시 필요하다는 사실을 언급하지 않았을 겁니다. 그렇죠?
소문과 달리 게임사는 선불금을 미리 제공하지 않습니다. 괜히 '출연자'라는 단어의 화려함에 속지 마세요. 당신은 프리비 스타가 아니고, 그저 위험한 작업을 하는 대가로 매우 높은 보수를 받는 평범한 노동자에 불과합니다.
그러나 게임사에는 제가 당신에게 개인적으로 대여하는 것을 금지하는 규정은 없습니다. 봉투 안에 있는 것은 당신이 앞으로 받게 될 보수의 10퍼센트입니다. 하지만 신권 달러가 아니고, 달러로 교환 가능한 게임 상품권입니다. 제 짐작대로라면 당신은 부인께 이 상품권을 보내겠죠. 그러면 부인은 이 상품권이 신권 달러보다 좋은 점이 한 가지 있다는 사실을 알게 될 것입니다. 훌륭한 의사는 상품권을 법정화폐로 인정하고 받지만, 돌팔이는 그렇지 않거든요.

진심을 담아,
댄 킬리언

리처즈는 봉투를 열어서 고급 독피지에 게임사 로고가 찍힌 두꺼운 쿠폰 책자를 꺼냈다. 액면가 신권 10달러짜리 쿠폰이 48장 들어 있었다. 리처즈는 어리석게도 킬리언에게 감사하는 마음이 솟아오르는 게 느껴지자, 그 감정을 억지로 눌렀다. 킬리언이 리처즈가 받을 돈에서 480달러를 공제하리라는 것은 의심할 여지가 없었다. 게다가 그 480달러가 이 빌어먹을 대형 쇼를 지키는 보험이고, 고객인 시청자들을 지속적으로 만족시킬 담보이며, 킬리언의 고액 연봉 자리를 지키는 수단이라는 점을 생각하면 터무니없이 싼값이었다.

"젠장." 리처즈가 말했다.

안내원이 은신처에서 조심스럽게 고개를 내밀었다. "리처즈 씨, 하실 말씀이 있나요?"

"없소. 엘리베이터를 타려면 어디로 가야 하는 거요?"

……마이너스 085, 계속된다……

스위트룸은 매우 호화로웠다.

거실과 침실, 욕실의 모든 바닥에는 이쪽 벽에서 저쪽 벽까지 개구리헤엄을 칠 수 있을 정도로 두툼하게 카펫이 깔려 있었다. 프리비가 꺼져 있어서 축복 같은 고요함이 흘렀다. 꽃병에는 꽃이 놓여 있고, 문 옆의 벽에는 '서비스'라고 적힌 버튼이 점잖게 달렸다. '여긴 서비스도 빠르겠지.' 리처즈는 냉소적으로 생각했다. 그가 방에서 나가 돌아다니지 못하도록 9층 스위트룸 밖에는 경찰이 두 명 배치되어 있었다.

리처즈가 서비스 버튼을 누르자, 문이 열렸다. "네, 리처즈 씨." 경찰 한 명이 말했다. 리처즈는 '씨'를 붙이는 경찰의 입맛이 얼마나 쓸지 상상이 되었다. "요청하신 버번은……."

"그 말을 하려고 부른 건 아니오." 리처즈는 킬리언이 준 쿠폰책을 경찰에게 보여 주었다. "이걸 어딘가로 가져다주시오."

"리처즈 씨, 이름과 주소를 적어 주시면 제가 배달하겠습니다."

리처즈는 구두 수선 영수증을 찾아서 그 뒷면에 주소와 실라라는 이름을 적었다. 그리고 너덜너덜한 영수증과 쿠폰책을 경찰에게 건네주었다. 리처즈가 돌아서려던 순간, 다른 생각이 떠올랐다. "어이! 잠깐만!"

경찰이 돌아보자, 리처즈가 그의 손에서 쿠폰책을 낚아챘다. 그리고 쿠폰책을 펼쳐서 절취선을 따라 첫 쿠폰의 10분의 1을 뜯었다. 신권 1달러 가치였다.

"혹시 찰리 그레이디라는 경찰 아시오?"

"찰리?" 경찰이 경계하는 눈빛으로 리처즈를 바라봤다. "네, 압니다. 5층에서 근무하고 있죠."

"그 사람한테 이거 가져다주쇼." 리처즈가 경찰에게 자른 쿠폰을 건 넸다. "남는 50센트는 고리대금 수수료라고 전해 주시오."

경찰이 다시 몸을 돌렸을 때, 리처즈가 또다시 불렀다.

"내 아내와 그레이디에게서 영수증을 받아다 주겠소?"

경찰이 노골적으로 불쾌한 표정을 지었다. "사람을 믿지 않는 군요?"

"당연하지." 리처즈가 얼핏 미소를 지으며 말했다. "당신들이 그렇게 가르쳤잖소. 운하 남쪽에서 당신들이 그렇게 가르쳤소."

"사냥꾼들이 당신을 쫓는 모습을 지켜보는 건 재미있을 겁니다. 난 양손에 맥주를 들고 프리비에 달라붙어서 그 모습을 볼 거고."

"영수증만 가져다주시오." 리처즈가 말하고, 경찰의 얼굴 앞에서 조용히 문을 닫았다.

20분 후 버번이 도착했다. 리처즈는 놀라는 배달원에게 두꺼운 소설 몇 권을 가져다 달라고 부탁했다.

"소설이요?"

"책 말이오. 있잖소. 읽을 거. 글자. 활판 인쇄." 리처즈가 페이지를 넘기는 손짓을 했다.

"네, 알겠습니다." 배달원이 의아한 표정을 지으며 대답했다. "저녁 식사 주문하셨나요?"

젠장, 상황이 더 나빠지고 있다. 리처즈는 똥통에 빠져 죽어 가고 있었다. 갑자기 환상적인 만화 장면이 떠올랐다. 남자가 똥통에 떨어져서 샤넬 No.5 향기가 나는 분홍색 똥에 빠져 죽는 장면이었다. 여기서 가장 중요한 건 그 똥도 맛은 똥맛이라는 사실이었다.

"스테이크, 완두콩, 으깬 감자." 이런, 실라는 뭘 먹고 있을까? 단백질 알약과 가짜 커피? "우유, 크림이 들어간 사과파이. 됐소?"

"네, 알겠습니다. 혹시……."

"싫소." 리처즈가 갑자기 곤혹스러운 표정을 지으며 말했다. "싫소. 나가시오." 그는 식욕이 없었다. 아예 전혀.

……마이너스 084, 계속된다……

리처즈는 씁쓸한 미소를 지었다. 자신이 '소설'에 대해 말한 것들을 게임사의 벨보이가 문자 그대로 받아들인 모양이었다. 벨보이는 자를 유일한 기준으로 삼아 책을 고른 것 같았다. 두께가 4센티미터 이상이면 무조건 오케이. 벨보이는 리처즈가 들어 본 적도 없는 책들을 세 권 가져왔다. 두 권은 『신은 영국인이다』와 『낯선 사람이 아닌 것처럼』이라는 오래된 고전 소설이었고, 나머지 한 권은 3년 전에 출간된 『봉사의 기쁨』이라는 두꺼운 책이었다. 리처즈는 그 책을 먼저 들여다보고는 코를 찡그렸다. 가난한 소년이 제너럴 아토믹스에서 출세하는 이야기였다. 소년은 엔진닦이에서 기어 숙련공으로 승진한다. 야간 강좌를 들었다.(리처즈는 무슨 강좌를 들었는지 궁금했다. 모노폴리 장난감 화폐학이라도 들었나?) 난교 파티에서 아름다운 소녀와 사랑에 빠진다.(아직 매독에 코가 썩어 뭉개지는 단계까지는 안 간 모양이군.) 재능 점수를 눈부시게 받고 하급 기술자로 승진한다. 그 후 3년 계약 결혼을 하고…….

리처즈는 그 책을 방 건너편으로 던져 버렸다. 『신은 영국인이다』는 조금 나았다. 그는 얼음이 담긴 잔에 버번을 따르고 소설에 빠져들었다.

리처즈가 술이 얼큰하게 취한 상태로 300페이지를 읽고 있을 때 조심스러운 노크 소리가 들려왔다. 버번 한 병을 비웠다. 리처즈가 다른 병을 손에 들고 문으로 갔다. 경찰이 서 있었다. "영수증입니다, 리처즈 씨." 경찰이 말하고, 문을 당겨서 닫았다.

실라는 아무 말도 쓰지 않았지만, 아기 캐서린의 사진을 한 장 보냈다. 리처즈는 사진을 보고 술에 취한 눈에서 눈물이 흘러내리는 게 느껴졌다. 그는 사진을 주머니에 넣고 다른 영수증을 봤다. 찰리 그레이디는 교통 위반 딱지의 뒷면에 간단히 적었다.

고마워, 벌레 같은 놈아, 꺼져 버려.
— 찰리 그레이디

리처즈가 킥킥거리며 딱지를 카펫에 떨어트렸다. "고마워, 찰리." 그가 텅 빈 방을 바라보며 말했다. "딱 필요했던 거야."

리처즈가 캐서린 사진을 다시 바라봤다. 사진 속의 캐서린은 태어난 지 나흘밖에 안 된 볼이 발간 자그마한 아기로, 실라가 직접 만든 하얀 아기 드레스를 입고 목청 높여 울고 있었다. 리처즈는 눈물이 솟구쳤지만, 착한 녀석 찰리의 감사 편지를 생각하며 마음을 다잡았다. 리처즈는 뻗어 버리기 전에 두 번째 병을 다 마실 수 있을지 궁금해져서 확인해 보기로 했다.

거의 성공할 뻔했다.

······마이너스 083, 계속된다······

 토요일에 리처즈는 심한 숙취로 하루를 보냈다. 토요일 저녁이 되자 숙취가 거의 사라졌다. 그래서 저녁 식사와 함께 버번을 두 병 더 주문했다. 두 병을 다 마시고, 일요일 이른 아침에 흐릿한 햇살이 비치는 방에서 깨어났을 때 침실의 반대편 벽에 납작하고 무시무시한 눈이 달린 거대한 애벌레들이 천천히 기어가는 모습이 보였다. 리처즈는 화요일이 오기 전에 자신의 반응 능력을 완전히 망가트리는 것은 최선의 선택이 아니라는 결론을 내리고, 술을 끊었다.
 이번 숙취는 해소하는 데 오랜 시간이 걸렸다. 리처즈는 수없이 토했고, 더 이상 토해 낼 것이 없어지자 헛구역질을 했다. 이 증상이 일요일 오후 6시쯤 점차 가라앉기 시작해서 저녁 식사로 수프를 주문했다. 버번은 시키지 않았다. 리처즈는 네오록 음반 10여 장을 주문해서 스위트룸의 음향 시스템으로 틀었는데 곧 지겨워졌다.
 리처즈는 일찍 잠자리에 들었다. 그러나 잠을 설쳤다.
 월요일은 침실 옆에 있는 유리로 둘러싸인 작은 테라스에서 거의 보냈다. 리처즈는 지금 부두에서 매우 높은 곳에 있었고, 햇살과 소나기가 번갈아 쏟아지는 상당히 쾌적한 날이었다. 두 편의 소설을 읽었다. 다시 일찍 잠자리에 들었고, 전날보다 조금 더 잘 잤다. 불쾌한 꿈을 꾸었다. 실라가 죽어서 장례식에 참석하는 꿈이었다. 누군가가 관에서 실라를 일으키더니, 신권 달러로 만든 기괴한 꽃다발을 그녀의 입에 쑤셔 넣었다. 리처즈가 그녀에게 달려가 그 더러운 돈을 빼내려

했지만, 뒤에서 손들이 그를 붙잡았다. 리처즈는 경찰 10여 명에게 붙잡혔다. 그중에는 찰리 그레이디도 있었다. 찰리가 씩 웃으며 말했다. "이게 패배자의 운명이다, 이 벌레 새끼야." 경찰들이 자신의 머리에 총을 겨누는 순간 잠에서 깨어났다.

"화요일이군." 리처즈가 혼잣말하며 몸을 굴려 침대에서 빠져나왔다. 반대편 벽에 걸린 햇살 모양의 제너럴 아토믹스 시계는 7시 9분을 가리키고 있었다. 11시간이 채 지나기 전에 북미 전역에 「러닝 맨」의 트라이캐스트 생중계가 시작될 것이다. 리처즈는 가슴에서 한 방울의 뜨거운 공포가 느껴졌다. 23시간이 지나면 그는 사냥감이 될 것이다.

리처즈는 뜨거운 물을 틀어 놓고 오랜 시간 샤워한 후 작업복을 입고, 아침 식사로 햄과 계란 요리를 주문했다. 담당 벨보이에게 블램즈 열 갑도 주문했다.

리처즈는 아침과 이른 오후를 독서하며 조용히 보냈다. 2시가 되자, 문에서 정중한 한 번의 노크 소리가 들렸다. 경찰 세 명과 함께 아서 M. 번스가 게임사 운동복을 입고 속물적이고 우스꽝스러운 모습으로 들어왔다. 경찰들은 모두 전기봉을 들고 있었다.

"리처즈 씨, 마지막 브리핑 시간입니다. 가시죠······." 번스가 말했다.

"알았소." 리처즈는 책에 읽고 있던 부분을 표시하고, 커피 탁자 위에 내려놓았다. 갑자기 공포가 밀려와 공황에 빠질 지경이었는데, 손가락이 눈에 띌 정도로 떨지 않아 정말 다행이라고 생각했다.

……마이너스 082, 계속된다……

　게임사 건물의 10층은 아래층들과 상당히 달랐다. 리처즈는 자신이 더 이상 올라가지 못할 것이라는 사실을 깨달았다. 더러운 1층 로비에서 시작된 상향 이동의 망상은 여기 10층에서 끝났다. 10층은 방송 시설이었다.

　복도는 넓고, 하얗고, 휑했다. 제너럴 아토믹스 태양광 전지 모터로 구동되는 밝은 노란색 카트가 여기저기에서 느릿느릿 움직이며 프리비 기술자들을 스튜디오와 조정실로 실어 날랐다.

　엘리베이터가 멈추자 카트 한 대가 그들을 기다리고 있었다. 리처즈와 번스, 경찰들까지 다섯 명이 카트에 올라탔다. 그들이 지나갈 때 사람들이 목을 빼고 몇 차례 리처즈를 손짓으로 가리켰다. 게임사의 노란색 홀터넥 상의와 반바지를 입은 한 여성이 리처즈에게 윙크하고 키스를 보냈다. 리처즈는 그녀에게 가운뎃손가락을 들어 보였다.

　수십 개의 복도로 연결된 통로를 따라 몇 킬로미터는 이동한 것 같았다. 최소한 10여 개 이상의 스튜디오를 살짝 엿볼 수 있었는데, 그중 하나에는 「돈 버는 러닝 머신」에서 봤던 악명 높은 러닝 머신이 있었다. 부자 동네에서 온 관광객들이 그 러닝 머신을 타 보며 웃어 댔다.

　마침내 카트가 「러닝 맨」, 절대 출입 금지'라고 적힌 문 앞에 멈췄다. 번스가 문 옆의 방탄 부스 안에 있는 경비원에게 손을 흔들고 리처즈를 바라봤다.

"경비 부스와 문 사이의 투입구에 신분증 카드를 넣으세요." 번스가 말했다.

리처즈가 카드를 집어넣었다. 그의 카드가 투입구 속으로 사라지자, 경비 부스 안에서 작은 등이 켜졌다. 경비원이 버튼을 누르니 문이 열렸다. 리처즈가 다시 카트에 올라탔고, 그들은 스튜디오 안으로 천천히 들어갔다.

"내 카드는 어떻게 되는 거요?" 리처즈가 물었다.

"이제 카드는 필요 없습니다."

그들은 조정실로 들어갔다. 콘솔 구역에는 꺼진 모니터 화면 앞에 앉아 마이크에 숫자를 읽고 있는 대머리 기술자 외에는 아무도 없었다.

왼쪽에는 리처즈가 처음 보는 두 남자와 총괄 프로듀서 댄 킬리언이 간유리로 만들어진 탁자 주변에 앉아 있었다. 그중 한 명은 얼핏 눈에 익은 얼굴이었지만, 너무 멋지게 생겨서 기술자 같지는 않았다.

"안녕하세요, 리처즈 씨, 번스 씨. 음료수 한잔 드릴까요, 리처즈 씨?"

리처즈는 그 말을 듣고 목마르다는 사실을 깨달았다. 에어컨이 여러 대 있는 것을 봤는데도 10층은 꽤 더웠다. "루티투트 한 잔 주시오." 리처즈가 말했다.

킬리언이 일어나 냉장고로 가더니, 짜서 먹는 플라스틱병의 뚜껑을 열었다. 리처즈가 자리에 앉으며 병을 받고 고개를 끄덕했다.

"리처즈 씨, 제 오른쪽에 있는 분은 「러닝 맨」의 연출을 맡은 프레드 빅터입니다. 그리고 아시겠지만, 이쪽 친구는 바비 톰슨입니다."

당연히 알았다. 톰슨은 「러닝 맨」을 이끄는 사회자다. 그는 말끔한 녹색 튜닉을 입었는데, 살짝 광택이 났다. 그리고 머릿결은 은빛으로 반짝이며 화려해서 어딘가 수상해 보일 정도였다.

"염색한 거요?" 리처즈가 물었다.

톰슨의 완벽한 눈썹이 치켜 올라갔다. "네? 뭐라고요?"

"됐소."

"리처즈 씨를 조금 너그러이 봐주셔야 할 거야." 킬리언이 웃으며 말했다. "리처즈 씨는 아주 심각한 무례병이라도 걸린 것 같거든."

"충분히 이해할 수 있습니다." 톰슨이 말하며, 담배에 불을 붙였다. 리처즈는 비현실적인 기분이 밀려드는 게 느껴졌다. "상황이 상황이니까요."

"리처즈 씨, 괜찮으시면 이쪽으로 오시죠." 연출자 빅터가 상황을 이끌며 말했다. 그는 모니터가 줄지어 있는 벽으로 리처즈를 안내했다. 기술자는 숫자 작업을 마치고 이미 조정실에서 나간 상태였다.

빅터가 버튼 두 개를 누르자, 「러닝 맨」 세트의 좌우 시점이 화면에 나타났다.

"우리는 사전 리허설을 하지 않습니다." 빅터가 말했다. "리허설을 하면 자연스러움이 망가진다고 생각하거든요. 바비는 그냥 즉석에서 진행하는데, 아주 탁월하게 잘합니다. 하딩 시간으로 6시에 시작합니다. 바비는 파란색 연단의 중앙으로 가서 도입부를 진행한 후 당신에 관해 간략한 소개를 할 겁니다. 모니터에 사진 몇 장이 뜰 거예요. 당신은 무대 오른쪽 구석에 대기할 텐데, 당신의 좌우에 게임사 경비원이 폭동 진압용 총을 무장한 상태로 함께 있을 겁니다. 당신이 소란을 피운다면 전기봉이 더 실용적이겠지만, 폭동 진압용 총이 더 극적이라서요."

"그렇겠지." 리처즈가 말했다.

"관중들이 야유를 많이 할 겁니다. 극적 효과를 내려고 그렇게 준비했습니다. 킬볼 경기와 비슷하죠."

"혹시 가짜 총알로 날 쏠 거요? 나한테 가짜 피 주머니를 몇 개 달아 두고 신호에 맞춰 피를 뿌릴 수도 있잖소. 그것도 극적 효과를 위해 좋을 텐데."

"집중해서 잘 들으세요. 당신의 이름을 부를 때 당신과 경비원들이 무대로 들어갑니다. 바비가, 음, 당신을 인터뷰할 겁니다. 원하는 대로 얼마든지 화려하게 말하세요. 그게 더 극적이니까요. 그리고 오후 6시 10분쯤 첫 번째 네트워크 홍보 영상이 나가기 직전에 당신은 도주 자금을 받고 경비원들을 남겨 둔 채 무대 왼쪽으로 나가게 될 겁니다. 이해되나요?"

"알겠소. 지미는 어떻게 됐소?"

빅터가 인상을 찌푸리며 담배를 피웠다. "그 사람은 6시 15분에 당신의 다음 순서로 나옵니다. 저희는 동시에 두 게임을 돌리거든요. 참가자 중 한 명이 사냥꾼들을 따돌리는 데 서투를 때가 종종 있기 때문이죠."

"그 꼬마는 보조 출연자인 거요?"

"잰스키 말인가요? 네. 하지만 리처즈 씨와는 상관없는 일입니다. 나중에 무대 왼쪽으로 나가면, 팝콘 상자 크기의 테이프 카메라를 줄 겁니다. 무게는 3킬로그램 정도예요. 그리고 10센티미터 길이의 테이프 클립 60개도 줄 겁니다. 이 장비는 코트 주머니에 넣어도 될 정도로 부피가 별로 크지 않습니다. 현대 기술의 위업이라고 할 수 있죠."

"멋지군."

빅터가 입술을 꽉 다물었다가 말을 이었다. "킬리언 씨가 이미 말했듯이, 리처즈 씨, 당신은 대중을 위한 출연자일 뿐입니다. 실제로, 당신은 그 일을 위해 고용된 사람입니다. 당신의 역할은 바로 그런 관점에서 생각해야 합니다. 테이프 카트리지는 우체통에 넣기만 하면 우리에게 특송으로 배달됩니다. 그러면 우리는 그 테이프를 편집해서 저녁 방송에 내보내죠. 하루에 두 번 영상 클립을 보내지 않으면, 상금의 지급 계약은 법적인 효력을 상실하게 됩니다."

"그래도 사냥꾼들은 나를 계속 쫓을 거 아니오."

"맞습니다. 그러니까 테이프를 우편으로 보내세요. 그 테이프로는 당신의 위치가 공개되지 않습니다. 사냥꾼들은 방송 부서와 별도로 운영되니까요."

리처즈는 그 말을 믿지 않았지만, 아무 말도 하지 않았다.

"당신에게 녹화 장비를 준 후에는 거리로 나가는 엘리베이터로 안내할 것입니다. 그 엘리베이터는 곧장 램파트가(街)로 연결됩니다. 일단 내려간 다음에는 자유롭게 이동하면 됩니다." 빅터가 잠깐 멈췄다. "질문 있나요?"

"없소."

"킬리언 씨가 당신과 해결해야 할 돈 문제가 있다더군요."

그들은 댄 킬리언이 아서 M. 번스와 대화를 나누고 있는 곳으로 돌아갔다. 리처즈는 루티투트를 하나 더 주문해서 받았다.

"리처즈 씨." 킬리언이 이를 드러내고 활짝 웃으며 말했다. "아시다시피, 당신이 스튜디오에서 나갈 때는 무장하지 않은 상태로 떠나게 됩니다. 하지만 정당하거나 부정한 수단을 이용해 무장할 수 없다는 말은 아닙니다. 전혀 그렇지 않죠! 사냥꾼이나 공권력을 죽인 경우에는 한 명당 100달러의 추가 보상이 당신이나 당신 가족에게 지급됩니다."

"알았으니까, 나한테 말하지 마시오. 그게 더 극적이잖소." 리처즈가 말했다.

킬리언이 즐거운 듯 미소를 지었다. "정말 예리하시네요. 알겠습니다. 하지만 죄 없는 구경꾼들은 잡지 마세요. 그건 규칙에 어긋납니다."

리처즈는 아무 대꾸도 하지 않았다.

"이 프로그램의 또 다른 측면에 대해 말하자면……."

"밀고자와 프리랜서 카메라맨 이야기라면, 알고 있소."

"그 사람들은 밀고자가 아니라, 올바른 북미 시민입니다." 킬리언의 상처받은 듯한 말투가 진심인지 비꼬는 말인지 알기 어려웠다. "아무튼, 아무나 당신을 발견하면 800번으로 연락할 수 있습니다. 목격이 확인되면 신권 100달러를 지불합니다. 그 목격이 사냥으로 이어질 때는 1000달러를 지불합니다. 프리랜서 카메라맨에게는 필름 1미터당 30달러 이상을 지불……."

"피 묻은 돈으로 경치 좋은 자메이카로 은퇴하세요." 리처즈가 양팔을 펼치며 소리쳤다. "3D 주간지 100개에 여러분의 사진이 실릴 겁니다. 수백만 명의 우상이 되세요. 자세한 내용은 홀로그램으로 알려 드리겠습니다."

"그만하시죠." 킬리언이 조용히 말했다. 사회자 바비 톰슨은 손톱을 다듬고 있었다. 빅터는 밖으로 나가 카메라 각도에 대해 누군가에게 소리를 지르고 있는지, 그 소리가 희미하게 들려왔다.

킬리언이 버튼을 눌렀다. "존스 양? 준비됐지." 킬리언이 일어서며 다시 손을 내밀었다. "이제 화장을 받으셔야 합니다, 리처즈 씨. 곧 조명이 켜질 겁니다. 무대 뒤에서 대기하세요. 당신이 무대에 오르기 전에는 저와 만날 일이 없을 겁니다. 그럼……."

"멋진 시간이었소." 리처즈가 말했다. 그리고 악수는 거절했다.

존스 양이 리처즈를 밖으로 안내했다. 2시 30분이었다.

······마이너스 081, 계속된다······

　리처즈는 양쪽에 경찰을 끼고 무대 옆 구석에 서서 스튜디오의 관중들이 바비 톰슨에게 열렬히 손뼉을 치는 소리를 듣고 있었다. 리처즈는 초조했다. 그는 그런 자신을 비웃었지만, 불안감을 느끼는 것은 분명한 현실이었다. 비웃는다고 사라질 감정이 아니었다. 6시 1분이 되었다.
　"오늘 밤 첫 참가자는 우리 도시의 운하 남쪽에서 온 재빠르고 재능이 풍부한 남자입니다." 톰슨이 말했다. 모니터가 흐려지더니 헐렁한 회색 작업복을 입은 리처즈의 사진이 선명하게 떴다. 며칠 전 몰래카메라로 찍은 사진이었다. 배경은 5층 대기실처럼 보였다. 리처즈 생각에는 눈이 움푹 들어갔고, 이마도 조금 낮추고, 뺨은 더 그늘져 보이도록 사진을 보정한 것 같았다. 입은 기술자가 에어브러시를 이용해 비웃는 것처럼 만들어 뒤틀린 표정으로 바뀌었다. 전체적으로 모니터에 비친 리처즈는 섬뜩했다. 도시를 위협하는 죽음의 천사 같았다. 잔혹하고 그다지 똑똑하지는 않지만, 일종의 원시적인 동물적 교활함을 지닌 인물로 보였다. 부자 동네 아파트 주민들이 두려워하는 밤의 괴물 같은 모습이었다.
　"이 남자는 벤저민 리처즈입니다. 스물여덟 살이죠. 얼굴을 잘 기억해 두세요! 30분 후 이 남자가 거리를 돌아다니기 시작할 것입니다. 확실한 목격 정보를 제공하면 신권 100달러를 받을 수 있습니다! 그 목격 정보에 따라 사냥을 하게 되면 신권 1000달러를 드립니다!"

리처즈는 정신이 잠시 딴 데 갔다가, 정신이 번쩍 들며 다시 현실로 돌아왔다.

"그리고 벤저민 리처즈가 사망할 경우 상금을 받게 될 사람이 바로 이 여자입니다!"

사진은 실라의 정지 사진으로 서서히 바뀌었다. 하지만 에어브러시가 다시 한번 작동한 것 같았다. 이번에는 훨씬 더 노골적이었다. 그 결과는 잔인했다. 다정하지만 그다지 예쁘지 않은 실라의 얼굴이 속이 빈 천박한 여자로 변해 버렸다. 두툼하게 내민 입술, 탐욕이 번들거리는 눈, 그리고 이중턱은 흐릿하게 처리해서 마치 벌거벗은 가슴처럼 보이도록 보정되었다.

"이 개자식아!" 리처즈가 씩씩거렸다. 그가 앞으로 돌진하자, 힘센 팔들이 그를 붙잡았다.

"진정해, 친구. 그냥 사진이잖아."

잠시 후 리처즈는 끌려가듯 무대 위로 올라갔다.

관중이 즉각적으로 반응했다. 스튜디오는 고함 소리로 가득 찼다. "우! 오토바이 깡패놈아!" "꺼져, 이 쓰레기야!" "죽여라! 저 개자식을 죽여라!" "엿 먹어라!" "꺼져라! 꺼져라!"

바비 톰슨이 손을 들어 올리며 호쾌한 말투로 조용히 하라고 소리쳤다. "자, 이 사람이 무슨 소리를 하는지 들어 보시죠." 관중은 조용해졌지만, 아직 흥분이 가신 상태는 아니었다.

리처즈는 뜨거운 조명을 받으며 고개를 숙이고 황소처럼 서 있었다. 그는 자신이 저들의 계획대로 증오와 반항심을 드러내고 있다는 사실을 알고 있었지만 어쩔 수 없었다.

리처즈가 충혈된 눈으로 톰슨을 노려보며 말했다. "내 아내 사진을 저렇게 만든 놈은 자기 불알을 씹어 먹게 해 주마."

"더 말해 보세요, 리처즈 씨!" 바비가 적당히 경멸을 담은 말투로 외쳤다. "아무도 당신을 해치지 않을 겁니다……. 적어도 지금 당장은 말이죠."

관중석에서 비명 소리와 신경질적인 욕설이 더욱 쏟아졌다.

리처즈가 갑자기 관중을 향해 고개를 돌리자, 뺨이라도 맞은 듯 관중석이 조용해졌다. 여자들은 두려움과 약간은 성적 흥분이 섞인 눈빛으로 리처즈를 응시했고, 남자들은 피에 굶주린 눈빛으로 그를 올려다보며 씩 웃었다.

"이 개자식들아!" 리처즈가 소리쳤다. "누가 죽는 꼴을 그렇게 보고 싶으면, 너희들끼리 서로 죽이면 되잖아."

리처즈의 마지막 말은 더 크게 쏟아져 나오는 비명 소리에 묻혔다. 관중들(아마도 돈을 받고 고용된 사람들)이 무대 위로 올라오려 했다. 경찰이 그들을 제지했다. 리처즈는 자신이 어떻게 보일지 뻔히 알면서도 관중들을 똑바로 마주했다.

"리처즈 씨, 지혜로운 말씀 대단히 감사합니다." 이제 아나운서는 노골적으로 경멸을 드러냈다. 관중은 다시 거의 조용해져서 그의 말을 즐겼다. "여기 스튜디오와 가정에서 이 쇼를 시청하고 계신 분들께 당신이 얼마나 오래 버틸 것 같은지 말해 줄 수 있을까요?"

"스튜디오와 집에서 시청하고 있는 모든 사람에게 말하고 싶소. 저건 내 아내가 아니오! 저건 싸구려 가짜……."

관중의 소음에 리처즈의 목소리가 묻혀 버렸다. 그들의 증오에 찬 외침은 거의 광란의 절정에 도달했다. 바비는 군중이 조금 조용해질 때까지 1분 정도 기다린 다음 다시 말했다. "얼마나 오래 버틸 수 있을 것 같으세요, 리처즈 씨?"

"30일 꽉 채울 거요." 리처즈가 침착하게 말했다. "너희들 중에 날

잡을 놈은 아무도 없을 테니까."

 더 많은 고함 소리가 터져 나왔다. 주먹을 흔드는 사람들이 있었고, 누군가는 토마토를 집어 던졌다.

 바비 톰슨이 다시 관중을 향해 외쳤다. "리처즈 씨는 유치하고 허세 가득한 말을 마지막으로 남기며 우리의 무대를 떠나게 됩니다. 내일 정오에 사냥이 시작되죠. 저 사람의 얼굴을 기억해 두세요! 어쩌면 허파 버스에서…… 제트기 안에서…… 3D 진열대 앞에서…… 혹은 동네 킬볼 경기장에서 여러분 옆에 있을지도 모릅니다. 오늘 밤에는 하딩에 있겠지만, 내일은 뉴욕? 보이시? 앨버커키? 콜럼버스? 혹은 여러분의 집 밖에 몰래 숨어 있을지도 모릅니다. 저 사람을 신고하실 건가요?"

 "네에!" 관중들이 소리쳤다.

 리처즈가 갑자기 관중을 향해 양손을 들어 손가락 욕을 했다. 이번에 관중들이 무대로 돌진하는 모습은 연출에 따른 흉내 수준을 넘어선 것이었다. 관중들이 카메라 앞에서 리처즈를 갈기갈기 찢어 버리면 앞으로 펼쳐질 흥미진진한 중계를 모두 놓칠 수 있기 때문에, 네트워크 직원들이 그를 무대 왼쪽의 출구로 급히 빼돌렸다.

……마이너스 080, 계속된다……

킬리언이 무대 옆 구석에 앉아 터져 나오는 웃음을 참지 못하고 몸을 들썩였다. "훌륭한 연기였습니다, 리처즈 씨. 잘했어요! 맙소사, 보너스라도 주고 싶네요. 그 손가락 욕…… 최고였어요!"

"그저 기쁘게 해 드리고 싶었을 뿐이오." 리처즈가 말했다. 모니터 화면들은 홍보 영상으로 넘어가고 있었다. "빌어먹을 카메라 내놓고, 엿이나 드셔."

"말이 되는 소리를 하세요." 킬리언이 계속 웃으며 말했다. "카메라는 여기 있습니다." 카메라를 들고 있던 기술자에게서 받아 리처즈에게 건넸다. "테이프 클립을 넣어 놓았으니까 바로 사용할 수 있어요. 테이프 클립도 받으세요." 킬리언이 방수포로 감싼 작고 놀랍도록 무거운 직사각형 상자를 건네주었다.

리처즈가 카메라를 코트의 한쪽 주머니에, 클립을 다른 쪽 주머니에 넣었다. "좋군. 엘리베이터는 어디 있소?"

"그렇게 서두를 것 없어요. 아직 잠깐은 시간이 있습니다……. 정확히 말하면, 12분 여유가 있습니다. 당신에게 주어지는 12시간의 자유 시간은 6시 30분에 공식적으로 시작하거든요." 킬리언이 말했다.

분노의 고함 소리가 다시 들리기 시작했다. 어깨 너머로 무대 위에 올라온 지미의 모습이 리처즈의 눈에 들어왔다. 그는 지미에게 연민을 느꼈다.

"전 당신이 마음에 들어요, 리처즈 씨. 당신은 잘 해낼 겁니다. 당신에게는 뭔가 거칠고 원시적인 스타일이 있어요. 전 그런 스타일을 대단히 좋아하죠. 제가 수집가거든요. 동굴 벽화와 이집트 유물 쪽이 주전공입니다. 당신은 이집트 항아리보다는 동굴 벽화와 더 비슷하지만 뭐가 중요하겠습니까. 가능하다면 당신을 수집해서 보존하고 싶군요. 아시아 동굴 벽화를 제가 수집해서 보존한 것처럼 말입니다."

"내 뇌파 기록이나 가져, 개자식아. 다 기록으로 남아 있으니까."

"충고 하나 해 줄게요." 킬리언이 리처즈의 말을 무시하고 말했다. "당신에겐 전혀 승산이 없습니다. 전 국민이 추적에 가담하고 사냥꾼들이 가진 장비와 훈련 수준은 믿을 수 없을 만큼 정교하니까요. 하지만 몸을 낮추면 더 오래 버틸 수 있습니다. 우연히 무기를 얻더라도, 무기보다는 다리를 쓰세요. 그리고 당신 같은 사람들 가까이에 지내세요." 그가 리처즈를 손가락으로 가리키며 강조했다. "저기에 있는 저 선량한 중산층 말고. 저 사람들은 당신의 배짱을 증오해요. 당신은 이 어둡고 망가진 시대의 모든 공포를 상징하니까요. 방금 무대에서 본 게 그저 연출이나 관객 동원이라고 생각하나요, 리처즈 씨? 저 사람들은 정말로 당신의 배짱을 싫어합니다. 그게 느껴지세요?"

"그렇소. 느껴지오. 나도 저 인간들이 싫소."

킬리언이 미소를 지었다. "그래서 저들이 당신을 죽이려는 겁니다." 그가 리처즈의 팔을 잡았다. 생각보다 꽤 힘이 있었다. "이쪽으로 가세요."

그들 뒤에서는 바비 톰슨이 관중을 만족시켜 주기 위해 지미를 조롱하고 있었다.

하얀 복도를 따라 걸어가는 그들의 발소리가 공허하게 울려 퍼졌다. 오로지 그 소리뿐이었다. 복도 끝에 엘리베이터가 하나 있었다.

"당신과 저는 여기에서 헤어집니다. 엘리베이터는 거리로 곧장 갈 겁니다. 9초 남았습니다."

킬리언이 네 번째로 손을 내밀었지만, 리처즈는 또다시 악수를 거절했다. 하지만 잠시 그 자리에서 머뭇거렸다.

"내가 올라가면 어떻게 되는 거요?" 리처즈가 질문하며, 천장 위의 80층을 향해 손짓했다. "저 위로 올라가면 내가 누구를 죽일 수 있겠소? 꼭대기까지 곧장 올라가면 누굴 죽일 수 있는 거요?"

킬리언이 부드럽게 웃으며 엘리베이터 옆에 있는 버튼을 눌렀다. 엘리베이터의 문이 벌컥 열렸다. "그게 바로 제가 당신을 좋아하는 이유입니다, 리처즈 씨. 당신은 크게 생각하죠."

리처즈가 엘리베이터에 올라탔다. 양쪽의 문이 서로를 향해 미끄러졌다.

"눈에 띄지 않게 지내요." 킬리언이 반복해서 말했다. 곧 리처즈 혼자 남았다.

엘리베이터가 거리를 향해 내려가기 시작하자, 그의 속이 울컥 내려앉았다.

······마이너스 079, 계속된다······

 엘리베이터가 곧장 내려가서 문이 열리자 바로 거리가 나왔다. 닉슨 기념공원 입구에 경찰 한 명이 서 있었지만, 엘리베이터에서 걸어 나오는 리처즈를 쳐다보지 않았다. 그저 무심하게 전기봉을 툭툭 두드리며, 하늘을 가득 채운 이슬비를 바라볼 뿐이었다.
 이슬비 때문에 도시가 이른 시간에 어스름에 잠겼다. 불빛은 어둠 속에서 신비롭게 빛났고, 게임사 건물의 그늘에 싸인 램파트가에서 움직이는 사람들은 실체 없는 그림자에 불과했다. 리처즈는 자신 역시 그렇게 보일 거라는 사실을 알았다. 그는 유황 냄새가 섞인 축축한 공기를 깊이 들이마셨다. 맛은 거슬렸지만, 그럼에도 좋았다. 마치 감옥에서 풀려난 느낌이었다. 하지만 실제로는 한 감방에서 다른 감방으로 옮겨졌을 뿐이었다. 공기는 괜찮았다. 공기는 좋았다.
 '당신 같은 사람들 가까이에 지내세요.'라고 킬리언이 말했다. 물론, 그 말은 옳았다. 킬리언이 굳이 그 말을 하지 않아도 리처즈는 알고 있었다. 내일 정오에 휴전 기간이 끝나면 공영주택 단지에 경찰이 가장 집중될 것이라는 사실도 알고 있었다. 하지만 그때쯤이면 그는 산을 넘어 저 멀리 사라진 상태일 것이다.
 리처즈는 세 블록을 걸어가서 택시를 불렀다. 그는 택시의 프리비가 고장 난 상태이길 바랐다.(많은 택시의 프리비가 고장이 나 있었다.) 하지만 이 택시의 프리비는 멀쩡하게 작동 중이었다. 게다가 「러닝 맨」의 엔딩 크레디트가 요란하게 나오고 있었다. 젠장.

"어디 가쇼, 친구?"

"로바드가." 그곳은 리처즈가 가려는 목적지에서 다섯 블록 떨어진 거리였다. 택시에서 내리면, 뒷골목 지름길을 통해 몰리의 가게로 갈 것이다.

택시가 가속을 하자, 낡은 휘발유 엔진의 쿵쾅거리는 피스톤과 배기관의 소음이 불협화음 심포니를 연주했다. 리처즈는 더 짙은 그림자에 묻히길 바라며 비닐 쿠션에 깊숙이 파고들었다.

"이봐, 방금 프리비에서 당신 봤어!" 택시기사가 소리쳤다. "그 남자 잖아, 프리처드!"

"프리처드, 맞소." 리처즈가 체념한 듯 말했다. 게임사 건물이 점점 멀어지며 작아졌다. 운 나쁘게 기사가 그를 알아보긴 했지만, 건물이 멀어질수록 그의 마음을 짓누르던 어두운 감정도 함께 옅어지는 것 같았다.

"세상에, 배짱이 대단하네. 그건 인정할게. 정말로 대단해. 맙소사, 그놈들이 당신을 죽일 거야. 알지? 존나 확실하게 죽여 버릴 거라고. 진짜 배짱 하나는 대단하네."

"맞소. 그 정도는 다들 하는 거 아니오. 뭐, 당신도 비슷할 거요."

"다들 하는 거라니!" 택시기사가 다시 반복했다. 완전히 들떠 있었다. "맙소사, 끝내주네. 진짜 대박이야! 혹시 택시비 대신 마누라한테 당신 만났다고 이야기해도 될까? 마누라가 게임에 아주 환장하거든. 물론 신고는 해야지. 그런데 젠장할 100달러는 못 받을 거야. 택시 기사가 신고하려면 목격자가 최소한 한 명은 있어야 해서 말이지. 내 팔자에 당신이 택시에 타는 걸 누가 봤을 리도 없고."

"그럼 쉽지 않겠군. 나를 죽이는 데 도움을 주지 못하게 돼서 유감이오. 내가 이 택시에 탔다는 쪽지라도 남겨 주면 좋겠소?"

"맙소사, 그렇게 해 줄 수 있는 거야? 그러면……."

택시가 막 운하를 건넜다. "여기에서 내려 주시오." 리처즈가 무뚝뚝하게 말했다. 그리고 바비 톰슨이 준 봉투에서 신권 1달러를 꺼내 앞좌석에 내려놓았다.

"이런. 난 아무 말도 안 했잖아, 그렇지? 내가 하려던 말은 그게 아니라……."

"됐소."

"혹시 그 쪽지를 써 줄 수……."

"닥쳐, 벌레 새끼야."

리처즈가 뛰어나가 드러먼드가를 향해 걷기 시작했다. 눈앞에 공영 주택 단지가 어둠 속에서 해골처럼 솟아올랐다. 택시기사의 고함 소리가 뒤에서 따라왔다. "빨리 잡혀 뒈져 버려라, 이 노랭이 씨발놈아!"

······마이너스 078, 계속된다······

 뒷마당을 가로지르고, 황량한 아스팔트 황무지를 가르는 철망 울타리의 거친 구멍을 통과했다. 유령의 집처럼 버려진 공사 현장을 지나고, 오토바이 갱단 무리가 야행성 늑대인간의 광기 어린 눈처럼 헤드라이트를 번득이며 어두운 거리를 지나갈 때는 가던 길을 멈추고 멀찍이 떨어져서 흩뿌려진 그림자 속에 숨었다. 마지막으로 울타리를 넘다가 손을 베었다. 이윽고 몰리 저니건의 뒷문을 두드렸다. 몰리의 가게는 그 뒷문이 정문이었다.
 몰리가 운영하는 부둣가 전당포에서는 돈을 뿌릴 줄 아는 놈이라면 뭐든지 구할 수 있었다. 경찰용 전기봉, 폭동 진압용 풀초크 산탄총, 기관단총, 헤로인, 푸시, 코카인, 드랙 변장 세트, 스티로플렉스 여자 리얼돌, 스티로플렉스를 살 돈이 없다면 진짜 매춘부, 떠돌이 도박판 세 군데 중 하나의 위치, 현재 운영 중인 최고의 변태 클럽의 주소, 그 외에도 수백 가지의 불법적인 물품을 구입할 수 있었다. 원하는 물건이 몰리에게 없을 때는 대신 구해 주었다.
 위조 서류도 가능했다.
 몰리가 작은 구멍을 열고 밖에 누가 있는지 보더니, 친절하게 미소를 지으며 말했다. "이봐, 그냥 가지 그러나? 자네는 못 본 걸로 할게."
 "신권 달러로 줄게요." 리처즈가 허공에 대고 말하듯 중얼거렸다. 잠시 침묵이 흘렀다. 리처즈는 셔츠의 소매 끝을 마치 처음 보는 물건처럼 살펴봤다.

곧 자물쇠와 빗장이 빠르게 풀렸다. 리처즈가 마음을 바꿀까 봐 몰리가 걱정하는 것처럼 보였다. 리처즈가 안으로 들어갔다. 그들이 있는 가게 뒤편은 오래된 신문지와 훔친 악기, 훔친 카메라, 암시장 식료품 상자들이 가득한 쥐굴 같은 미로였다. 몰리는 로빈 후드 같은 사람이었다. 운하 남쪽에서 전당포는 욕심이 지나치면 오래 버티지 못한다. 몰리는 부자 동네 벌레들이 오면 최대한 비싸게 받고, 동네 사람들에게는 원가에 가깝게 팔았으며, 사정이 힘든 친구들에게는 종종 원가보다 싸게 팔았다. 따라서 공영주택 단지에서 몰리의 평판은 대단히 훌륭했고, 사람들을 그를 철저히 보호했다. 경찰이 도시 남부의 정보원(수백 명은 있었다.)에게 몰리 저니건에 대해 물으면, 정보원은 몰리가 뒷돈을 조금 챙기며 암시장에서 물건을 조금 파는 살짝 노망이 든 늙은이일 뿐이라고 말했다. 이상한 성적 취향을 가진 부자놈들 중 몇몇은 경찰에게 전혀 다른 이야기를 할 수도 있다. 하지만 이제 풍기 단속 같은 것은 하지 않았다. 매매춘처럼 풍속을 해치는 범죄가 오히려 진지한 혁명적 분위기를 망친다는 사실을 다들 알기 때문이었다. 또한 몰리가 동네 고객들만을 위해 적당히 수익이 나는 위조문서 거래도 하고 있다는 사실은 부자 동네 사람들이 전혀 알지 못했다. 그렇더라도 리처즈는 자신처럼 위험한 인물을 위해 문서를 위조하는 일은 매우 위험하다는 사실을 잘 알고 있었다.

"어떤 서류를 해 줄까?" 몰리가 깊은 한숨을 몰아쉬며, 목이 길게 늘어진 낡은 스탠드를 켜자 책상 위의 작업 공간으로 새하얀 빛이 쏟아졌다. 그는 75세를 바라보는 노인이었다. 스탠드의 환한 불빛 아래에서 그의 머릿결이 은사로 짠 것처럼 반짝였다.

"운전면허증과 군복무 증명서, 거리 신분증, 신용카드, 사회보장 카드."

"쉽지. 자네만 아니라면 60달러를 받았을 거야, 베니."

"해 줄 거예요?"

"자네 집사람 봐서 해 주지. 자네 때문이라면 안 했을 거야. 벤저민 리처즈 같은 미친놈을 위해 목숨을 걸고 싶지는 않아."

"얼마나 걸리나요?"

몰리의 눈이 냉소적으로 번득였다. "자네 상황을 잘 알고 있으니까 서둘러서 해 줄게. 하나당 한 시간은 걸릴 걸세."

"세상에, 다섯 시간이라니. 혹시 내가 잠깐 갔다가······."

"안 돼. 가면 안 돼. 미쳤나, 베니? 지난주에 경찰이 그 아파트 단지에 들렀네. 무슨 봉투를 들고 와서 자네 부인에게 줬지. 그 경찰은 검은 밴에 여섯 명을 태우고 왔어. 그 일이 일어났을 때 떠버리 도니건이 게리 핸러핸과 모퉁이에서 동전 던지기를 하고 있었거든. 떠버리는 나한테 죄다 말해 준다네. 그 녀석은 좀 덜떨어졌잖나. 알지?"

"떠버리가 덜떨어진 놈이라는 건 알고 있어요." 리처즈가 참을성 없이 말했다. "내가 돈을 보냈어요. 실라는······."

"누가 알겠어? 누가 봤나?" 몰리가 어깨를 으쓱하더니, 눈알을 굴리며 스탠드에서 쏟아지는 빛의 중앙에 펜과 빈 서류 양식을 놓았다. "자네 아파트를 네 겹으로 둘러싸고 있어, 베니. 누구든 애도를 표하러 갔다간 모두 지하실로 끌려가 고무 몽둥이랑 대화를 나누게 될 거야. 아무리 친한 친구들이라도 그런 꼴을 당하긴 싫을 걸세. 아무리 자네 부인에게 돈이 좀 생겼다고 해도 말이야. 이 서류에 특별히 생각해 둔 이름이 있나?"

"백인 이름이라면 뭐든 상관없어요. 젠장, 몰리. 실라는 틀림없이 장 보러 나갔을 거예요. 그리고 의사가······."

"자네 집사람이 버지 오산체스네 아이를 보냈어. 그 애 이름이 뭐더라……."

"월트."

"맞아, 그랬지. 난 이제 라틴계와 아일랜드계도 구별이 안 돼. 늙었나 봐, 베니. 제정신이 아니야." 몰리가 갑자기 리처즈를 노려보며 말했다. "믹 재거가 유명했을 때가 기억나. 자넨 믹이 누군지 모르지?"

"누군지 알아요." 리처즈가 심란한 표정으로 말했다. 그는 인도 쪽 창문으로 고개를 돌렸다. 걱정이 가득한 얼굴이었다. 상황이 그가 생각했던 것보다 안 좋았다. 실라와 캐서린이 갇혀 있었다. 적어도 그 전에…….

"집사람과 아이는 괜찮아, 베니." 몰리가 부드럽게 말했다. "그냥 멀리 떨어져 있어. 자넨 이제 두 사람에게 독이야. 무슨 말인지 알겠어?"

"네." 리처즈는 갑자기 암울하고 끔찍한 절망에 사로잡혔다. '집에 가고 싶다.' 그는 그렇게 생각하며 스스로도 놀랐다. 하지만 그 이상이었다. 생각보다 더 심했다. 모든 게 엉망진창이고, 비현실적으로 느껴졌다. 존재의 토대가 찢어질 듯 부풀어 올라 터지려 하고 있었다. 머릿속에 얼굴들이 빙빙 돌았다. 지미, 번스, 킬리언, 잰스키, 몰리, 캐서린, 실라…….

리처즈가 몸을 떨며 어둠을 내다봤다. 몰리는 일에 빠져 공허한 과거의 오래된 노래를 흥얼거렸다. 베티 데이비스의 눈이 어쩌고저쩌고 하는데, 대체 그게 누구야?

"드러머였어요." 리처즈가 불쑥 말했다. "영국 밴드잖아요. 비틀스. 믹 매카트니."

"그래, 애들이 그렇지, 뭐." 몰리가 서류 위로 고개를 파묻으며 말했다. "애들이 뭘 알겠나."

······마이너스 077, 계속된다······

리처즈가 12시 10분에 몰리의 가게에서 나왔을 때는 신권 1200달러가 사라진 상태였다. 전당포 주인은 그에게 기능이 제한적이긴 하지만 꽤 괜찮은 변장 용품도 팔았다. 흰머리 가발과 안경, 입에 넣는 솜, 입술 선을 미묘하게 변형시키는 플라스틱 송곳니 등. "또 약간 절뚝이며 걷게." 몰리가 조언했다. "너무 티 나게 절뚝이지는 마. 그냥 조금만 절어. '기억해, 너에겐 다른 사람들의 마음을 흐리게 할 수 있는 힘이 있어.'* 자넨 이 대사도 모르지?"

리처즈는 모르는 이야기였다.

새 지갑에 들어 있는 카드에 따르면, 그는 하딩에서 텍스트 테이프 판매원으로 일하는 존 그리핀 스프링어였다. 43세 홀아비. 기술자는 아니었지만, 리처즈에겐 그게 오히려 다행이었다. 기술자들끼리 쓰는 용어를 알지 못했기 때문이다.

리처즈는 12시 30분에 로바드가에 다시 나타났다. 강도나 살인을 당하기에는 안성맞춤인 시간이지만, 눈에 띄지 않고 도망치기에는 좋지 않은 시간이었다. 하지만 그는 평생을 운하 남쪽에서 살았다.

리처즈는 호수 가장자리에 거의 다다를 때까지 서쪽으로 3킬로미터를 간 뒤 운하를 건넜다. 몰래 피워 놓은 모닥불 주위에 모여 있는

---

* 1930년대 라디오 드라마가 인기를 끈 후 소설과 만화, 게임, TV 드라마, 영화 등으로 만들어진 슈퍼히어로 시리즈 「섀도(The Shadow)」에 나오는 대사.

술 취한 부랑자들과 쥐 몇 마리를 지나쳤지만, 경찰은 눈에 띄지 않았다. 새벽 1시 15분, 리처즈는 운하 북쪽의 창고와 싸구려 식당들, 운송 사무소들로 이루어진 무인지대의 끝부분을 가로질러 갔다. 1시 30분, 싸구려 술집을 이리저리 옮겨 다니는 부자 동네 사람들 틈에 섞여 안전하게 택시를 잡았다.

이번에는 택시 기사가 그를 두 번 쳐다보지도 않았다.

"제트 공항이요." 리처즈가 말했다.

"잘 모시겠습니다. 손님."

공기 분사기가 택시를 차량의 흐름 속으로 들어 올렸다. 1시 50분에 공항에 도착했다. 리처즈는 절룩이며 여러 명의 경찰과 보안 요원 앞을 지나쳤지만, 아무도 그에게 관심을 보이지 않았다. 뉴욕행 표를 샀다. 그 도시의 이름이 자연스럽게 머리에 떠올랐기 때문이었다. 신분 확인 절차는 형식적이고 무난하게 지나갔다. 2시 20분, 리처즈는 뉴욕행 고속 왕복선에 탑승했다. 승객은 대략 40명 남짓이었는데, 대부분 졸고 있는 직장인과 학생들이었다. 방탄 칸막이에 앉아 있는 경찰은 여행 내내 졸았다. 잠시 후 리처즈도 졸기 시작했다.

3시 6분, 왕복선이 착륙했다. 리처즈는 왕복선에서 내려 무사히 공항을 빠져나갔다.

3시 15분, 택시가 린제이 고가도로의 나선을 따라 내려가고 있었다. 택시는 센트럴 파크를 대각선으로 가로질렀다. 그리고 3시 20분, 벤저민 리처즈는 지구상에서 가장 큰 도시 속으로 사라졌다.

······마이너스 076, 계속된다······

리처즈는 이스트사이드의 브랜트 호텔에 도착했다. 그저 그런 평범한 호텔이었다. 그 지역은 점차 새로운 유행의 중심지로 변모하고 있었다. 그러나 브랜트 호텔은 맨해튼 한복판의 슬럼가(세계에서 가장 큰 슬럼가)에서 불과 2킬로미터도 떨어지지 않은 곳에 있었다. 리처즈는 체크인할 때 댄 킬리언의 마지막 말을 다시 떠올렸다. "당신 같은 사람들 가까이에 지내세요."

택시에서 내린 뒤, 리처즈는 타임스스퀘어까지 걸어갔다. 새벽 이른 시각에 호텔에 체크인하고 싶지 않았기 때문이었다. 그는 3시 30분부터 9시까지 다섯 시간 반을 밤새 진행되는 성인 쇼에서 보냈다. 정말로 간절히 잠을 자고 싶었지만, 두 번 졸았을 때 허벅지 안쪽을 타고 올라오는 가벼운 손가락의 감각에 화들짝 깨어났다.

"얼마나 머무실 건가요?" 리처즈가 적은 존 G. 스프링어라는 이름을 보며 안내대 직원이 물었다.

"글쎄요." 리처즈가 유순하게 상냥한 모습을 보이기 위해 노력하며 대답했다. "클라이언트들에게 달린 상황이라서요." 그는 신권 60달러를 지불하고 이틀간 방을 잡았다. 그리고 엘리베이터를 타고 23층으로 올라갔다. 방에서는 더러운 이스트강이 음울하게 내려다보였다. 뉴욕에도 비가 내리고 있었다.

방은 깨끗했지만 황량했다. 욕실이 딸려 있었는데, 변기에서 끊임없이 기분 나쁜 소음이 흘러나왔다. 리처즈가 물탱크에 있는 공을 이리저리 만져 봤지만, 그 소리는 멈추지 않고 계속 들렸다.

리처즈가 아침 식사를 주문했다. 토스트에 수란을 얹고, 오렌지 주스와 커피를 시켰다. 벨보이가 쟁반을 들고 왔을 때, 리처즈는 기억에 남지 않을 정도의 팁을 조금 주었다.

아침 식사를 마친 리처즈는 영상 카메라를 꺼내서 살펴보았다. 뷰파인더 바로 아래에 '사용 설명서'라고 적힌 작은 금속판이 붙어 있었다. 리처즈가 설명서를 읽었다.

1. A라고 표시된 슬롯에 테이프 카트리지를 딸깍 소리가 날 때까지 밀어 넣으세요.
2. 눈에 보이는 조준선을 이용해 뷰파인더를 조정하세요.
3. B로 표시된 버튼을 누르면 음성과 함께 영상이 녹화됩니다.
4. 벨 소리가 나면서 테이프 카트리지가 자동으로 튀어나옵니다.

녹음 시간: 10분.

'좋군. 내가 잠자는 모습이나 찍으면 되겠네.' 리처즈가 생각했다.

리처즈는 기드온 성경 옆에 있는 책상 위에 카메라를 설치하고, 뷰파인더의 조준선을 침대에 맞췄다. 뒤쪽 벽은 비어 있어서 별다른 특성이 없었다. 침대나 배경으로 그의 위치를 파악할 수는 없을 것 같았다. 이 고도에서는 거리의 소음이 거의 들리지 않지만, 혹시 모를 경우에 대비해 샤워기를 계속 틀어 놓았다.

리처즈는 미리 계획을 했는데도, 하마터면 변장한 몰골 그대로 버튼을 누르고 카메라의 촬영 범위 안으로 걸어 들어갈 뻔했다. 변장의 일부는 제거할 수 있지만, 백발의 가발은 그대로 두어야 했다. 그래서 베갯잇을 머리 위로 뒤집어썼다. 카메라 버튼을 누르고, 침대 쪽으로 걸어가 렌즈를 향해 앉았다.

"까꿍." 벤저민 리처즈는 오늘 밤에 두려움과 흥미를 가지고 이 테이프를 보고 듣게 될 엄청난 수의 시청자들을 향해 성의 없는 투로 말했다. "너희에겐 안 보이겠지만, 난 너희 개똥들을 비웃고 있어."

리처즈는 드러누워서 눈을 감고, 아무 생각도 하지 않으려 애썼다. 10분 후 테이프가 튀어나왔을 때, 그는 이미 깊은 잠에 빠져 있었다.

⋯⋯마이너스 075, 계속된다⋯⋯

    리처즈가 깨어났을 때는 이미 오후 4시가 조금 넘은 시각이었다. 사냥이 시작됐다. 시간 차이를 고려하면 벌써 세 시간이 지난 상태였다. 그 생각에 등골이 서늘해졌다.
    리처즈는 카메라에 새 테이프를 넣고, 기드온 성경책을 내려서 베갯잇을 머리에 쓴 채로 십계명을 10분 동안 반복해서 읽었다.
    책상 서랍에 봉투가 있었지만, 그 봉투에는 호텔 이름과 주소가 적혀 있었다. 리처즈는 망설였지만, 고민해 봐야 달라질 게 없다는 사실을 알고 있었다. 우편의 소인이나 발신자 주소로 드러난 그의 위치를 게임사가 매콘과 사냥개들에게 넘겨주지 않을 것이라는 킬리언의 말을 믿을 수밖에 없었다. 리처즈는 어쨌든 우편 서비스를 사용할 수밖에 없었다. 게임사가 그에게 전령 비둘기를 제공해 주지는 않았으니 말이다.
    엘리베이터 옆에 우체통이 있었다. 리처즈는 깊은 불안감을 안은 채 테이프들을 시외용 우체통에 넣었다. 우체국 사람들은 참가자의 행방을 신고해도 게임사로부터 돈을 받을 수 없게 되어 있었지만, 그럼에도 끔찍하게 위험한 짓을 하는 느낌이었다. 하지만 그 외에 다른 선택지는 계약 위반뿐이었고, 그 길을 선택할 수는 없었다.
    리처즈는 방으로 돌아가 샤워기를 껐다.(화장실은 열대 정글처럼 수증기가 가득 차 있었다.) 그리고 침대에 누워 생각에 잠겼다.
    어떻게 도망칠까? 최선의 방법은 무엇일까?

리처즈는 평범한 참가자의 입장이 되어 보려 애썼다. 가장 먼저 찾아온 충동은 당연히 순수한 동물적 본능이었다. 땅속으로 숨는다. 굴을 파고, 그 안에 웅크린다.

그래서 리처즈도 그렇게 했다. 브랜트 호텔.

사냥꾼들도 그런 걸 예상할까? 그렇다. 그들은 달아나고 있는 사람을 찾지 않을 것이다. 그들은 숨어 있는 사람을 찾을 것이다.

사냥꾼들이 은신처에서 리처즈를 찾을 수 있을까?

리처즈는 매우 간절히 '아니다'라고 대답하고 싶었지만, 그럴 수 없었다. 그의 변장은 훌륭했지만, 조급하게 만들어졌다. 관찰력이 좋은 사람이 많지는 않지만, 항상 몇몇은 있기 마련이다. 어쩌면 그는 이미 표적이 되었을 수도 있다. 안내대의 직원. 아침을 가져다준 벨보이. 어쩌면 42번가에서 들어갔던 성인 쇼에서 스쳐 지나간 남자들 중 하나가 알아챘을 수도 있다.

가능성은 작지만, 불가능한 것은 아니었다.

그런데 리처즈의 진짜 보호 수단인 몰리가 만들어 준 가짜 신분증은 어떨까? 얼마나 오래갈 수 있을까? 게임사 건물에서 리처즈를 태워 준 택시 기사가 도시 남부로 데려다줬다는 사실을 찔렀을 수 있다. 사냥꾼들은 무섭고 소름 끼치게 유능한 놈들이었다. 그들은 잭 크레이거부터 복도 끝에 사는 그 잡년 에일린 제너까지 리처즈가 아는 모든 사람을 들쑤시고 있을 것이다. 강도 높은 추격. 떠버리 도니건 같은 멍청한 녀석이 가끔 위조 문서를 사용했다는 이야기를 실수로 흘리기까지 얼마나 걸릴까? 사냥꾼들이 몰리에 대해 알아내면 끝이었다. 전당포 주인은 몇 대 맞을 때까지 한동안 버틸 것이다. 몰리는 현명한 사람이므로 동네에서 자랑할 만한 눈에 띄는 전투의 상흔을 몇 개 남기려 할 것이다. 그래야 그의 집이 어느 날 밤에 갑자기 불타 없어지는 불행한 사고를 피할 수 있을 테니까. 그다음엔 어떻게 될까? 하딩에 있는 제트 공항 세 개의 기록을 확인하면, 존 G. 스프링어가 밤중에 괴물 도시로 떠나 버렸다는 사실을 확인할 수 있을 것이다.

사냥꾼들이 몰리에 대해 알아낸다면.

'놈들은 알아낼 거야. 무조건 알아낸다고 봐야 해.'

그럼 도망쳐. 어디로?

리처즈는 어디로 가야 할지 몰랐다. 그는 평생을 미국 중서부의 하딩에서 살았다. 동부 해안은 알지 못했다. 여기에서는 도망칠 곳도, 마음을 붙일 만한 곳도 없었다. 그럼, 어디로 가야 할까? 어디로?

리처즈의 괴롭고 불안한 정신이 섬뜩한 백일몽에 빠져들었다. 사냥꾼들이 몰리를 아무런 어려움 없이 찾아냈다. 손톱을 두 개 뽑고, 배꼽에 라이터 기름을 부은 후 성냥을 켜겠다고 협박하자 겨우 5분 만에 '스프링어'라는 이름을 토했다. 그리고 사냥꾼들(동일한 디자인과 재질의 개버딘 코트를 입은, 멋지지만 튀지 않는 모습의 남자들)은 한 번의 간단한 통화로 리처즈의 비행기 편을 알아내고, 동부 표준시 오후 2시 30분에 뉴욕에 도착했다. 먼저 투입된 사냥꾼들은 이미 매일 컴퓨터로 업데이트한 뉴욕시의 호텔 목록을 텔렉스로 뒤져서 브랜트 호텔의 주소를 파악했다. 사냥꾼들이 지금 브랜트 호텔을 둘러싸고 있다. 버스보이와 벨보이, 직원과 바텐더들이 사냥꾼으로 대체되었다. 대여섯 명이 비상계단으로 올라왔다. 50명이 엘리베이터 세 대를 꽉 채웠다. 점점 더 많은 사냥꾼이 공기차*를 타고 호텔 주변에 몰려들었다. 이제 놈들이 복도에 들어섰다. 잠시 후 문을 부수며 방 안으로 돌진

---

* 공기를 연료로 사용하고 낮게 떠올라 이동하는 차.

한다. 놈들의 근육질 어깨 위에 설치된 삼각대에 고정된 테이프 카메라가 열정적으로 돌아가며, 놈들이 리처즈를 다져서 햄버거로 만들 때까지의 모든 과정을 후세를 위해 남길 것이다.

리처즈가 몸을 일으켜 앉았다. 땀이 흥건했다. 아직 총도 가지고 있지 않았다.

'뛰어. 빨리.'

보스턴이 좋겠다. 일단 거기로 가야겠다.

······마이너스 074, 계속된다······

리처즈는 오후 5시에 방을 나와 로비로 내려갔다. 안내대 직원이 밝게 미소 지었다. 그는 아마도 저녁 교대자를 기다리고 있었을 것이다.

"안녕하세요, 고객님, 어…….."

"스프링어입니다." 리처즈가 미소를 지으며 대답했다. "잘하면 큰 건을 건질 것 같습니다. 이해력이 좋은 클라이언트를 세 명이나 만났거든요. 이 훌륭한 호텔을 이틀 더 쓰게 될 것 같습니다. 선불로 지불해도 될까요?"

"물론입니다, 고객님."

돈이 오갔다. 리처즈는 계속 웃는 얼굴로 자신의 방을 향해 돌아갔다. 복도는 텅 비어 있었다. 그는 문손잡이에 '방해하지 마세요.'라는 표지판을 걸어 놓고, 재빨리 비상계단으로 갔다.

운이 좋게도 아무도 만나지 않았다. 리처즈는 1층까지 곧장 내려가서, 아무에게도 들키지 않고 옆문으로 빠져나갔다.

비는 그친 상태였지만, 구름은 아직도 맨해튼 위로 낮게 드리워져 있었다. 공기에서 썩은 닭장 냄새가 났다. 리처즈는 절뚝이지 않고 포트 오소리티 전기 버스 터미널로 빠르게 걸어갔다. 그레이하운드 버스는 아직 이름을 적지 않고도 표를 살 수 있었다.

"보스턴." 리처즈가 수염이 덥수룩한 매표원에게 말했다.

"23달러입니다. 버스는 6시 15분 정각에 출발합니다."

리처즈가 돈을 건넸다. 이제 신권 3000달러도 채 남지 않았다. 그는 한 시간을 보내야 하는데, 터미널은 사람들로 붐볐다. 그중 많은 이들이 파란 베레모를 쓰고, 순진한 소년 같으면서도 잔인한 얼굴을 한 자원병이었다. 리처즈는 성인 잡지를 샀다. 그리고 앉아서 잡지로 얼굴을 가렸다. 한 시간 동안 잡지를 뚫어져라 쳐다보면서 가끔 페이지를 넘겨 조각상처럼 보이지 않으려 노력했다.

버스가 승강장으로 미끄러져 들어오자, 리처즈는 다른 무표정한 군중들과 함께 발을 질질 끌며 문 쪽으로 걸어갔다.

"이봐요! 이봐, 당신!"

리처즈가 주위를 둘러봤다. 보안 경찰 한 명이 달려오고 있었다. 리처즈는 몸이 얼어붙었다. 도망칠 수 없었다. 그의 뇌 어딘가 깊숙한 곳에서 이제 여기서 죽을 거라는 절규가 터져 나왔다. 바닥에는 껌 자국이 잔뜩 있고, 먼지로 뒤덮인 벽에는 온갖 음란한 낙서가 가득한 이 형편없는 버스 터미널에서 죽을 것이다. 어느 멍청한 짭새의 우연한 전리품이 될 것이다.

"그놈 막아! 그놈 막으라고!"

경찰이 방향을 틀었다. 그를 말하는 게 아니었다. 리처즈가 바라봤다. 주변의 사람들을 볼링 핀처럼 이리저리 튕겨 내면서 한 손에 여성용 지갑을 휘두르며 계단을 향해 달려가는 꾀죄죄한 소년의 모습이 눈에 들어왔다.

소년과 추격하는 경찰은 한걸음에 세 계단씩 뛰어오르며 시야에서 사라졌다. 승하차 승객들과 마중객들은 모호한 관심을 가지고 잠시 그들을 바라보다가, 마치 아무 일도 일어나지 않았던 것처럼 자신들이 하던 일로 돌아갔다.

리처즈는 오한을 느끼고 덜덜 떨며 줄에 서 있었다.

버스 뒷자리에 쓰러지듯 털썩 앉았다. 몇 분 후 버스는 부드럽게 경사로를 올라가 잠시 멈추었다가 교통의 흐름에 합류했다. 경찰과 쫓기는 소년은 인파 속으로 사라졌다.

'만일 내게 총이 있었다면, 그 자리에서 놈을 불태워 버렸을 거야. 세상에. 아, 젠장.' 리처즈가 생각했다.

그리고 이어진 생각. '다음엔 날치기가 아니라 네 차례야.'

어쨌든 리처즈는 보스턴에서 총을 구할 것이다. 어떻게든.

놈들에게 잡히기 전에 최소한 몇 놈은 창밖으로 던져 버리겠다던 지미의 말이 떠올랐다.

버스는 짙어지는 어둠 속으로 북쪽을 향해 달려갔다.

······마이너스 073, 계속된다······

보스턴 YMCA는 헌팅턴가 북쪽에 있었다. 건물은 거대했으며, 세월의 흔적이 쌓인 듯 검은색이었고, 옛날식 구조로 네모반듯했다. 지난 세기 중반 보스턴에서 손꼽히는 지역 한복판에 자리 잡은 건물이었지만, 지금은 다른 시대, 다른 날들을 떠올리게 하는 죄책감 어린 유물처럼 그곳에 서 있었고, 구식 네온사인은 아직도 타락한 극장가 쪽으로 글자를 깜빡이고 있었다. 건물은 살해당한 어떤 이념의 해골처럼 보였다.

리처즈가 로비에 들어섰을 때, 안내대 직원은 킬볼 운동복을 입은 작고 지저분한 흑인 소년과 다투고 있었다. 운동복이 아이에게 너무 커서 청바지를 덮고 종아리까지 내려왔다. 두 사람은 로비의 문 안쪽에 놓인 껌 자판기 때문에 다투는 모양이었다.

"내 5센트를 머거 버렸어, 힝둥이 새끼야. 내 씨바 5센트를 머거따고!"

"여기서 나가지 않으면 경비원을 부를 거야, 꼬맹아. 내가 할 말은 그것뿐이야."

"개 가튼 자판기가 내 5센트를 머거잔아!"

"나한테 욕하지 마. 이 조그만 쓰레기 녀석아!" 30대 초반으로 보이는 지치고 차가운 표정의 점원이 몸을 숙여 아이의 운동복을 잡아 흔들었다. 하지만 운동복이 너무 커서 아이의 몸뚱이는 흔들리지 않았다. "당장 나가. 내가 할 말은 다 했어."

소년은 직원의 말이 진심이라는 사실을 깨달았다. 커다랗고 둥그런 아프로 헤어스타일 아래의 증오와 반항의 우스꽝스러운 가면이 믿기지 않는다는 듯 상처받고 고통스러운 표정으로 바뀌었다. "내 말 드러. 난 그 씨바 5센트바께 업서. 저 자판기가 내 돈을 머거다니까! 저게……."

"지금 바로 경비원을 부른다." 직원이 교환대 쪽으로 몸을 돌렸다. 어디 할인 매장에서 구입한 듯한 직원의 재킷이 그의 비쩍 마른 엉덩이 위에서 힘없이 펄럭였다.

소년은 껌 자판기의 플랙스틸 기둥을 발로 걷어차고 달아났다. "씨발 배긴 힝둥이 개새끼야!"

직원이 눈으로 소년을 쫓았지만, 진짜인지 가짜인지 알 수 없는 보안 버튼은 누르지 않았다. "요즘 깜둥이 놈들은 말도 제대로 못 해요. 제가 네트워크를 운영했다면, 저놈들을 쇠창살에 가두었을 겁니다."

"아이가 정말로 5센트를 잃어버린 건가요?" 리처즈가 미시간주에서 온 존 디건이라는 이름으로 서명하며 물었다.

"돈이 있었다고 해도, 훔친 돈일 겁니다. 아마 정말로 잃어버렸을 거예요. 하지만 그 녀석에게 5센트를 주면, 오늘 밤새 깜둥이 애들 200명이 몰려와서 똑같은 소리를 해 댔을 겁니다. 저놈들은 어디서 저런 말을 배우는 걸까요? 그게 정말 궁금해요. 애들이 무슨 짓을 하고 다니는지 부모들이 신경도 안 쓰는 걸까요? 여기 얼마나 묵으실 건가요, 디건 씨?"

"모르겠습니다. 업무 때문에 온 거라서요." 리처즈는 가식적인 미소를 지으려 애썼다. 그리고 딱 맞는 미소가 지어졌다는 느낌이 들자 더 활짝 웃었다. 안내대 직원은 그 미소를 단번에 알아차렸다.(어쩌면 수백만 개의 팔꿈치로 닦아서 반질반질한 이 가짜 대리석 카운터에서 그를 올려다보는 반사된 자신의 모습에서 늘 보던 표정일지도 모른다.) 그리고 똑같은 미소를 리처즈에게 돌려주었다.

"15달러 50센트입니다, 디건 씨." 직원이 낡은 나무 열쇠장에 걸려 있던 열쇠를 카운터 너머로 건네주며 말했다. "512호실입니다."

"고맙습니다." 리처즈가 현금으로 계산했다. 이번에는 신분증을 제시하지 않았다. YMCA가 있어서 다행이었다.

리처즈는 로비를 가로질러 엘리베이터로 가서 복도를 바라봤더니, 왼쪽에 기독교 도서 대여점이 있었다. 파리똥 자국이 덕지덕지 붙은 누런 전구들이 희미한 불빛을 비추고 있었고, 외투에 장화를 신은 노인이 땀에 젖고 떨리는 손가락으로 꼼꼼하게 천천히 페이지를 넘기며 전도지를 읽고 있었다. 리처즈는 엘리베이터 옆에 서서 노인의 색색거리는 휘파람 같은 숨소리를 들을 수 있었다. 슬픔과 공포가 뒤섞인 감정이 느껴졌다.

엘리베이터가 덜컹 멈추고, 문이 삐걱거리며 마지못해 열렸다. 리처즈가 엘리베이터에 탔을 때 직원이 큰 소리로 말했다. "저건 죄악이고 부끄러운 일이에요. 저라면 저놈들을 모조리 쇠창살에 가뒀을 겁니다."

직원이 자신에게 말한 것 같아서 리처즈가 고개를 들어 바라봤지만, 직원은 멍하니 다른 곳을 보고 있었다.

로비는 텅 비었고, 아주 조용했다.

······마이너스 072, 계속된다······

    5층은 지린내가 진동했다.
    복도는 폐소공포증이 느껴질 정도로 폭이 좁았고, 한때는 빨간색이었던 것 같은 카펫이 지금은 가운데 부분이 닳아서 이리저리 찢겨 있었다. 방의 문들은 회색이었는데, 몇몇 문에는 최근에 생긴 발길질과 주먹질 자국, 쇠지레로 비틀어 열려고 했던 흔적이 보였다. 스무 걸음마다 '소방서장의 지시에 따라 이 복도에서는 흡연 금지'라는 경고판이 붙어 있었다. 중앙에는 공용 욕실이 있었는데, 지린내가 갑자기 더 강해졌다. 리처즈는 무의식적으로 그 냄새에서 절망을 떠올렸다. 회색 문들 뒤에는 우리에 갇힌 채 너무 끔찍하고 두려워서 차마 볼 수 없는 동물들처럼 불안하게 움직이는 사람들이 있었다. 누군가는 취한 목소리로 성모송 같은 찬송가를 끊임없이 중얼거렸다. 다른 문에서는 게걸스럽게 먹는 소리가 기괴하게 들려왔다. 또 다른 문에서는 컨트리 웨스턴 음악이 흘러 나왔다.("전화할 돈 한 푼도 없어. 너무 외로워······.") 발을 질질 끌며 걸어 다니는 소리. 손으로 자위라도 하는 듯 쓸쓸하게 삐걱거리는 침대 스프링 소리. 흐느끼는 소리. 웃음소리. 술에 취해 다투는 우스꽝스러운 소리. 그리고 그 뒤로는 침묵. 그리고 침묵. 가슴뼈가 흉측하게 움푹 들어간 남자가 리처즈를 쳐다보지 않고 지나갔다. 끈으로 묶는 회색 잠옷 바지를 입은 남자는 한 손에 비누와 수건을 들고 있었으며, 발에는 종이 슬리퍼를 신고 있었다.
    리처즈는 방 열쇠를 돌려 문을 열고 안으로 들어갔다. 문안에는 열리지 않도록 받치는 걸림쇠가 있어서, 리처즈가 문을 받쳤다. 침대에는 대체로 하얀 시트와 군용 담요가 놓여 있었다. 서랍이 두 개 빠진 책상이 있고, 한쪽 벽에 예수 그림이 걸려 있었다. 두 벽이 직각으로 만나는 모퉁이에는 옷걸이 두 개가 달린 강철봉이 있었다. 창문 외에는 아무것도 없었고, 창문 밖은 깜깜했다. 10시 15분이었다.

리처즈는 재킷을 옷걸이에 걸고 신발을 벗은 후 침대에 드러누웠다. 자신이 이 세상에서 얼마나 초라하고 존재감 없는 무력한 사람인지 새삼 느껴졌다. 그를 둘러싼 우주가 비명을 지르고, 덜거덕거리고 포효하며 거대하고 냉담한 고물 자동차처럼 언덕을 달려 내려가 끝없는 심연으로 돌진하는 것 같았다. 리처즈의 입술이 떨리기 시작했다. 잠시 흐느꼈다.

리처즈는 그 모습을 촬영하지 않았다. 누워서 수백만 개의 미친 낙서 같은, 실력 없는 도공이 바른 유약처럼 쩍쩍 갈라진 천장을 바라봤다. 이제 사냥꾼들이 그를 쫓기 시작한 지 여덟 시간이 지났다. 리처즈는 800달러를 벌었다. 젠장, 아직 빚도 다 못 갚았다.

그리고 리처즈는 프리비에 나오는 자신의 방송을 놓쳤다. 제기랄, 그래, 머리에 베갯잇을 뒤집어쓴 그 구경거리를 놓쳐 버렸다.

사냥꾼들은 어디에 있을까? 아직 하딩에 있을까? 뉴욕? 아니면 보스턴으로 오는 중일까? 아니다, 여기에 오고 있을 리는 없다. 버스는 어떤 검문소도 통과하지 않았다. 그는 세계에서 가장 큰 도시에서 이름을 감춘 채 떠났고, 여기도 가명으로 들어왔다. 놈들은 그의 위치를 알 수 없다. 절대 그럴 리 없다.

보스턴 YMCA는 이틀 정도 안전할 것이다. 그 후에는 북쪽의 뉴햄프셔나 버몬트 쪽으로 이동하거나, 남쪽의 하트퍼드나 필라델피아, 혹은 애틀랜타 쪽까지 이동해야 할지도 모른다. 더 동쪽으로 가면 대

서양이 있고, 그 너머에는 영국과 유럽이 있다. 아예 그쪽으로 넘어가는 것도 흥미로운 생각이긴 했지만, 아마도 어려울 것이다. 비행기로 이동하려면 신분증이 필요했고, 프랑스는 계엄령 상태였다. 밀항이 가능할 수도 있지만, 발각되면 모든 게 그 즉시 끝나 버릴 것이다. 서쪽은 안 된다. 그쪽은 너무 위험한 지역이었다.

'열기를 못 견디면 부엌에서 나가라.'* 누가 그 말을 했더라? 아마 몰리는 알 것이다. 리처즈는 낄낄거리며 웃었더니 기분이 나아졌다.

알 수 없는 곳에서 무전기 소리가 귀에 들어왔다.

오늘 밤 당장 총을 구하는 게 좋겠지만, 리처즈는 너무 피곤했다. 버스 여행으로 피곤했다. 도망자의 삶은 피곤했다. 그리고 그는 이성보다 깊은 동물적 직감으로 곧 10월의 추운 배수로나 잡초와 잿더미가 뒤덮인 도랑에서 자야 할지도 모른다는 사실을 알고 있었다.

총은 내일 밤에 구해야겠다.

리처즈는 불을 끄고 침대로 갔다.

---

* 해리 S. 트루먼(1884~1972) 대통령이 한 말로 유명한데, '절이 싫으면 중이 떠나라.'와 비슷한 의미이다.

·····마이너스 071, 계속된다······

다시 쇼타임이 시작되었다.

리처즈는 「러닝 맨」의 주제곡을 흥얼거리며 영상 카메라를 향해 엉덩이를 돌렸다. 베개 가장자리에 찍혀 있는 YMCA 이름이 보이지 않도록 베갯잇을 뒤집어서 머리에 썼다.

카메라 덕분에 리처즈는 스스로도 알지 못했던 창의적인 유머 감각이 피어났다. 그는 항상 자신이 유머 감각이 거의 없거나 전혀 없는 다소 음침한 사람이라고 생각해 왔다. 그런데 죽음이 다가오자 깊은 곳에 숨어 있던 코미디언 기질이 고개를 들기 시작했다.

카메라에서 테이프가 튀어나왔다. 리처즈는 두 번째 촬영을 오후에 하기로 결정했다. 혼자 있는 방은 지루했으므로, 다른 아이디어가 떠오를 수도 있기 때문이었다.

리처즈는 천천히 옷을 입고, 창가로 가서 밖을 내다봤다.

목요일 아침, 헌팅턴가에는 차들이 바삐 오가고 있었다. 도로 양쪽의 인도도 천천히 걷는 행인들로 붐볐다. 몇몇 사람들은 밝은 노란색의 구인 광고를 들여다보고 있었다. 대부분은 그냥 걸었다. 모퉁이마다 서 있는 사람은 경찰로 보였다. 리처즈는 그들의 목소리가 들리는 듯했다. '계속 지나가. 갈 데 없냐? 빨리 꺼져! 이 벌레 같은 새끼야.'

그래서 행인은 다음 모퉁이로 움직였다. 거기도 앞선 모퉁이와 같았다. 그래서 또 쫓겨났다. 화를 내 볼 수도 있었지만, 발이 너무 아팠다.

리처즈는 복도 끝에 있는 샤워실에 갈지 말지 고민했다. 그 정도는 괜찮을 거라고 판단했다. 어깨에 수건을 걸치고 복도로 나섰다. 아무도 마주치지 않고 곧장 욕실로 들어갔다.

오줌과 똥, 토사물, 소독약 냄새가 뒤섞여 있었다. 당연히 변기 칸의 문들은 모조리 뜯겨 나간 상태였다. 누군가가 소변기 위에 '네트워크 조까'라고 쓴 낙서가 보였다. 그 낙서를 한 사람은 화가 났던 모양이다. 소변기 하나에는 똥 더미가 쌓여 있었다. 어떤 놈이 더럽게 취했던 모양이다. 게으른 가을 파리 몇 마리가 그 위를 기어 다니고 있었다. 리처즈는 역겨워하지 않았다. 너무나 흔한 광경이었다. 하지만 신발을 신고 온 건 다행이라고 담담하게 생각했다.

리처즈는 샤워실에서도 혼자였다. 바닥의 도자기 타일은 금이 갔고, 벽의 타일은 여기저기 패었으며, 바닥 근처에는 썩은 물자국이 두껍게 흘러내리고 있었다. 그는 녹슬어 군데군데 막힌 샤워기를 온수 최대로 올려서 틀어 놓고 5분 동안 참을성 있게 기다렸다. 물이 미지근해지자 서둘러 샤워했다. 비누가 없어서 바닥에 떨어져 있는 비누 조각을 사용했는데, YMCA에서 비누를 제때 공급하지 않았거나 청소부가 가져가 버렸을 것이다.

리처즈가 방으로 돌아가는 길에 언청이 남자가 전도지를 주었다.

리처즈는 셔츠를 바지 안으로 쑤셔 넣고, 침대에 앉아 담배를 피웠다. 배가 고팠지만, 밖에 나가서 밥을 먹는 것은 해가 질 때까지 미뤄 두었다.

지루함을 못 이기고 다시 창가로 갔다. 자동차 브랜드를 하나하나 꼽아 봤다. 포드, 쉐보레, 윈트, 폭스바겐, 플리머스, 스튜드베이커, 램블러-슈프림 등. 먼저 100대를 채우는 브랜드가 이기는 게임이었다. 재미없는 게임이지만, 아무것도 안 하는 것보다는 나았다.

헌팅턴가를 더 올라가면 노스이스턴대학이 있었고, YMCA 건너편에는 자동화된 대형 서점이 있었다. 리처즈는 차를 세면서 오가는 학생들을 살펴봤다. 학생들은 구인 광고를 보던 놈팡이들과는 전혀 달랐다. 머리가 더 짧았고, 모두 올해 캠퍼스에서 유행하는 체크무늬 점퍼를 입고 있었다. 학생들은 붐비는 인파를 헤치고 안으로 들어가 거북한 우월감과 친근함을 풍기며 물건을 구입했다. 그런 모습에 리처즈의 입에는 쓸쓸한 웃음이 드리워졌다. 서점 앞에 있는 임시 주차 구역은 화려하고 비싸고, 종종 이국적인 차들이 가득 찼다가 비워지곤 했다. 대부분의 차 뒷유리에는 대학 스티커가 붙어 있었다. 노스이스턴, MIT, 보스턴 칼리지, 하버드 등. 거리에서 신문을 들여다보는 대부분의 부랑자는 화려한 차들을 풍경의 일부로 여겼지만, 몇몇은 어리석고 비참한 갈망을 담아 그 차들을 바라봤다.

윈트가 서점 바로 앞의 주차 공간에서 빠져나가자, 포드가 들어와 도로에서 3센티미터쯤 뜬 채로 정지했다. 운전석에 앉은 스포츠머리의 남자는 한 뼘 길이의 시가를 물고 엔진을 공회전 상태로 유지했다. 차량이 살짝 기울어지더니, 갈색과 흰색 사냥용 재킷을 입은 승객이 내려서 서점 안으로 재빨리 들어갔다.

리처즈가 한숨을 뱉었다. 자동차를 세는 게임은 정말로 재미가 없었다. 포드가 2등의 경쟁사를 78 대 40으로 앞질렀다. 게임의 결과는 다음 선거만큼이나 뻔했다.

누군가가 문을 두드렸다. 리처즈는 즉시 몸이 얼어붙었다.

"프랭키? 방에 있어?"

리처즈는 아무 말도 하지 않았다. 공포에 얼어붙은 그는 조각상처럼 굳었다.

"엿 먹어라, 프랭키 이 자식아." 술에 취한 웃음소리가 들리고, 발소리가 멀어졌다. 옆방의 문을 두드리는 소리가 들렸다. "방에 있어, 프랭키?"

목에 걸려 있던 리처즈의 심장이 서서히 내려갔다.

포드가 주차장에서 빠져나가자, 다른 포드가 그 자리에 들어갔다. 79번째. 젠장.

날이 오후로 넘어가, 곧 1시가 되었다. 리처즈는 멀리서 들리는 다양한 교회의 종소리를 통해 시간을 알 수 있었다. 아이러니하게도, 목숨이 시간에 달린 이 남자에게는 시계가 없었다.

리처즈는 이제 자동차 게임의 변형판을 하고 있었다. 포드는 한 대당 2점, 스튜드베이커는 3점, 윈트는 4점이다. 500점을 먼저 따는 브랜드가 이긴다.

15분 정도 지났을 때, 갈색과 흰색 사냥용 재킷을 입은 남자가 서점 너머의 가로등 기둥에 기대어 콘서트 홍보 포스터를 읽고 있는 모습이 리처즈의 눈에 들어왔다. 남자는 쫓겨나지 않았다. 실은 경찰이 그를 못 본 체하는 것 같았다.

'그림자만 보고 놀랐던 거야, 이런 벌레 같은 놈. 다음에는 모퉁이마다 경찰이 보이겠지.' 리처즈는 찌그러진 범퍼가 달린 윈트 한 대를 셌다. 노란색 포드. 가볍게 흔들리며 씩씩대는 공기 실린더가 달린 스튜드베이커 한 대. 폭스바겐 한 대. 좋지 않다. 폭스바겐은 이미 탈락이다. 또 다른 윈트. 스튜드베이커.

한 뼘 길이의 시가를 피우는 남자가 모퉁이의 버스 정류장에 무심하게 서 있었다. 거기에는 그 남자뿐이었다. 그럴 만한 이유가 있었다. 리처즈는 버스가 오가는 것을 봐 두었으므로, 앞으로 45분 동안은 버스가 오지 않을 것이라는 사실을 알고 있었다.

그의 고환에 서늘한 기운이 스며들었다.

낡은 검은색 코트를 입은 노인이 길가를 느릿느릿 걸어가더니, 건물의 벽에 무심히 기대섰다.

체크무늬 점퍼를 입은 두 남자가 활기차게 이야기하며 택시에서 내려서 스톡홀름 레스토랑의 창문에 있는 메뉴를 살펴보기 시작했다.

경찰 한 명이 버스 정류장 쪽으로 걸어가, 거기에 서 있는 남자와 몇 마디 주고받더니, 다시 걸어갔다.

신문지를 들여다보던 부랑자 중 상당히 많은 수가 훨씬 더 느린 속도로 돌아다니고 있다는 사실을 알아채고, 리처즈는 멍하니 어렴풋하게 공포를 느꼈다. 마치 예전에 여러 번 마주쳤던 사람들인 것처럼 그 부랑자들의 옷차림과 걸음걸이가 이상하게 익숙했다. 꿈속에서 죽은 사람의 목소리를 알아차리는 것처럼, 리처즈는 조심스럽고 불안한 마음으로 그 사실을 깨닫기 시작했다.

경찰도 더 많아졌다.

'나를 포위하려는 거구나.' 리처즈가 생각했다. 그 생각이 그를 무기력하게 하고, 토끼처럼 덜덜 떨리는 공포를 일으켰다.

'아냐.' 마음속에서 그 생각을 반론했다. '이미 포위된 상태야.'

······마이너스 070, 계속된다······

리처즈는 침착하게, 하지만 빠르게 욕실로 걸어갔다. 높은 난간에 서 있는 사람이 추락할 위험을 모르는 체하는 것처럼 자신의 공포를 모른 척했다. 이 상황에서 벗어나려면 침착함을 유지해야 했다. 공황 상태에 빠지면 죽음을 재촉할 뿐이다.

누군가가 샤워실에서 갈라지고 음정이 맞지 않는 목소리로 유행가를 부르고 있었다. 소변기나 세면대에는 아무도 없었다.

그 방법은 리처즈가 창가에 서서 그들이 아무렇지 않은 듯 불길하게 모여드는 모습을 지켜보다가 자연스럽게 머릿속에 떠올랐다. 만일 그 생각이 떠오르지 않았다면, 리처즈는 램프에서 피어오르는 연기가 전능한 지니로 변하는 모습을 지켜보는 알라딘처럼 아직도 그 자리에 멍하게 서 있었을 것이다. 리처즈가 어렸을 때 개발회사 지하에서 신문지를 훔칠 때 썼던 방법이었다. 몰리가 그 신문지들을 사주었다. 500그램당 2센트였다.

리처즈는 철사로 만들어진 칫솔걸이 하나를 손목의 힘으로 휙 꺾어서 떼어 냈다. 조금 녹이 슬었지만, 그건 별로 중요하지 않았다. 엘리베이터 쪽으로 걸어가며 칫솔걸이의 철사를 곧게 폈다.

리처즈가 버튼을 눌렀다. 엘리베이터가 8층에서 한없이 느리게 내려왔다. 아무도 없었다. 비어 있어서 다행이었다.

리처즈는 엘리베이터로 들어가 복도를 슬쩍 둘러본 후 제어판으로 돌아섰다. 지하실 버튼 옆에 카드 투입구가 있었다. 관리인은 그 투입구에 넣을 특수 카드를 가지고 있을 것이다. 전자 감지기가 카드를 읽고 관리인이 버튼을 누르면 지하실로 내려갈 수 있다.

'이게 안 되면 어쩌지?'

'그건 생각하지 마. 지금은 생각하지 마.'

리처즈는 감전될지도 모른다는 생각에 얼굴을 찡그리며 칫솔걸이 철사를 카드 투입구에 끼워 넣고 지하실 버튼을 동시에 눌렀다.

제어판 안에서 전자적 욕설 같은 소리가 짧게 들렸다. 리처즈는 팔에 살짝 짜릿짜릿 전기가 흐르는 느낌을 받았다. 잠시 아무 일도 일어나지 않았다. 그러더니 접히는 구리 문이 미끄러지듯 닫히고, 엘리베이터가 불쾌하게 덜컹거리며 아래로 내려가기 시작했다. 투입구에서 꿈틀거리는 파란 연기가 조금 흘러나왔다.

리처즈는 엘리베이터 문에서 물러나 층을 표시하는 숫자가 내려가는 것을 지켜봤다. 1층이 켜지고 저 위에 있는 모터가 삐걱거리는 소리가 들리면서 엘리베이터가 멈추려는 것 같았다. 그러다 잠시 후 (아마도 리처즈를 충분히 겁주었다고 생각한 모양인지) 엘리베이터가 다시 내려가기 시작했다. 20초 후 문이 열렸다. 리처즈가 어둑하고 널찍한 지하실로 발을 내디뎠다. 어딘가에서 물방울이 떨어지는 소리와 겁먹은 쥐가 후다닥 달아나는 소리가 들렸다. 그러나 그 외에 이 지하실은 리처즈의 것이었다. 지금 이 순간만큼은.

······마이너스 069, 계속된다······

    천장에 굵직하고 거미줄이 뒤덮인 녹슨 난방 파이프들이 미친 듯이 뒤엉켜 있었다. 갑자기 보일러가 작동하는 바람에, 리처즈는 깜짝 놀라 비명을 지를 뻔했다. 팔다리와 심장에 쏟아지는 아드레날린이 고통스러워서 잠시 온몸이 마비된 것만 같았다.
    이 지하실에서도 신문지 더미가 리처즈의 눈에 들어왔다. 끈으로 묶인 신문지 수천 부가 쌓여 있었다. 그 속에 수천 마리의 쥐 떼가 둥지를 틀고 있었다. 그 쥐들이 루비처럼 붉고 경계심 가득한 눈으로 침입자를 노려봤다.
    리처즈는 엘리베이터에서 나가 갈라진 시멘트 바닥의 중간에서 멈췄다. 커다란 두꺼비집이 지지 기둥에 볼트로 고정되어 있었고, 그 뒤에는 다른 쪽 벽에 기대어 놓은 도구들이 어지럽게 널려 있었다. 리처즈는 쇠지레를 집어 들고 바닥을 주시하며 계속 걸어갔다.
    리처즈의 왼쪽으로 건너편의 벽 근처에 중앙 배수구가 눈에 들어왔다. 그쪽으로 걸어가서 배수구를 살펴보며, 머릿속 한켠으로는 자신이 여기 아래에 있다는 사실을 경찰이 알아챘을지 궁금했다.
    배수구에는 물이 빠져나가도록 구멍이 숭숭 뚫려 있는 강철판 덮개가 있었다. 지름은 약 1미터 정도였고, 반대편 쪽에 쇠지레를 넣을 수 있는 틈이 있었다. 리처즈는 쇠지레를 틈에 넣어 덮개를 들어 올리고, 쇠지레를 한 발로 짚어 덮개가 내려가지 않도록 했다. 그리고 가장자리에 손을 넣고 덮개를 들어 올리며 뒤집었다. 덮개가 땡그

링 소리를 내며 시멘트 바닥으로 떨어지자 놀란 쥐들이 찍찍 소리를 냈다.

배수관은 아래로 45도 기울어져 있었다. 리처즈가 보기에 배수관의 지름은 80센티미터가 채 되지 않을 것 같았다. 그리고 매우 어두웠다. 갑자기 입에 수건을 쑤셔 넣듯 폐소공포증이 덮쳤다. 너무 좁아서 움직이는 것은 고사하고 숨조차 쉬기 힘들 것 같았다. 그래도 들어갈 수밖에 없었다.

리처즈는 배수구 덮개를 다시 뒤집은 다음 배수관 입구 쪽으로 살짝 밀어서, 그가 아래로 내려갈 때 밑에서 붙잡을 수 있도록 했다. 그리고 두꺼비집으로 걸어가 쇠지레로 자물쇠를 부수고 강제로 열었다. 퓨즈를 뽑기 시작하려던 순간, 다른 생각이 떠올랐다.

리처즈는 지하실의 동쪽 벽을 따라 지저분하게 쌓여 있는 누런 신문지 더미로 걸어갔다. 그리고 담뱃불을 붙일 때 쓰던, 접히고 귀퉁이가 구겨진 성냥을 꺼냈다. 남은 성냥은 세 개뿐이었다. 리처즈는 신문지 한 장을 뜯어내 심지처럼 말아 쥐었다. 원뿔 모양의 신문지를 옆구리에 끼우고 성냥에 불을 붙였다. 첫 번째 성냥은 바람 때문에 꺼졌다. 두 번째 성냥은 그의 떨리는 손에서 빠져나가 젖은 콘크리트 바닥에서 쉬익 소리를 내며 꺼져 버렸다.

세 번째 성냥은 제대로 불이 붙었다. 성냥을 신문지로 만든 심지에 가져다 대자 노란 불꽃이 피어올랐다. 쥐 한 마리가 앞으로 다가올 일을 예감이라도 한 듯 그의 발을 스치며 어둠 속으로 달아났.

지금 리처즈는 끔찍한 긴박감에 짓눌려 있는 상태였지만, 신문지에서 불꽃이 30센티미터쯤 피어오를 때까지 기다렸다. 이게 마지막 성냥이었다. 그는 불붙은 심지를 가슴 높이까지 쌓인 신문지 더미의 틈새에 조심스럽게 꽂아 넣고 불길이 번지는 게 확인될 때까지 기다렸다.

바로 옆의 벽에 YMCA에 연료를 공급하는 거대한 기름 탱크가 설치되어 있었다. '저 탱크가 폭발할 거야.' 리처즈가 그렇게 생각했다.

리처즈는 서둘러 두꺼비집으로 돌아가 원통 모양의 퓨즈들을 뽑기 시작했다. 지하실의 전등이 꺼질 때까지 거의 다 뽑았다. 그는 불타는 신문지에서 나오는 깜빡거리며 점점 커지는 불빛에 의지해 배수구 쪽으로 더듬어 갔다.

리처즈는 배수구 입구에 발을 늘어뜨리고 앉았다가 천천히 몸을 밀어 넣었다. 머리가 지하실 바닥보다 낮아지자, 무릎으로 배수관 양옆을 밀어서 몸을 고정하고, 두 팔을 머리 위로 올렸다. 그 과정은 느리게 진행되었다. 몸을 움직일 수 있는 공간이 거의 없었기 때문이었다. 이제 불빛이 환한 노란색으로 비쳤고, 타닥타닥 타는 소리가 귀를 가득 메웠다. 리처즈는 손을 더듬어 배수구의 가장자리를 찾고, 손을 더 위로 뻗어 구멍이 뚫린 덮개를 붙잡았다. 등과 목 근육으로 덮개의 무게를 지탱하며 천천히 앞으로 당겼다. 마침내 덮개의 끝부분이 배수구의 제자리에 떨어질 것 같다는 생각이 들자, 마지막으로 힘껏 당겼다.

덮개가 텅 소리를 내며 제자리로 떨어질 때 양 손목이 심하게 뒤로 꺾였다. 리처즈는 무릎의 힘을 풀고 미끄럼틀을 타는 아이처럼 아래로 미끄러져 내려갔다. 배수관 내부가 끈적한 이끼로 덮여 있어서 4미터 정도 편하게 내려가다가, 배수관이 수평으로 꺾인 부분에 도착했다. 발이 바닥에 깔끔하게 툭 내려앉았다. 리처즈는 술에 취해 가로등에 기대어 선 사람처럼 어정쩡하게 서 있었다.

그런데 리처즈는 아래의 배수관 쪽으로 들어갈 수 없었다. 너무 급격하게 꺾였기 때문이다.

폐소공포증이 순식간에 몰려오며 숨이 막혔다. '갇혔다.' 머릿속에서 그 생각이 왁자지껄 떠들어 댔다. '여기 갇혔어. 갇혔어. 갇혀 버렸어······.'

날카로운 비명이 목구멍에서 치밀어 올라왔지만, 억지로 눌러 삼켰다.

'진정해. 괜찮아. 정말 진부하고 흔해 빠진 말이지만, 지금은 정말로 진정해야 해. 진짜로 진정해. 배수관 바닥까지 내려왔으니 위로 올라갈 수도 없고 아래로 내려갈 수도 없어. 저 빌어먹을 기름 탱크가 터지면 아주 깔끔하게 튀겨질 거야······.'

리처즈는 천천히 몸을 비틀어서 등이 아니라 가슴이 배수관의 벽에 닿도록 방향을 돌렸다. 배수관에 덮인 끈적한 이끼가 윤활제 역할을 해서 움직이는 데 도움이 되었다. 배수관 안은 이제 환하게 밝아졌고 점점 더 뜨거워지고 있었다. 안간힘을 쓰는 그의 얼굴 위로 구멍이 뚫린 덮개가 감옥 창살 같은 그림자를 드리웠다.

리처즈가 가슴과 배, 사타구니를 배수관 벽에 기대고 무릎을 적절하게 구부리자, 아래로 좀 더 내려갈 수 있었다. 종아리와 발이 수평의 배수관 안으로 미끄러져 들어가며 기도하는 듯한 자세가 되었다. 여전히 좋지 않았다. 엉덩이가 수평 배수관으로 들어가는 입구 윗부분의 단단한 세라믹 표면에 걸렸다.

불이 일으키는 요란한 소음 너머에서 외치는 명령 소리가 희미하게 들리는 것 같기도 했지만, 어쩌면 이제 신뢰할 수 없을 정도로 지치고 열기에 휩싸인 리처즈가 상상한 것일 수도 있다.

리처즈가 허벅지와 종아리 근육을 지루하게 반복하는 시소처럼 교대로 수축시키자, 무릎이 조금씩 그의 아래에서 미끄러져 나가기 시작했다. 더 많은 공간을 만들기 위해 손을 머리 위로 들어 올리자, 그의 얼굴이 배수관의 이끼에 단단히 눌렸다. 이제 거의 다 들어갔다. 리처즈는 허리를 최대한 흔들며, 이제 유일하게 힘을 줄 수 있는 팔과 머리로 배수관을 밀기 시작했다.

공간이 부족해서 꼼짝없이 여기에 이대로 걸려 있을 수밖에 없다는 생각이 들기 시작했을 때, 샴페인 코르크가 좁은 병목에서 튀어나오듯 수평 배수관의 입구에 걸려 있던 엉덩이와 허리가 쑥 빠져나갔다. 무릎이 아래에서 빠져나갈 때 허리 부분이 매우 고통스럽게 긁혔고, 셔츠가 어깻죽지까지 말려 올라갔다. 곧 리처즈가 수평 배수관 안으로 들어갔지만, 머리와 팔은 관절이 뒤틀린 채 뒤로 꺾인 상태였다. 그는 남은 몸을 비틀어 밀어 넣고 그 자리에 멈춰서 숨을 헐떡였다. 얼굴에는 끈적이는 이끼와 쥐의 배설물이 묻었고, 허리 아래 피부가 긁혀서 피가 배어 나오고 있었다.

수평 배수관은 더 좁았다. 리처즈가 숨을 쉴 때마다 어깨가 양쪽 벽을 스치듯 긁었다.

'밥을 안 먹어서 다행이네.'

리처즈는 숨을 헐떡이며 미지의 어둠을 향해 뒤쪽으로 들어가기 시작했다.

······마이너스 068, 계속된다······

 리처즈는 수평 배수관에서 약 50미터 정도를 두더지처럼 느리게 뒤쪽으로 더듬더듬 기어갔다. 그때 YMCA 지하실의 기름 탱크가 갑자기 폭발하며 배수관 전체가 울리고 고막이 터져 나갈 듯한 굉음이 들려왔다. 인 덩어리에 불이 붙은 듯 황백색 섬광이 번쩍였다. 그 빛은 불그스레 변하며 사그라들었다. 잠시 후 뜨거운 폭풍이 리처즈의 얼굴을 강타했고, 그는 고통스러운 얼굴로 씩 웃었다.
 리처즈가 더 빨리 뒤로 물러나려고 할 때마다 재킷의 주머니에 넣어 둔 테이프 카메라가 흔들리며 이리저리 튀었다. 가스레인지 불 위에 놓인 프라이팬의 손잡이가 열기를 흡수하듯, 배수관이 저 위에서 격렬하게 타오르는 폭발과 불의 열기를 빨아들이고 있었다. 리처즈는 더치 오븐 속의 감자처럼 구워질 생각은 눈곱만큼도 없었.
 땀이 리처즈의 얼굴을 타고 흘러내리며 앞서 묻어 있던 검은 오물 자국과 뒤섞였다. 타오르는 불길이 반사되어 일렁이는 불빛 속에서, 전쟁에 나가기 위해 화장한 인디언처럼 보였다. 배수관의 내부는 이제 손을 대기만 해도 뜨거울 지경이었다.
 리처즈는 바닷가재처럼 무릎과 팔꿈치를 이용해 뒤쪽으로 기어갔다. 움직일 때마다 배수관 윗부분에 엉덩이가 부딪혔다. 개가 헐떡이듯 거칠게 숨을 쉬었다. 공기는 뜨겁고 번들거리는 기름 맛이 났다. 숨쉬기가 쉽지 않았다. 머릿속 깊은 곳에서 시작된 두통이 올라와 눈 뒤쪽을 송곳으로 찔러 댔다.

'여기에서 튀겨질 거야. 튀겨지고 말 거야.'

그때 앞서 나가던 리처즈의 발이 갑자기 허공에 떴다. 다리 사이로 그쪽을 살펴보려 했지만, 앞쪽의 빛에 눈이 부시고 뒤쪽은 너무 어두워서 아무것도 보이지 않았다. 리처즈는 운에 맡길 수밖에 없었다. 그는 무릎이 배수관 끝부분에 닿을 때까지 계속 뒤로 가다가 조심스럽게 무릎을 미끄러뜨렸다.

신발이 갑자기 물에 잠겼다. 배수관의 열기에 가열된 직후 차가운 물이 충격적으로 느껴졌다.

새로운 배수관은 리처즈가 지나온 배수관과 직각으로 교차하고 있었고, 훨씬 더 넓었다. 허리를 숙이고 설 수 있을 정도였다. 걸쭉하고 느리게 흐르는 물이 발목까지 올라왔다. 잠시 멈춰서, 부드럽게 반사된 불빛이 원형으로 비치는 작은 배수관을 돌아봤다. 이렇게 멀리 떨어진 상태에서도 불빛이 보인다는 것은 그 폭발이 정말로 엄청났다는 의미였다.

놈들이 YMCA 지하실의 지옥불 속에서 그가 죽었다고 생각하기보다는 살아 있다고 가정할 가능성이 크다는 사실을, 리처즈는 내키지 않더라도 받아들일 수밖에 없었다. 하지만 화재가 진압되기 전에는 그가 어떤 경로로 탈출했는지 알아낼 수 없을 것이다. 그것은 꽤 그럴듯한 추정 같았다. 하지만 놈들이 보스턴까지 그를 추적할 수 없을 거라는 생각도 그럴듯한 추정 같았다.

'어쩌면 보스턴까지 추적하지 않았을지도 몰라. 그렇다면 내가 본 건 뭐였을까?'

아니다. 놈들이었다. 리처즈는 알고 있다. 사냥꾼들이었다. 그놈들은 악마의 악취를 풍기고 있었다. 그 악취가 보이지 않는 심령의 열기를 타고 5층의 방까지 날아왔었다.

쥐 한 마리가 개처럼 헤엄치며 옆을 지나치다 잠시 멈춰서 반짝이는 눈으로 그를 올려다봤다.

리처즈는 어설프게 물을 튀기며 배수관의 물이 흐르는 방향으로 그 쥐를 쫓아갔다.

······마이너스 067, 계속된다······

　리처즈는 사다리 옆에 서서 맨홀 뚜껑으로 들어오는 빛을 멍하게 얼이 빠진 듯 올려다봤다. 차들이 별로 다니지 않는 것은 다행이었다. 하지만 저 빛은······.
　하수도를 몇 시간은 걸은 것 같았기 때문에 빛이 있다는 사실이 의외였다. 어둠 속에서 아무것도 보이지 않고, 들리는 소리라고는 졸졸 흐르는 물소리와 쥐가 간간이 첨벙이는 소리, 그리고 다른 배수관에서 울려오는 유령 같은 쿵쿵 소리뿐이었다.('누군가가 내 머리 위로 변기의 물을 내리면 어떻게 될까.' 리처즈는 병적으로 생각했다.) 그래서 그의 시간 감각이 완전히 무너져 버렸다.
　리처즈는 지금 약 5미터 위의 맨홀 뚜껑을 올려다보며 아직 낮의 빛이 완전히 사라지지 않았다는 사실을 깨달았다. 뚜껑에는 원형의 구멍이 몇 개 있었고, 그 틈새로 연필 굵기의 빛줄기들이 쏟아져 내려와 그의 가슴과 어깨에 햇살이 동전처럼 쿡쿡 박혔다.
　리처즈가 여기 도착한 후로 공기차는 한 대도 지나가지 않았다. 간간이 중형 지상차와 혼다 오토바이 한 무리만 지나갔을 뿐이었다. 아마도 방향 감각보다는 순전히 운과 확률에 따라 (자신과 같은 사람들이 있는) 도시 중심부에 어찌어찌 도착한 듯했다.
　그래도 리처즈는 날이 어두워질 때까지 올라갈 엄두가 나지 않았다. 시간을 보내기 위해, 카메라를 꺼내서 테이프를 끼우고 자신의 가슴을 촬영하기 시작했다. 그는 이 테이프가 감광도가 좋아서 최소한의 빛으로도 촬영할 수 있다는 사실을 알고 있었고, 주변 환경을 너무 많이 노출하고 싶지 않았다. 이번에는 말도 하지 않고, 장난을 치지도 않았다. 리처즈는 완전히 진이 빠진 상태였다.

테이프가 끝나자, 리처즈는 이미 촬영한 다른 테이프와 함께 넣었다. 그는 이 테이프들이 자신의 위치를 알려 주고 있다는 (거의 확신에 가까운) 끊임없는 의심에서 벗어나고 싶었다. 그걸 깰 방법이 있을 것이다. 반드시.

리처즈는 사다리의 세 번째 단에 멍하니 앉아 어둠을 기다렸다. 도망치기 시작한 지 거의 30시간이 지난 상태였다.

······마이너스 066, 계속된다······

 일곱 살짜리 흑인 소년이 담배를 피우며 골목 어귀에 기대어 거리 쪽을 바라보고 있었다. 방금 전까지 아무런 움직임도 없던 거리에서 갑자기 가벼운 움직임이 느껴졌다. 그림자가 움직이다가 멈추더니 다시 움직였다. 맨홀 뚜껑이 올라왔다. 잠시 멈추더니 뭔가가(눈동자인가?) 반짝였다. 뚜껑이 갑자기 탱그렁 소리와 함께 옆으로 미끄러졌다.
 누군가가(아니면 무언가가. 소년은 살짝 두려웠다.) 거기에서 나왔다. '아마 지옥에서 악마가 나와서 캐시를 잡으러 오는 걸 거야.' 소년이 생각했다. 엄마는 캐시가 디키랑 다른 천사들이 있는 천국으로 가게 될 거라고 했다. 소년은 그 말이 헛소리라고 생각했다. 사람이 죽으면 모두 지옥으로 가고, 악마가 쇠스랑으로 사람들의 엉덩이를 찌른다. 브래들리 형이 보스턴 공공 도서관에서 몰래 훔쳐 온 책에서 악마의 그림을 본 적이 있었다. 천국은 푸시 중독자들이나 가는 곳이었다. 악마가 최고였다.
 리처즈가 맨홀에서 불쑥 올라와서 갈라지고 팬 시멘트 바닥을 짚고 잠시 숨을 고르자, 소년은 그가 악마일지도 모른다고 생각했다. 꼬리도 없고, 뿔도 없었으며, 그 책에 나온 것처럼 붉지도 않았지만, 저놈은 미친 것 같았고, 아주 사악해 보였다.
 이제 그가 뚜껑을 밀어젖혔다. 그리고······.
 맙소사, 골목을 향해 달려오고 있었다.

소년은 앓는 소리를 내며 달아나려 했지만 자기 발에 걸려 넘어졌다.

그리고 일어나려 허둥거리다 물건을 떨어트렸는데, 갑자기 그 악마가 소년을 붙잡았다.

"포크로 찌르지 마!" 소년이 목이 막혀 낮게 소리쳤다. "포크로 찌르지 마, 이 개새……."

"쉿! 조용히 해! 닥쳐!" 악마가 소년을 흔들어서, 이가 덜거덕거리며 입안에서 구슬처럼 부딪혔다. 소년은 입을 다물었다. 악마는 몹시 불안한 눈으로 주위를 둘러봤다. 악마의 표정은 극도의 공포로 인해 우스꽝스러울 정도였다. 소년은 게임 쇼 「악어와 수영」에 나왔던 웃긴 참가자가 떠올랐다. 소년이 겁에 질려 있지 않았다면 웃음을 터트렸을 것이다.

"악마가 아니네." 소년이 말했다.

"네가 소리를 지르면, 나를 악마로 생각하게 만들어 줄게."

"소리 안 지르면 되잖아." 소년이 경멸하듯 말했다. "내 불알을 자를 거야? 제길, 난 아직 나이가 어려서 사정도 안 해 봤단 말이야."

"혹시 갈 만한 조용한 장소를 알아?"

"죽이지 마. 나 진짜 아무것도 없어." 어둠 속에서 하얗게 빛나는 소년의 눈동자가 리처즈를 올려다봤다.

"널 죽일 생각 없어."

소년은 리처즈의 손을 잡고 쓰레기가 가득한 구불구불한 골목길을 지나 또 다른 골목으로 이끌었다. 골목 끝에서 이름 없는 고층 건물 두 채 사이의 좁은 틈새로 들어가기 직전에, 소년이 그러모은 판자와 벽돌로 얼기설기 지어진 판잣집으로 리처즈를 데려갔다. 높이가 1미터를 간신히 넘어서 리처즈가 들어가다 머리를 부딪혔다.

소년이 입구에 드리워진 더러운 검은 천 조각을 당기더니, 뭔가를 만지작거렸다. 잠시 후, 희미한 불빛이 두 사람의 얼굴을 비췄다. 소년이 낡고 금이 간 자동차 배터리에 작은 전구를 연결한 것이었다.

"저 배터리는 내가 훔쳐 온 거야. 브래들리 형이 고치는 방법을 가르쳐 줬어. 형한테 책이 있어. 나한테는 약이 조금 있어. 날 안 죽이면 줄게. 그러니까 날 안 죽이는 게 나을 거야. 브래들리 형은 암살단 소속이야. 날 죽이면, 형이 아저씨한테 신발에 똥을 싸게 해서 그걸 먹일 거야."

"난 아무도 안 죽여." 리처즈가 짜증 섞인 말투로 말했다. "적어도 어린 꼬마는 안 죽여."

"나 꼬마 아냐! 저 빌어먹을 배터리도 내가 훔친 건데!"

아이의 상처받은 표정을 보고 리처즈는 웃음을 터트릴 뻔했다. "알았어. 이름이 뭐냐, 꼬마야?"

"꼬마 아니라니까!" 그러고는 심통하게 말했다. "스테이시."

"그래, 스테이시. 좋아. 나는 지금 도망치는 중이야. 이 말은 믿을 수 있지?"

"알아요. 도망치는 중이라는 거. 무슨 성인 화보를 사러 맨홀에서 올라온 건 아닐 테니까." 스테이시가 리처즈를 의심스러운 눈으로 바라봤다. "흰둥이죠? 그런데 너무 지저분해서 그 꼴로는 잘 모르겠네."

"스테이시, 난……." 리처즈는 말을 끊고 머리를 쓸어 올렸다. 다시 입을 열었을 때는 혼잣말처럼 중얼거렸다. "믿을 만한 사람이 필요하지만, 이런 아이를 믿어야 하는 건가. 꼬마라니. 세상에, 넌 아직 여섯 살도 안 됐잖아, 꼬마야."

"3월이면 여덟 살이에요." 스테이시가 화를 내며 말했다. "여동생 캐시는 암이에요." 그리고 덧붙였다. "캐시는 맨날 빽빽 울어요. 그래서 여기에 있는 게 좋아요. 저 염병할 배터리는 내가 훔쳤어요. 아저씨, 한 대 피울래요?"

"아니, 너도 피우지 마. 2달러 줄까, 스테이시?"

"맙소사, 네!" 아이의 눈에 불신이 스쳤다. "근데 맨홀에서 기어 나온 사람이 2달러를 가지고 있을 리가 없잖아요. 말도 안 돼."

리처즈가 신권 달러를 꺼내 스테이시에게 주었다. 아이는 공포에 가까운 경외심으로 그 돈을 바라봤다.

"너희 형을 데려오면 1달러 더 줄게." 리처즈가 스테이시의 표정을 보고 재빨리 덧붙였다. "너희 형이 못 보게 따로 줄게. 형만 데려와."

"브래들리 형을 죽이려고 해도 소용없어요. 형은 아저씨한테 신발에 똥을 싸게 해서……."

"그걸 먹이겠지. 알았어. 빨리 가서 데려와. 형이 혼자 있을 때까지 기다렸다가 데려와."

"3달러."

"안 돼."

"있잖아요, 아저씨, 3달러면 캐시에게 약을 사 줄 수 있어요. 그러면 그렇게 빽빽거리며 울지 않을 거예요."

남자의 얼굴이 갑자기 일그러졌다. 마치 스테이시에게 보이지 않는 누군가가 그를 세게 한 대 후려친 것 같았다. "알았어. 3달러."

"신권 달러요." 아이가 고집했다.

"그래, 젠장, 알았어. 형을 데려와. 하지만 경찰을 데려오면 한 푼도 안 줄 거야."

스테이시가 작은 방에서 나가다 말고 멈췄다. "내가 그런 짓을 할 거라고 생각한다면 아저씨는 바보예요. 난 누구보다 그 빌어먹을 짭새들을 싫어해요. 악마보다 더 싫어한다고요."

지저분하고 딱지투성이의 손에 리처즈의 목숨을 쥔 일곱 살짜리 아이가 떠났다. 리처즈는 너무 지쳐서 걱정할 기운도 없었다. 그는 불을 끄고, 등을 기대고 앉아 잠이 들었다.

······마이너스 065, 계속된다······

꿈속으로 막 접어들 무렵 팽팽히 곤두선 감각이 리처즈를 잠자리에서 끌어냈다. 어둠 속에서 혼란스러웠고, 막 시작되려던 악몽에 잠시 사로잡혀 있었다. 키가 2미터가 넘는 무시무시한 생체 병기 같은 커다란 경찰견이 자신을 향해 다가온다고 생각했다. 리처즈가 비명을 지를 뻔했는데, 스테이시의 쉿 소리에 현실로 돌아왔다.

"그놈이 내 전등을 망가트렸으면, 내가……."

누군가가 스테이시의 입을 격렬하게 틀어막았다. 출입구를 가린 천이 펄럭이자, 리처즈가 불을 켰다. 스테이시와 다른 흑인이 그의 눈에 들어왔다. 리처즈는 새로운 친구가 열여덟 살 정도일 거라고 짐작했다. 그 소년은 오토바이 재킷을 입었고, 리처즈를 증오와 흥미가 뒤섞인 표정으로 바라봤다.

브래들리의 손에서 잭나이프의 칼날이 튀어나와 번들거렸다. "무기를 가지고 있다면 내려놔."

"없어."

"난 안 믿어……." 브래들리가 말을 멈추더니, 눈이 커졌다. "이봐, 당신, 프리비에 나온 그 사람이잖아. 헌팅턴가에서 YMCA를 날려 버린 사람." 그의 검은 얼굴에 얼핏 웃음이 떠올랐다. "당신이 짭새들 다섯을 튀겼다는 이야기를 들었어요. 열다섯 명이었던가."

"저 사람 맨홀에서 나왔어." 스테이시가 중요한 이야기를 한다는 듯 말했다. "난 보자마자 악마가 아닌 줄 알았다니까. 그냥 흰둥이 개자식이라는 걸 알아챘지. 형, 저 사람 찌를 거야?"

"어른들이 이야기할 때는 조용히 해." 브래들리가 안으로 더 들어와서, 리처즈 맞은편에 있는 거칠거칠한 오렌지 상자 위에 어색하게 쭈그려 앉았다. 그리고 자기 손에 있는 칼을 보더니, 그게 아직 거기에 있는 게 놀랍다는 듯 칼날에 집어넣었다.

"당신은 지금 무지막지하게 위험해요." 이윽고 브래들리가 말했다.

"그렇지."

"어디로 갈 거예요?"

"모르겠어. 보스턴을 벗어나야 해."

브래들리가 말없이 생각에 잠겼다가 입을 열었다. "나랑 집으로 가죠. 할 이야기가 있어요. 여기선 안 돼요. 너무 노출되어 있어서."

"좋아." 리처즈가 지친 목소리로 말했다. "난 어디든 상관없어."

"뒷길로 가죠. 오늘 밤에는 짭새들이 돌아다니고 있거든요. 이제 왜 그런지 알겠네요."

브래들리가 앞서서 밖으로 나갈 때, 스테이시가 리처즈의 정강이를 세게 걷어찼다. 리처즈는 잠시 어리둥절해서 아이를 바라보다가 이내 떠올렸다. 그가 스테이시에게 3달러를 몰래 건네주었고, 스테이시는 돈을 순식간에 감췄다.

······마이너스 064, 계속된다······

여자는 매우 나이가 많았다. 리처즈는 그렇게 늙은 사람을 처음 보는 거 같았다. 그녀는 날염한 실내용 원피스를 입고 있었는데, 한쪽 겨드랑이 아래가 커다랗게 찢겨 있었다. 리처즈의 신권 달러로 산 음식을 요리하며 그녀가 움직일 때마다 원피스의 찢긴 틈으로 늙고 쭈글쭈글한 가슴이 이리저리 흔들렸다. 니코틴이 찌들어 누런 손가락으로 자르고, 깎고, 껍질을 벗겼다. 수십 년 동안 서서 일한 탓에 괴상한 보트 모양으로 퍼져 있는 그녀의 발은 수건 천으로 만든 분홍색 슬리퍼를 신고 있었다. 그녀의 머릿결은 떨리는 손으로 고데기를 잡고 웨이브를 넣은 것처럼 보였는데, 뒷머리의 비뚤어진 머리망에 욱여넣어서 피라미드처럼 볼록 솟아 있었다. 그녀의 얼굴은 시간이 퇴적된 삼각주 같았다. 갈색도 검은색도 아닌 잿빛을 띠었고, 주름살과 늘어진 피부, 처진 살이 은하처럼 방사형을 이루며 얽혀 있었다. 이빨이 없는 입으로 솜씨 좋게 담배를 물고 내뿜은 푸른 연기가 그녀의 머리 위와 뒤편 허공에 작은 푸른 공 다발처럼 떠다녔다. 그녀는 앞뒤로 연기를 내뿜었고, 조리대와 프라이팬, 식탁 사이를 삼각형을 그리며 움직였다. 면 스타킹은 무릎까지 말려 내려왔고, 그 위로 펄럭이는 치맛자락 사이로 시계 스프링처럼 엉킨 종아리의 정맥이 두드러져 보였다.

이 아파트에는 오래전에 죽은 양배추의 유령이 떠돌고 있었다.

안쪽에 있는 침실에서 캐시가 빽빽거리며 울고, 쌕쌕거리더니, 조용해졌다. 브래들리는 창피한 모양인지 약간 화난 얼굴로 리처즈에게 캐시를 신경 쓰지 말라고 했다. 캐시는 양쪽 폐에 암이 있었는데, 최근에 암이 위로는 목까지, 아래로는 배로 전이되었다. 이제 겨우 다섯 살이었다.

스테이시는 또 어딘가로 나갔다.

리처즈와 브래들리가 대화를 나누는 동안, 쇠고기를 갈아서 끓인 죽과 야채, 토마토소스의 매혹적인 향기가 방을 가득 채우기 시작하며 아파트에 밴 양배추 냄새가 구석으로 밀려났다. 리처즈는 자신이 얼마나 배가 고팠는지 깨달았다.

"당신을 신고할 수 있어요. 죽이고 돈을 다 훔칠 수도 있고요. 시체를 신고하면 1000달러를 더 받아서 편하게 살 수 있죠."

"넌 그럴 수 없을 거야. 적어도 난 그렇게 못 해." 리처즈가 대답했다.

"그런데 왜 그런 일을 하고 있는 거예요?" 브래들리가 짜증 섞인 목소리로 물었다. "왜 그놈들의 속임수에 빠진 거죠? 그렇게 돈에 환장했어요?"

"내 딸의 이름은 캐서린이야. 캐시보다 어리지. 폐렴을 앓고 있어. 캐시처럼 항상 울어 대."

브래들리가 아무 대꾸도 하지 않았다.

"내 딸은 나을 수도 있어. 저기에 있는 아이와는…… 달라. 폐렴은 감기보다 심하지도 않으니까. 하지만 의사와 약이 필요해. 그게 다 돈이야. 난 돈을 벌기 위해 할 수 있는 유일한 방법을 선택한 거야."

"그래도 창부나 다름없어요." 브래들리가 단조롭고 묘하게 기분 나쁜 어조로 말했다. "세계의 절반을 빨아 주고 있잖아요. 그 인간들이 매일 저녁 6시 30분에 당신 입에 싸질러 대고 있다고. 이런 세상에서는 당신 딸도 캐시처럼 되는 게 차라리 나을 거예요."

"난 그렇게 생각 안 해."

"나보다는 배짱이 크네요. 예전에 한 놈을 터트려서 병원에 보낸 적이 있어요. 돈 많은 놈이었죠. 짭새들이 사흘 동안 나를 찾아다니더라고요. 그런데 당신은 나보다 배짱이 있네요." 브래들리가 담배를 꺼내 불을 붙였다. "어쩌면 당신은 한 달을 버틸 수 있을지도 모르겠네요. 그럼 10억 달러죠. 그 돈을 가져가려면 염병할 화물 열차라도 사야 할걸요."

"욕하지 마. 하느님 감사합니다." 방 건너편에서 당근을 썰던 노파가 말했다.

브래들리는 그 말을 들은 척도 안 했다. "그때면 당신과 부인, 어린 딸이 편안한 삶을 살 수도 있겠네요. 벌써 이틀이 지났잖아요."

"아냐. 이 게임은 이미 판이 짜여 있어. 스테이시와 너희 엄마가 식료품을 사러 나갔을 때, 내가 스테이시에게 우편으로 보내라고 줬던 물건 두 개 기억나지? 그걸 매일 밤 12시가 되기 전에 두 개씩 우편으로 보내야 해." 리처즈는 상금 몰수 조항에 대해 설명하고, 우편 소인으로 보스턴까지 추적했을 것으로 의심하고 있다는 이야기를 했다.

"그건 쉽게 깰 수 있어요."

"어떻게?"

"나중에 말해 줄게요. 보스턴에서 어떻게 빠져나갈 거예요? 당신은 정말 엄청나게 위험해요. YMCA에서 짭새들을 날려 버려서 완전히 열받게 했잖아요. 오늘 저녁 프리비에도 나왔어요. 당신이 베개 뒤집어쓰고 찍은 영상도 나왔고요. 정말 영리했어요, 엄마!" 마지막에 브래들리가 짜증스럽게 말했다. "언제 다 돼요? 배가 곯아서 등짝에 말라붙을 거 같아요."

"거의 다 됐다." 노파가 말했다. 그리고 걸쭉하게 부글거리는 냄비에 뚜껑을 덮고, 느릿느릿 침실로 걸어가 아이 옆에 앉았다.

"모르겠어. 차를 구할까 해. 가짜 신분증이 있긴 하지만 사용할 엄두가 안 나. 뭔가 방법을 찾아서 진한 선글라스라도 쓰고 이 도시를 빠져나가야지. 버몬트로 가서 캐나다로 넘어갈까 생각 중이야." 리처즈가 말했다.

브래들리는 앓는 소리를 내며 일어나 식탁 위에 접시들을 놓았다. "지금쯤이면 보스턴에서 나가는 모든 고속도로를 막았을걸요. 진한 선글라스를 쓰면 더 눈에 잘 띄어요. 그러면 10킬로미터도 못 가서 고기 반죽이 될걸요."

"그럼 모르겠네. 내가 여기에 있으면, 짭새들에게 너도 공범으로 잡힐 거야."

브래들리가 식탁을 차리기 시작했다. "차를 구할 수 있을 거예요. 당신은 현찰을 쥐고 있고, 난 안 위험하잖아요. 밀크가에 가면 300달러에 윈트 자동차 한 대를 팔아 줄 라틴계 사람이 있어요. 맨체스터까지 그 차를 운전할 친구를 구할게요. 놈들은 당신이 보스턴에 갇혀 있다고 생각하니까, 맨체스터는 완전 안전할 거예요. 엄마, 식사 안 하셔?"

"먹어야지, 하느님 감사합니다." 노파가 침실에서 어기적거리며 나왔다. "캐시는 살짝 잠들었어."

"다행이네." 브래들리는 햄버거 스튜를 세 접시 뜨더니 잠깐 멈췄다. "스테이시는 어디 갔어요?"

"약국에 간다더라." 노파가 만족스러운 얼굴을 하고 이빨 없는 입으로 숟가락이 보이지 않을 정도로 빠르게 스튜를 퍼먹으며 말했다. "약 사러 간다고 했어."

"허튼짓하다가 걸리기만 해 봐. 내가 아주 엉덩이를 박살 낼 거야."
브래들리가 자리에 털썩 앉으며 말했다.

"안 걸릴 거야. 돈이 있거든." 리처즈가 말했다.

"흠, 우리는 자선금 같은 건 필요 없어요. 흰둥이 아저씨."

리처즈가 웃으며 음식에 소금을 뿌렸다. "그 녀석이 아니었다면, 아마 지금쯤 난 시체 안치소에 누워 있었을 거야. 그건 스테이시가 번 돈이라고 생각해."

브래들리는 고개를 숙이고 접시에만 집중했다. 식사가 끝날 때까지 아무도 말이 없었다. 리처즈와 브래들리는 두 접시를 먹었고, 노파는 세 접시를 먹었다. 식사를 마친 세 사람이 담배에 불을 붙이려 할 때 열쇠로 자물쇠를 긁는 소리가 들려오자 다들 긴장했지만, 스테이시가 죄책감과 두려움, 흥분에 잠긴 얼굴로 들어오자 분위기가 풀렸다. 스테이시가 한 손에 들고 있는 갈색 가방에서 약병을 꺼내 엄마에게 건넸다.

"이거 끝내주는 약이야. 커리 영감이 2달러 75센트를 어디서 났냐고 묻길래, 신발에 똥이나 싸서 먹으라고 했어." 스테이시가 말했다.

"욕하지 마, 악마가 널 찌를 거야. 저녁 먹어라." 노파가 말했다.

소년의 눈이 커졌다. "맙소사, 고기가 있네!"

"그럴 리가 있냐, 걸쭉하게 만들려고 거기다 똥 쌌어." 브래들리가 말했다. 소년은 고개를 들어 형이 농담하는 모습을 보고 웃으며 식탁에 앉았다.

"약팔이가 경찰에 신고하지 않을까?" 리처즈가 낮은 목소리로 물었다.

"커리 영감이요? 말도 안 돼. 우리 가족에게서 돈을 더 뜯어낼 수만 있다면 신고 같은 건 안 할 거예요. 캐시에게 센 약이 필요하다는 걸 아니까."

"맨체스터 건은 어떻게 할 거야?"

"흐음, 버몬트는 안 돼요. 거긴 우리 같은 사람들이 별로 없잖아요. 경찰도 빡세요. 리치 골리언 같은 괜찮은 친구를 구하고 맨체스터까지 윈트를 몰고 가서 자동 주차장에 주차하게 하고, 그다음에 내가 다른 차로 당신을 태우고 갈 거예요." 브래들리가 담배를 비벼 끄며 말했다. "트렁크에 숨겨서. 짭새들은 비포장도로에서 간이 탐지기밖에 안 쓰니까 안 걸릴 거예요. 495번 도로로 곧장 올라가면 돼요."

"너한테 너무 위험해." 리처즈가 말했다.

"아, 공짜로 해 줄 생각은 없어요. 캐시가 죽을 때는 완전히 약에 취한 상태로 보내고 싶거든요."

"하느님 감사합니다." 노파가 말했다.

"그래도 너한테 너무 위험해."

"형한테 툴툴거리는 짭새가 있으면, 형이 신발에 똥을 싸게 해서 먹여 버릴 거예요." 스테이시가 입을 닦으며 말했다. 소년이 브래들리를 바라볼 때면 눈동자에 영웅을 우러르는 순수한 빛이 반짝거렸다.

"셔츠에 흘리지 마, 자식아." 브래들리가 스테이시의 머리를 툭툭 쳤다. "너도 이제 딸딸이 치냐? 아직 덜 컸어, 그지?"

"우리가 잡히면, 넌 감방에 오래 있게 될 거야. 그러면 누가 저 아이를 돌보겠어?" 리처즈가 말했다.

"무슨 일이 생겨도 이 녀석은 혼자 알아서 할 거예요. 그리고 엄마도 있잖아요. 그리고 이 녀석은 아무것도 중독되지 않았어요. 그렇지, 스테이시?" 브래들리가 말했다.

스테이시가 힘차게 고개를 끄덕였다.

"이 녀석 팔에서 주삿바늘 자국이 내 눈에 띄면 머리통을 박살 내리라는 걸 알고 있죠. 그렇지, 스테이시?"

스테이시가 고개를 끄덕였다.

"게다가 돈도 필요하거든요. 우리 집은 지금 힘든 상황이에요. 그러니까 그 얘긴 그만해요. 내가 뭘 해야 할지는 잘 알고 있으니까."

리처즈는 조용히 담배를 껐다. 브래들리는 캐시에게 약을 주러 갔다.

······마이너스 063, 계속된다······

 리처즈가 깨어났을 때 아직 어둠이 깔려 있었지만, 몸속의 생체 시계는 지금이 대략 4시 30분쯤이라고 말해 주었다. 캐시라는 아이가 새된 소리로 울어 대고, 브래들리도 깨어 있었다. 세 사람은 통풍이 잘되는 안쪽의 작은 방에서 잠을 잤는데, 스테이시와 리처즈는 바닥에서 잤다. 노파는 아이와 함께 잤다.
 깊은 잠에 빠진 스테이시의 숨소리 너머로, 브래들리가 방에서 나오는 소리가 들렸다. 싱크대에서 숟가락 부딪히는 소리가 났다. 아이의 울음소리는 점차 툭툭 끊어진 신음 소리로 바뀌더니 서서히 조용해졌다. 리처즈는 브래들리가 고요함이 찾아오길 기다리며 부엌 어딘가에서 꼼짝하지 않고 서 있는 것을 느낄 수 있었다. 브래들리가 돌아와 앉더니 방귀를 뀌었다. 그리고 몸을 누이자 침대 스프링이 삐걱거렸다.
 "브래들리?"
 "왜요?"
 "스테이시 말로는 캐시가 다섯 살밖에 안 됐다는데, 정말이야?"
 "네." 브래들리의 말투에 도시의 논쟁적인 억양이 사라져서 마치 현실에서 동떨어진 꿈속의 목소리처럼 들렸다.
 "다섯 살짜리 아이가 폐암에 걸렸다고? 난 그런 게 있는 줄도 몰랐어. 백혈병이라면 모를까. 폐암이라니, 말도 안 되잖아."
 침대에서 쓴웃음이 속삭이듯 새어 나왔다. "하딩에서 왔죠? 하딩의 대기오염 수치는 얼마나 돼요?"

"몰라. 이제는 날씨 예보나 대기오염 같은 걸 알려 주지 않아. 언제부터였더라…… 젠장, 모르겠네. 오래전부터 그랬어."

"보스턴은 2020년부터 그랬어요." 브래들리가 속삭였다. "놈들이 겁이 나서 그런 거예요. 코 필터 같은 거 없죠?"

"바보 같은 소리 하지 마." 리처즈가 짜증스러운 말투로 말했다. "그 망할 물건은 할인점에 가도 200달러나 하잖아. 내가 작년에 번 걸 다 합쳐도 200달러가 안 돼. 너는 있냐?"

"아뇨." 브래들리가 조용히 대답했다. 그리고 잠시 있다가 말을 이었다. "스테이시는 하나 있어요. 내가 만들어 줬거든요. 엄마와 리치 골리언, 그리고 몇몇 다른 사람들도 가지고 있죠."

"말이 되는 소리를 해."

"진짜예요, 아저씨."

브래들리가 말을 멈췄다. 리처즈는 브래들리가 지금까지 한 말을 머릿속으로 곱씹으며 앞으로 어떤 말을 할 수 있을지, 얼마나 말해도 괜찮을지를 저울질하고 있다고 확신했다. 브래들리가 다시 말을 꺼냈을 땐, 몹시 힘겹게 꺼낸 말이었다.

"우리는 책을 읽어요. 프리비 같은 건 머리가 텅 빈 놈들이나 보는 거라고요. 갱단 있잖아요. 몇몇 녀석들은 그냥 어슬렁대며 돌아다니기만 해요, 알죠? 그저 토요일 밤에 횐둥이들 패는 거나 관심이 있을 뿐이에요. 하지만 열두 살쯤부터 도서관에 다닌 친구들도 있어요."

"보스턴의 도서관은 카드 없어도 들여보내 줘?"

"아뇨. 가족 중에 연 수입이 5000달러 이상인 사람이 있어야만 카드를 만들 수 있어요. 그래서 뚱뚱한 아이의 카드를 훔쳤죠. 우리는 교대로 도서관에 가요. 갈 때 입는 갱단복도 따로 있어요." 브래들리가 잠깐 멈췄다가 말했다. "비웃으면, 칼로 찔러 버릴 거예요."

"안 비웃어."

"처음엔 그냥 야한 책만 봤어요. 그러다 캐시가 아프기 시작했을 때부터 공해 문제에 관심이 생겼죠. 오염 수치나 스모그 농도, 코 필터 관련 책들은 모두 보관실에 있더라고요. 우리는 왁스 틀로 열쇠를 만들었어요. 도쿄에서는 2012년부터 코 필터 착용이 의무였다는 거 알아요?"

"아니."

"리치와 딩크 모란이 공해 측정기를 만들었어요. 딩크가 책을 보며 그림을 그렸고, 커피 캔과 자동차에서 훔친 부품들로 만들었죠. 지금은 골목에 숨겨 놨어요. 1978년에는 오염 지수라는 게 있어서 1부터 20까지 표시했대요. 여기까지는 이해되죠?"

"응."

"오염 지수가 12에 도달하면, 날씨가 바뀔 때까지 공장과 오염을 일으키는 시설들은 가동을 중지해야 했어요. 1987년까지 연방 법률이었는데, 개정 의회에서 폐지됐어요." 침대 위의 그림자가 팔꿈치를 짚으며 상체를 일으켰다. "천식에 걸린 사람을 많이 알죠, 그렇지 않나요?"

"그렇지." 리처즈가 조심스럽게 대답했다. "나도 천식 증세가 조금 있어. 공기 때문인 것 같아. 젠장, 덥고 흐리고 공기가 움직이지 않는 날은 집 안에 있어야 한다는 건 다들 아는 거잖아……."

"기온 역전 현상이에요." 브래들리가 씁쓸하게 말했다.

"그래, 많은 사람들이 천식을 앓고 있어. 8월과 9월에는 공기가 기침 시럽처럼 걸쭉해지잖아. 하지만 폐암은……."

"아저씨가 말하는 건 천식이 아니에요. 그건 폐기종이에요."

"폐기종?" 리처즈가 그 단어를 머릿속에서 굴려 보았다. 어렴풋이 익숙하긴 했지만, 정확한 뜻은 떠오르지 않았다.

"폐의 모든 조직이 부풀어 오르는 거예요. 숨을 들이쉬고, 또 들이쉬고, 또 들이쉬어도 계속 숨이 차죠. 그런 사람들 많이 보지 않았어요?"

리처즈가 생각해 봤다. 그 말이 맞았다. 그는 그런 식으로 죽어 간 사람을 여럿 알고 있었다.

브래들리가 리처즈의 생각을 읽기라도 한 듯 말했다.

"그런 병에 대해서는 아무도 말하지 않아요. 보스턴의 오염 지수는 좋은 날에도 20이에요. 숨을 쉬는 것만으로도 하루에 담배 네 갑을 피우는 것과 같아요. 공기가 나쁜 날에는 수치가 42까지 올라가죠. 노인들은 도시 여기저기서 픽픽 쓰러져 죽어요. 사망 진단서에는 천식으로 적히죠. 하지만 문제는 공기라고요. 공기, 공기. 그런데도 놈들은 계속 내뿜고 있어요. 하루 24시간 내내 대형 굴뚝으로 뿜어 대고 있다고요. 부자 놈들이 그러고 싶으니까.

200달러짜리 코 필터는 아무짝에도 쓸모가 없어요. 두 개의 막 사이에 살균제를 적신 솜 조각을 조금 끼워 넣은 것뿐이죠. 그게 다예요. 유일하게 쓸 만한 물건은 제너럴 아토믹스에서 나온 것들이에요. 그걸 살 수 있는 건 돈 많은 놈들뿐이죠. 놈들이 우리에게 프리비를 틀어 주는 건 밖에 못 나가게 하려는 거예요. 우리가 아무 문제도 안 일으키고 이대로 앉아서 숨 쉬다 죽게 하려는 거죠. 어때요, 마음에 들어요? 시장에서 가장 싼 제너럴 아토믹스 코 필터도 신권 6000달러는 해요. 우리는 책을 보면서 스테이시를 위해 10달러로 만들었어요. 손톱 반달만 한 크기의 소형 핵전지를 사용했어요. 전당포에서 7달러에 산 보청기에서 꺼낸 거예요. 어때요, 괜찮은 거 같아요?"

리처즈는 아무 말도 하지 않았다. 말문이 막혔다.

"캐시가 죽으면, 그놈들이 사망 진단서에 암이라고 쓸 것 같아요? 천만에요. 천식이라고 쓸걸요. 괜히 사람들이 겁먹을 수도 있으니까요. 누군가가 또 도서관 카드를 훔쳐서 2015년 이후 폐암이 700퍼센트 증가했다는 사실을 알게 될지도 모르잖아요."

"그게 사실이야? 아니면 네가 지어낸 이야기야?"

"책에서 읽었어요. 젠장, 이놈들이 우리를 죽이고 있다고요. 프리비가 우리를 죽이고 있어요. 프리비가 우리를 죽인다니까요. 마술사가 조수의 블라우스에서 케이크가 떨어지는 모습을 우리에게 보여 주면서 뒤로는 바지에서 토끼를 꺼내 모자에 넣는 것과 같죠." 브래들리가 잠시 멈췄다가 꿈꾸는 듯한 말투로 이어서 말했다. "내가 프리비에서 10분만 말할 수 있다면 완전히 세상을 뒤집어 놓을 수 있을 것 같아요. 다 말해 주고, 다 보여 주는 거예요. 네트워크가 마음만 먹으면 모든 사람이 코 필터를 가질 수 있어요."

"그런데 난 그놈들을 도와주고 있어."

"그건 아저씨 잘못이 아니에요. 아저씨는 도망쳐야 해요."

킬리언의 얼굴과 아서 M. 번스의 얼굴이 리처즈의 눈앞에 떠올랐다. 리처즈는 그 면상들을 박살 내고, 짓밟고, 으깨 버리고 싶었다. 놈들의 코 필터를 뜯어내 길바닥에 내던진다면 더 좋을 것이다.

"사람들은 화가 나 있어요. 지난 30년 동안 횐둥이들에게 화가 나 있었어요. 사람들에게 필요한 건 명분이에요. 명분…… 단 하나의 명분……."

리처즈가 잠에 들 때 그 소리가 반복해서 귓가를 맴돌았다.

······마이너스 062, 계속된다······

리처즈는 하루 종일 집 안에 있었다. 브래들리는 나가서 차를 구하고, 갱단의 일원들과 만나 맨체스터까지 그 차를 몰고 가는 일을 논의했다. 브래들리와 스테이시는 6시에 돌아왔다. 브래들리가 프리비를 켰다. "모든 준비가 끝났어요. 오늘 밤에 출발할 거예요."
"오늘?"
브래들리는 장난기 없이 미소를 지었다. "전국 방송으로 자신의 모습을 보고 싶지 않아요?" 리처즈는 그 모습이 보고 싶다는 생각이 들었다. 「러닝 맨」이 시작되자 넋을 놓고 바라봤다.
어두운 바다처럼 펼쳐진 배경 한가운데 밝은 빛의 기둥 속에 서 있는 아나운서 바비 톰슨이 무표정한 얼굴로 카메라를 응시했다.
"보시죠. 이자가 여러분 곁을 배회하는 늑대입니다."
리처즈의 얼굴이 화면에 커다랗게 떠올랐다. 그 모습이 잠시 유지된 후, 존 그리펀 스프링어로 변장한 리처즈의 두 번째 사진으로 바뀌었다.
화면은 다시 바비 톰슨으로 돌아갔다. 아나운서는 심각한 얼굴이었다. "오늘 밤은 특히 보스턴 시민들에게 말씀드립니다. 어제 오후, 다섯 명의 경찰이 보스턴 YMCA 지하에서 이 늑대가 설치한 교활하고 무자비한 함정에 빠져 불타는 고통 속에서 사망했습니다. 오늘 밤에는 어떤 얼굴을 하고 있을까요? 오늘 밤엔 어디에 있을까요? 보세요! 이자를 보세요!"

톰슨의 모습이 사라지고, 리처즈가 아침에 촬영한 두 개의 테이프 클립 중 첫 번째 클립이 시작됐다. 스테이시가 그 클립들을 도시 건너편 커먼웰스가의 우체통에 넣었다. 리처즈는 침실에서 창문과 가구들을 모두 덮어서 가리고, 노파에게 카메라를 들게 했었다.

"이걸 보고 있는 여러분 모두는……." 리처즈의 영상이 천천히 말했다. "기술자도 아니고, 펜트하우스에 사는 사람들도 아닙니다. 여러분이 쓰레기라는 소리가 아닙니다. 공동주택 단지에 사는 여러분. 빈민가에 사는 여러분. 허름한 고층 아파트에 사는 여러분. 오토바이 갱단에 있는 여러분. 일자리가 없는 여러분. 네트워크가 아이들이 모여서 이야기 나누는 걸 막기 위해 마약을 가지고 있지 않고 죄도 짓지 않았는데 체포한 아이들. 여러분이 숨 쉬는 권리마저 빼앗으려는 끔찍한 음모에 대해 말하고 싶……."

오디오에 갑자기 삐걱거리는 소리, 툭툭 터지는 소리, 가래 끓는 소리가 뒤섞였다. 잠시 후 소리가 완전히 끊어졌다. 리처즈의 입은 움직이고 있었지만, 아무 소리도 들리지 않았다.

"오디오가 끊긴 것 같습니다." 바비 톰슨의 목소리가 부드럽게 들렸다. "하지만 우리는 이 살인자의 극단적인 망언을 더 듣지 않더라도 우리가 상대하고 있는 게 어떤 자인지 이미 잘 알고 있습니다. 그렇지 않습니까?"

"네!" 관중이 소리쳤다.

"만약에 이 사람을 거리에서 본다면 어떻게 하실 건가요?"

"신고!"

"이 사람을 발견하면 어떻게 하실 건가요?"

"죽여!"

리처즈가 부엌 겸 거실에 놓인 유일한 안락의자의 팔걸이를 주먹으로 내리쳤다. "개자식들." 그가 무력하게 말했다.

"놈들이 그걸 방송에 내보내 줄 거라 생각했어요?" 브래들리가 비웃으며 물었다. "젠장, 놈들이 이 정도라도 내보낸 게 놀라운데요."

"나도 방송할 거라고는 기대 안 했어." 리처즈가 넌더리 난다는 말투로 말했다.

"그래요, 그렇게 생각했을 리가 없죠."

첫 번째 클립이 끝나고, 두 번째 클립이 시작됐다. 이 클립에서 리처즈는 시청자들에게 도서관에 몰려가 카드를 요구해서 진실을 찾으라고 호소했다. 그리고 브래들리가 그에게 준 대기오염과 수질 오염 관련 책 목록을 읽었었다.

리처즈의 영상이 입을 열었다. "너희 전부 엿이나 먹어." 입술은 전혀 다른 말을 하며 움직였지만, 2억 명의 시청자 중 그 사실을 알아차릴 사람이 얼마나 될까? "짭새들은 모두 엿 먹어라. 게임사도 엿 먹어라. 짭새들은 보이는 족족 죽여 버릴 거야. 내가······." 계속 그런 소리를 주저리주저리 해서, 리처즈는 귀를 틀어막고 방에서 도망치고 싶었다. 그게 자신의 목소리를 모사한 것인지, 오디오 테이프의 소리를 편집해서 붙인 것인지 알 수 없었다. 화면은 바비 톰슨의 얼굴과 리처즈의 사진이 나란히 표시된 분할 화면으로 전환되었다. "이자를 보세요." 바비 톰슨이 말했다. "살인을 저지른 자입니다. 자기와 같은 불만 세력을 선동해 여러분의 거리에서 폭동을 일으키고, 강간과 방화, 파괴를 일삼는 자입니다. 거짓말하고, 속이고, 죽이는 자입니다. 이자가 그 모든 일을 저질렀습니다."

"벤저민 리처즈!" 바비 톰슨이 차갑고 권위적인 구약 성경의 분노를 담아 외쳤다. "이 방송을 보고 있습니까? 만일 그렇다면, 당신은 이미 피 묻은 대가를 받았겠군요. 당신이 자유롭게 돌아다니는 동안 시간당 100달러, 지금까지 54시간, 540달러를 받았을 겁니다. 그리고 추가로 500달러를 더 받았겠죠. 이 다섯 명에 대해 각각 100달러씩."

젊고 이목구비가 뚜렷한 경찰들의 얼굴이 화면에 하나씩 나타나기 시작했다. 사진은 경찰학교 졸업식에서 촬영된 것처럼 보였다. 그들은 모두 싱그럽고 생기 넘치며 희망에 가득 차 있었으며, 가슴이 아플 정도로 취약해 보였다. 트럼펫 하나가 부드럽게 추모곡을 연주하기 시작했다.

"그리고 이분들이……." 톰슨은 이제 감정에 잠겨 낮고 갈라진 소리를 냈다. "이분들이 경찰의 가족들입니다."

아내들은 희망에 찬 미소를 짓고 있었다. 아이들은 카메라를 향해 웃으라고 달랜 모양이었다. 아이들이 많았다. 냉기와 메스꺼움에 몸이 떨린 리처즈는 고개를 숙이고 손등으로 입을 막았다.

브래들리의 따뜻한 근육질의 손이 그의 목덜미를 잡았다. "이봐요, 아니야. 아니라고, 아저씨. 저건 가짜예요. 모두 가짜라고요. 짭새들은 아마 죄다 늙다리였을……."

"닥쳐." 리처즈가 말했다. "아, 닥쳐. 그냥. 제발. 닥쳐."

"500달러." 아나운서의 목소리에는 끝없는 증오와 경멸이 가득 차 있었다. 리처즈의 얼굴이 다시 화면에 나타났는데, 냉정하고 난폭하며 피에 굶주린 듯한 눈빛 외에는 감정이 없는 얼굴이었다. "경찰 다섯 명, 아내 다섯 명, 아이 열아홉 명. 죽은 경찰과 유족, 상심에 빠진 이들로 나누면 1인당 17달러 25센트 정도밖에 되지 않아요. 아, 그래, 당신은 참으로 헐값으로 일하는군요, 벤저민 리처즈 씨. 유다는 은화 30냥을 받았는데, 당신은 그조차도 바라지 않았네요. 어딘가에선 지금 이 순간 어머니가 어린 아들에게 말하고 있을 것입니다. 아빠가 다시는 집에 돌아오지 않을 것이라고. 총을 든 무모하고 탐욕스러운 놈이…….”

"살인자!" 한 여자가 흐느끼며 말했다. "비열하고 더러운 살인자! 신이 너를 죽일 것이다!"

"패 죽여라!" 관중들이 외쳤다. "보아라, 저놈을! 피의 대가를 받았지만, 폭력으로 사는 놈은 폭력으로 죽을 거야. 모든 사람이 벤저민 리처즈에게 주먹을 휘둘러라!"

증오와 공포가 담긴 목소리들이 계속 고조되며 고동치는 포효가 되었다. 그래, 저들은 리처즈를 신고하지 않을 것이다. 그를 보자마자 갈가리 찢어 버릴 것이다.

브래들리가 프리비를 끄고 리처즈를 바라봤다. "이게 지금 아저씨가 직면하고 있는 상황이에요. 어때요?"

"어쩌면 내가 저 사람들을 죽일지도 몰라." 리처즈가 생각에 잠긴 목소리로 말했다. "마지막엔 그 건물 90층으로 올라가 저런 쇼를 만든 쓰레기를 찾아내서 그놈들을 전부 죽여 버릴 거야."

"더 이상 말하지 마요!" 스테이시가 격렬하게 소리쳤다. "더 이상 이야기하지 마!"

다른 방에서 캐시는 약에 취해 죽은 듯 잠들어 있었다.

······마이너스 061, 계속된다······

브래들리가 트렁크 바닥에 구멍을 뚫지 못해서, 리처즈는 트렁크 열쇠 구멍으로 희미하게 들어오는 빛을 향해 입과 코를 바짝 붙이고 고통스럽게 몸을 웅크렸다. 브래들리는 트렁크 덮개의 내부 단열재 일부를 뜯어내 약간 통풍이 되도록 했다.

차가 덜컹거리며 출발해서 리처즈의 머리가 트렁크 위쪽에 부딪쳤다. 브래들리는 최소 한 시간 반 정도 걸릴 것이고, 검문소에서 두세 번 정차할 것이라고 했다. 그리고 트렁크를 닫기 전에 리처즈에게 대형 리볼버 권총 한 자루를 내밀었다.

"짭새들은 지나가는 차를 열 대나 열두 대마다 꼼꼼히 뒤져요. 트렁크를 열어서 뒤지기도 하죠. 열한 대에 한 대니까 괜찮은 확률이에요. 만일 문제가 생기면 짭새를 쏴 버려요."

차는 여기저기 패고 쩍쩍 갈라진 도로를 기우뚱거리며 달렸다. 한 아이가 차를 조롱하더니, 도로의 포장 블록이 날아와 쿵 하고 부딪쳤다. 곧이어 주변의 교통 소음이 점점 커지고, 신호등에 걸려 멈추는 일이 잦아졌다.

리처즈는 오른손에 권총을 가볍게 쥐고 가만히 누워서 브래들리가 갱단 복장을 하고 있었을 때와 얼마나 달라 보였는지 떠올렸다. 브래들리는 딜런가 분위기의 더블 버튼에 은행 담벼락처럼 단정한 회색 정장을 입고 있었다. 그리고 적갈색 넥타이와 '유색인 지위 향상 전국협회'의 금색 핀으로 정장을 마무리했다. 브래들리는 (임산부도 접근 금지, 우리는 태아도 먹어 치워 류의) 추레한 갱단의 일원에서 누구를 어떻게 대해야 하는지 정확히 알고 있는 냉정한 흑인 사업가로 변신했다.

"좋아 보인다." 리처즈가 감탄하며 말했다. "정말로 믿기 힘들 정도야."

"하느님 감사합니다." 노파가 말했다.

"이 변화가 마음에 드셨으면 합니다, 선생님." 브래들리가 조용히 위엄을 담아 말했다. "저는 레이곤 화학의 지점장입니다. 이 지역에서 사업이 아주 잘 되고 있죠. 보스턴은 멋진 도시입니다. 아주 활기차고 유쾌한 곳이지요."

스테이시가 웃음을 터트렸다.

"넌 입 다무는 게 낫겠다, 깜둥이 자식아. 안 닥치면 신발에 똥을 싸게 해서 먹여 버릴 거야." 브래들리가 말했다.

"형은 흰둥이한테 아부 떠는 건 정말 잘하는 거 같아." 스테이시가 기죽지 않고 키득거렸다. "진짜 존나 구려."

이제 차는 오른쪽으로 돌며 더 매끄러운 도로로 들어서더니, 나선형 궤적을 그리며 아래로 내려갔다. 진입로에 들어섰다. 495번 도로나 연결된 도로로 들어가는 중이었다. 긴장이라는 구리철사가 리처즈의 다리를 꽉 죄어 왔다.

'열한 대 중 한 대. 나쁘지 않은 확률이야.'

차는 속도와 높이가 올라가며 가속하기 시작해서 드라이브 모드로 전환되더니, 갑자기 속도를 줄이며 옆으로 빠졌다. 무섭도록 가까운 거리에서 목소리가 단조로운 리듬으로 반복해서 외쳤다. "차를 세우세요……. 운전면허증과 차량등록증을 준비하세요……. 차를 세우세요……. 운전면허증과……."

벌써. 벌써 시작됐다.

'넌 너무 위험한 놈이야.'

혹시 차량 여덟 대 중 한 대를 검사할 정도로 위험한 걸까? 아니면 여섯 대? 혹은 모든 차를 검사할 정도로?

차가 완전히 멈췄다. 리처즈는 함정에 갇힌 토끼처럼 눈동자를 이리저리 굴렸다. 리볼버를 움켜쥐었다.

······ **마이너스 060, 계속된다** ······

"차에서 내려 주시기 바랍니다." 지루하지만 권위적인 목소리가 말했다. "운전면허증과 차량등록증을 보여 주시기 바랍니다."
 차 문이 열렸다 닫혔다. 엔진은 부드럽게 웅웅거리며 차를 노면에서 3센티미터쯤 띄운 채로 유지했다.
 "레이곤 화학 지점장입니다."
 브래들리가 대사를 읊으며 쇼를 하기 시작했다. 제발. 브래들리에게 그 사실을 뒷받침할 서류가 없으면 어쩌지? 레이곤 화학이라는 회사가 없으면 어쩌지?
 차의 뒷문이 열리고, 누군가가 뒷좌석을 뒤지기 시작했다. 경찰이 (리처즈는 혹시 정부의 경비 부대가 이러는 게 아닐까 하는 의심이 들었다.) 리처즈가 있는 트렁크로 기어들어 올 것 같은 소리가 들렸다.
 문이 쾅 닫혔다. 발소리가 차의 뒤쪽으로 이동했다. 리처즈는 입술을 핥으며 총을 더 세게 움켜쥐었다. 죽은 경찰들의 모습이 그의 눈앞에 어른거렸다. 그들은 뒤틀린 돼지 같은 몸뚱이에 천사의 얼굴을 하고 있었다. 경찰이 트렁크를 열고 웅크린 도롱뇽처럼 누워 있는 리처즈를 발견하면 기관총을 갈기지 않을까? 브래들리는 차를 버리고 도망갈까? 리처즈는 오줌을 지릴 것 같았다. 그가 어렸을 때 오줌을 싸게 하려고 동생이 간지럽히던 때 이후로는 한 번도 오줌을 지린 적이 없었다. 그렇다, 온몸의 근육이 풀리고 있었다. 리처즈는 경찰의 코와 이마 사이의 미간에 총알을 정확히 쑤셔 넣을 생각이었다. 뇌와 부서진 두개골 조각들이 폭죽의 종이테이프처럼 하늘로 흩뿌려질 것이다. 고아를 몇 명 더 만들겠지. 그래, 좋다. 예수님은 나를 사랑하신다, 그건 내가 안다. 내 방광이 그렇게 말하니까. 하느님 맙소사, 저 사람 뭐 하는 거지? 좌석을 뜯어내려는 거야? 실라, 정말로 사랑해. 6000달러로 얼마나 버틸 수 있을까? 놈들이 당신을 죽이지 않는다면 1년 정도는 살 수 있겠지. 그러면 또 거리로 나갈 테지. 길을 오르락내리락하며 길모퉁이를 지나고, 엉덩이를 흔들고 텅 빈 지갑을 들어 보이며 말하겠지. '이봐요, 아저씨. 입으로 해 줄게요. 내 건 정말 깨끗해요. 당신에게 어떻게 하는지 가르쳐······.'

누군가가 지나가며 트렁크 위를 손으로 무심코 두드렸다. 리처즈는 비명을 삼켰다. 먼지가 코와 목에 들어간 듯 간지러웠다. 고등학교 생물 수업에서 뒷줄에 앉아 자신과 실라의 이름을 낡은 책상에 새길 때 들었던 내용이 떠올랐다. 재채기는 불수의근의 작용이다. '머리가 날아갈 정도로 재채기가 터져 나올 것 같지만, 바로 앞에서 총을 겨누고 있으니 놈의 대갈통을 제대로 관통시킬 수 있어······.'

"트렁크에 뭐가 있습니까?"

브래들리는 장난스럽고 조금 지루한 듯이 말했다. "제대로 작동도 안 하는 예비 실린더입니다. 트렁크 열쇠는 제 열쇠고리에 있습니다. 기다리시면, 가지고 오겠습니다."

"내가 그러길 원했으면 요청했겠죠."

다른 뒷문이 열렸다가 닫혔다.

"가세요."

"기다리다 보면 그놈을 잡을 겁니다."

"가라고 했잖아요. 꺼지시라고."

실린더가 덜컹거리며 움직이고, 차가 떠오르며 속도를 높였다. 또

한 번 속도를 줄였다가, 통과 허가를 받았는지 다시 속도를 높였다. 리처즈는 차가 떠오를 때 살짝 움찔했다. 차는 살짝 미끄러지듯 나아가다 드라이브 모드로 바뀌었다. 그는 진이 빠져서 신음 소리를 내뱉었다. 이제는 재채기도 나오지 않았다.

······마이너스 059, 계속된다······

한 시간 반보다 훨씬 긴 시간 동안 차를 타고 있는 느낌이었다. 차는 두 번 더 멈췄다. 그중 한 번은 일상적인 면허증 검사 같았다. 다음에 섰을 때, 느리고 덜떨어진 말투의 경찰이 브래들리에게 한참 동안 말을 걸었다. 빌어먹을 공산주의자들인 오토바이 갱단이 리처즈와 다른 도망자를 도와주고 있을 거라는 이야기였다. 지미 래플린은 아직 아무도 죽이지 않았지만, 토피카에서 여자를 강간했다는 소문이 돌았다.

그 후에는 스쳐 지나가는 단조로운 바람 소리와, 쥐 나고 뻣뻣하게 굳은 리처즈의 근육에서 터져 나오는 절규만 들려왔다. 리처즈는 졸리지 않았지만, 고통에 지친 정신이 마침내 그를 멍하니 반쯤 의식이 없는 상태로 몰아넣었다. 공기차에서는 일산화탄소가 발생하지 않는다는 게 그나마 다행이었다.

마지막 검문소를 지나고 수 세기가 지난 후, 자동차가 저속 기어로 전환하고 나선형의 나들목으로 올라갔다. 리처즈는 멍하니 눈을 껌뻑이며, 토할 것 같은 느낌이 들었다. 태어나 처음으로 차멀미를 할 것 같았다.

차가 몇 차례 울렁이는 일련의 선회와 급강하를 지났다. 리처즈는 입체 교차로 구간일 거라고 짐작했다. 5분이 더 지나자 도시의 소음이 다시 들려오기 시작했다. 리처즈는 몸을 다른 위치로 옮기려 여러 번 시도했지만, 움직여지지 않았다. 결국 체념하고 마비된 상태로 이

상황이 끝나기만 기다렸다. 웅크린 오른쪽 팔은 몸에 눌려서 한 시간 전부터 감각이 없었는데, 이제는 나무토막처럼 느껴졌다. 리처즈가 코끝으로 팔을 눌러 봐도 코에 가해지는 압력만 느껴졌다.

차가 우회전해서 잠깐 직진한 다음 다시 방향을 돌렸다. 차가 가파른 경사로를 내려가자, 리처즈의 속이 철렁 내려앉았다. 실린더 소리의 메아리를 들으니, 차가 실내로 들어온 게 분명했다. 주차장에 도착한 것이었다.

조금 무기력한 안도의 소리가 리처즈의 입에서 새어 나갔다.
"확인증 있나요?" 목소리가 물었다.
"여기 있어요."
"5번 경사로요."
"고맙습니다."

차가 오른쪽으로 방향을 틀었다. 올라가다가 잠시 멈췄고, 다시 우회전했다가 좌회전했다. 정차 상태로 들어가더니, 엔진이 꺼지며 부드러운 충격과 함께 내려앉았다. 자동차 여행이 끝났다.

잠시 정적이 흐른 후, 브래들리 차의 문이 열리고 닫히는 소리가 희미하게 들렸다. 브래들리의 발걸음이 트렁크로 향하는 소리가 들린후, 열쇠가 자물쇠로 들어가며 리처즈의 눈앞에 보이던 빛줄기가 사라졌다.

"거기 있죠, 아저씨?"
"아니." 리처즈가 쉰 목소리로 대답했다. "네가 나를 주 경계선에 버려 두고 왔잖아. 이 빌어먹을 트렁크 좀 열어."
"잠깐만요. 지금 여기 아무도 없어요. 아저씨 차는 옆에 주차되어 있어요. 오른쪽이에요. 빨리 나올 수 있겠어요?"
"모르겠어."

"최대한 노력해 봐요. 갑니다."

트렁크 덮개가 열리고, 주차장의 희미한 빛이 들어왔다. 리처즈는 한쪽 팔로 몸을 지탱하고 한쪽 다리를 트렁크 가장자리로 들어 올렸지만, 더 이상 움직일 수 없었다. 꽉 끼어 있던 온몸이 비명을 질렀다. 브래들리가 팔을 잡아 리처즈를 밖으로 끌어냈다. 다리가 풀려서 휘청거렸다. 브래들리가 그의 겨드랑이에 팔을 끼고, 반은 끌고 반은 밀면서 오른쪽에 있는 낡은 초록색 윈트로 데려갔다. 브래들리가 운전석 문을 열어 리처즈를 밀어 넣고 문을 세차게 닫았다. 잠시 후 브래들리도 차에 올라탔다.

"맙소사." 브래들리가 부드럽게 말했다. "드디어 도착했네요. 여기 도착했어요."

"그래. 다시 시작이야. 오는 동안 200달러 벌었네."

두 사람은 어둠 속에서 담배를 피웠다. 그들의 담뱃불이 눈동자처럼 반짝였다. 한동안 두 사람은 말없이 앉아 있었다.

······마이너스 058, 계속된다······

"첫 번째 검문에서 걸리는 줄 알았어요." 리처즈가 감각을 되살리려 팔을 주무르는 동안 브래들리가 말했다. 팔에 유령의 손톱이 줄줄이 박혀 있는 듯한 통증이 느껴졌다. "그 경찰이 트렁크를 열 뻔했어요. 거의." 브래들리가 크게 한숨을 내쉬며 연기를 내뿜었다. 리처즈는 아무 말도 하지 않았다.

"상태는 어때요?"

"괜찮아지고 있어. 내 지갑 좀 대신 꺼내 줘. 아직 팔이 제대로 안 움직여."

브래들리가 손을 휘저으며 그 말을 거절했다. "나중에요. 리치와 내가 어떻게 계획을 짰는지 말해 줄게요."

리처즈는 첫 번째 담배로 또 다른 담배에 불을 붙여 피웠다. 굳어 있던 근육들이 서서히 풀리기 시작했다.

"윈스롭가의 호텔에 아저씨를 위해 방을 예약해 두었어요. 윈스롭 하우스라는 호텔이죠. 이름은 그럴싸하지만, 그렇게 화려한 곳은 아니에요. 아저씨 이름은 오그던 그래스너예요. 기억할 수 있겠어요?"

"응. 난 금방 정체를 들킬 거야."

브래들리가 뒷좌석에서 상자를 꺼내 리처즈의 무릎에 올려놓았다. 기다란 갈색 상자는 끈으로 묶여 있었다. 리처즈가 보기엔 졸업 가운을 대여할 때 주는 상자 같았다. 그가 의아한 표정으로 브래들리를 바라봤다.

"열어 보세요."

리처즈가 상자를 열었다. 검은 옷 위에 짙은 파란색 렌즈의 선글라스가 놓여 있었다. 리처즈는 선글라스를 대시보드에 올려놓고 옷을 꺼냈다. 사제복이었다. 옷 아래 상자 바닥에는 묵주와 성경, 보라색 영대가 놓여 있었다.

"신부가 되라는 거야?"

"맞아요. 여기서 갈아입어요. 내가 도와줄게요. 뒷좌석에 지팡이가 있어요. 맹인은 아니지만, 거의 시력을 잃은 것처럼 행동하세요. 여기저기 부딪히고 다녀요. 아저씨는 마약 남용에 관한 교회협의회 회의에 참석하기 위해 맨체스터에 왔어요. 알겠죠?"

"응." 리처즈가 대답했다. 그리고 셔츠 자락을 손에 쥐고 잠시 망설였다. "이 옷 아래에 내 바지를 입는 거야?"

브래들리가 웃음을 터트렸다.

······마이너스 057, 계속된다······

브래들리는 리처즈를 태우고 시내를 가로질러 가면서 빠르게 말을 이었다.

"아저씨 가방에 접착식 주소 라벨이 한 박스 들어 있어요. 가방은 트렁크에 있어요. 라벨에는 '5일 후에 뉴햄프셔주 맨체스터 브릭힐 제조회사로 반송'이라고 적혀 있어요. 리치와 다른 친구가 인쇄했어요. 보일스턴가에 있는 갱단 본부에 인쇄기가 있거든요. 매일 테이프 두 개에 그 라벨을 붙여서 나한테 보내요. 내가 보스턴에서 게임사로 보낼게요. 나한테 보낼 때는 특급 배송으로 해요. 놈들은 절대로 알아채지 못할 거예요."

차가 윈스롭 하우스 앞에 조용히 멈췄다. "이 차는 아까 그 '셀프 주차장'에 가져다 놓을게요. 변장하지 않은 상태에서는 맨체스터에서 운전하지 마세요. 카멜레온처럼 변신해야 해요."

"여기에서는 언제까지 안전하게 지낼 수 있을까?" 리처즈가 물었다. '내 목숨은 이 친구의 손에 달렸어.' 리처즈는 더 이상 스스로 합리적으로 생각할 수 없을 것 같았다. 그는 자기 몸에서 나는 정신적 탈진의 냄새를 맡을 수 있었다.

"방은 다음 주까지 예약했어요. 괜찮을 수도 있고, 아닐 수도 있어요. 귀를 쫑긋 세우고 눈치껏 행동하세요. 가방에 이름과 주소를 넣어 놨어요. 메인주 포틀랜드에 있는 친구인데, 하루나 이틀 정도는 숨겨 줄 거예요. 비용이 들긴 하지만 안전해요. 난 이제 가야 해요. 여긴 정차 5분 제한 구역이거든요. 돈 계산을 할 시간이에요."

"얼마지?"

"600달러요."

"말도 안 돼. 그걸론 네 비용도 안 되잖아."

"돼요. 가족들에게 조금은 남을 거예요."

"1000달러 받아."

"아저씨도 돈이 필요하잖아요. 어허."

리처즈가 브래들리를 힘없이 바라봤다. "젠장, 브래들리……."

"성공하면 더 보내 줘요. 100만 달러 보내 줘요. 우리를 부자로 만들어 주라고요."

"내가 성공할 수 있을 것 같아?"

브래들리는 부드럽고 슬픈 미소를 지으며 아무 말도 하지 않았다.

"그럼, 왜?" 리처즈가 맥 빠진 목소리로 물었다. "왜 이렇게까지 해 주는 거야? 날 숨겨 주는 건 이해할 수 있어. 나라도 그렇게 했을 거야. 하지만 너희 갱단까지 끌어들였잖아."

"걔네는 괜찮아요. 그 친구들도 상황이 어떻게 돌아가는지 알아요."

"무슨 상황을 안다는 거야?"

"어차피 이러나저러나 마찬가지예요. 우리 같은 사람들을 위해 목숨을 걸지 않으면, 우린 놈들을 이길 수 없어요. 허공만 쳐다보며 기다리고 있을 필요는 없잖아요. 차라리 가스레인지에서 거실까지 파이프 연결하고, 프리비 켜 놓고 터지는 걸 기다리는 게 낫지."

"누군가가 널 죽일 거야. 누군가가 밀고하면, 넌 지하실로 끌려가 바닥에 내장을 쏟아 내면서 끝날 거라고. 스테이시나 너희 엄마가 죽을 수도 있어."

브래들리의 눈이 희미하게 번뜩였다. "하지만 나쁜 날이 다가오고 있어요. 고깃덩어리로 배를 채운 그 벌레 새끼들에게는 나쁜 날 말이에요. 그놈들에게 피바람이 불어 달이 피에 젖을 거예요. 총과 횃불, 저주가 걷고 말하는 날이 올 거예요."

"사람들은 2000년 전부터 그런 날을 기다려 왔어."

5분 정차 경고음이 울리자, 리처즈가 손을 더듬어 문손잡이를 잡았다.

"고마워. 내가 달리 말할 줄을 몰라서……."

"가세요, 벌금 끊기기 전에." 억센 갈색 손이 사제복을 붙잡았다. "놈들이 아저씨를 찾으면, 최소한 몇 놈은 데리고 가요."

리처즈는 뒷문을 열고, 트렁크를 열어서 검은색 여행 가방을 꺼냈다. 브래들리가 말없이 적갈색 지팡이를 건네주었다.

차는 교통의 흐름 속으로 부드럽게 들어갔다. 리처즈는 잠시 인도 위에 서서 떠나는 브래들리의 모습을 바라봤다. 리처즈는 자신이 눈이 나쁜 사람처럼 보이길 바랐다. 모퉁이에서 차의 후미등이 한 번 깜빡인 후 시야에서 사라졌다. 브래들리는 그 차를 주차장에 되돌려 놓고, 보스턴으로 돌아갈 차로 갈아탈 것이다.

리처즈는 이상한 안도감을 느끼며, 자신이 브래들리에게 감정을 이입하고 있다는 사실을 깨달았다. 마침내 나를 떨쳐 냈으니 얼마나 속이 후련할까!

리처즈는 윈스롭 하우스 입구로 들어가는 첫 번째 계단을 일부러 헛디뎠고, 문지기가 그를 부축해 주었다.

······마이너스 056, 계속된다······

　이틀이 지났다.
　리처즈는 연기를 잘했다. 다시 말해, 그는 이 연기에 자신의 목숨이 달린 듯이 움직였다. 리처즈는 이틀 동안 호텔 방에서 저녁 식사를 했다. 7시에 일어나 로비에서 성경을 읽고, '회의'에 참석하기 위해 밖으로 나갔다. 호텔 직원들은 리처즈에게 관대하면서도 경멸하듯 친절을 베풀었다. 제한적으로 합법화된 살인, 이집트와 남미에서의 세균 전쟁, 그리고 '하나만 낳고, 하나는 죽여라.'라는 네바다의 유명한 낙태 법령이 있는 이 시대에 반쯤 눈이 멀고 (호텔비를 지불한) 어설픈 성직자에게 어울리는 친절이었다. 교황은 구시렁대는 96세의 노인으로서, 그런 사건들에 대해 횡설수설하는 그의 칙령은 7시 뉴스의 마지막 유머 코너에 소개되었다.
　리처즈는 도서관에서 대여한 특별 열람실에서 혼자 '회의'를 진행했다. 그는 열람실의 문을 잠그고 공해에 관한 책을 읽었다. 2002년 이후의 자료는 거의 없었는데, 별로 없는 자료조차도 이전에 작성된 자료들과 앞뒤가 맞지 않았다. 정부는 평소와 마찬가지로 느리지만 효율적인 이중사고를 실행하고 있었다.
　정오가 되면 리처즈는 호텔에서 멀지 않은 거리의 모퉁이에 있는 간이식당으로 향했다. 가는 길에 사람들과 부딪힐 때마다 사과했다. 일부 사람들은 "괜찮아요, 신부님."이라고 했지만, 대부분은 무심하게 욕을 뱉고 그를 밀쳤다.

리처즈는 오후를 방에서 보내고 「러닝 맨」을 보며 저녁을 먹었다. 오전에 도서관으로 가는 길에 테이프 클립 네 개를 우편으로 보냈다. 보스턴을 우회해서 보내는 작업은 순조롭게 진행되는 것 같았다.

「러닝 맨」 프로듀서들은 공해에 관한 리처즈의 메시지를 막기 위해 새로운 전술을 적용했다.(리처즈는 거의 미친 사람처럼 웃음을 지으며 그 메시지를 계속 반복했다. 어쨌거나 입술을 읽는 사람들에게는 그의 메시지가 전달될 것이다.) 이제 관중은 야유와 비명, 욕설과 독설을 쏟아 내어 그의 목소리를 덮어 버렸다. 관중의 소리는 점점 더 광적으로 변했고, 치매라도 걸린 듯 추악해졌다.

지루한 오후에 리처즈는 도망치는 지난 5일 동안 자신에게 원치 않았던 변화가 일어났다는 사실을 곱씹었다. 브래들리가 이렇게 만들었다. 브래들리와 어린 소녀 때문이었다. 이제 자기 가족만을 위해 싸우다 죽어 가는 고독한 남자는 더 이상 존재하지 않았다. 이제는 숨 쉬는 것조차 틀어막힌 모든 사람이 그의 눈에 들어왔다. 그의 가족도 그런 사람들 중 하나였다.

리처즈는 사회적인 사람이 전혀 아니었다. 사회 운동 같은 것은 경멸하고 혐오하며 피했다. 그런 건 귀여운 배지를 달고 네오록 밴드나 들먹이는, 시간과 돈이 남아도는 부잣집 대학생들이나 멍청한 얼간이들이 하는 짓이라고 생각했다.

리처즈의 아버지는 그가 다섯 살 때 밤중에 몰래 집을 나갔다. 당시는 너무 어렸기 때문에, 아버지에 대한 기억은 단편적인 이미지뿐이었다. 그는 아버지를 미워한 적이 없었다. 자존심과 책임감 중 하나를 선택해야 하는 상황에서 책임감이 자신의 남성성을 앗아 갈 때 남자는 거의 항상 자존심을 택한다는 사실을 리처즈가 잘 이해하고 있었기 때문이었다. 남자는 자기 아내가 몸을 팔아 저녁 식사를 벌어오는 모습을 지켜보고 있을 수 없다. 자신과 결혼한 여자를 매춘부로 내보내며 포주가 되는 것 말고는 할 수 있는 게 없다면, 차라리 높은 창문에서 뛰어내리는 게 나을 것이다. 리처즈는 그렇게 생각했다.

리처즈는 다섯 살 때부터 열여섯 살 때까지 동생 토드와 함께 생계를 위해 온갖 일을 했다. 어머니는 그가 열 살, 토드가 일곱 살이었을 때 매독으로 사망했다. 5년 후, 토드가 언덕에서 신문 배달용 공기트럭에 신문을 싣던 중 비상 브레이크가 풀리는 바람에 사망했다. 시청에서는 어머니와 아들을 시립 화장터로 보냈다. 거리의 아이들은 그곳을 '잿더미 공장' 혹은 '버터 공장'으로 불렀다. 아이들은 씁쓸해했지만, 어쩔 도리가 없었다. 자신들도 결국 그 굴뚝에서 뿜어져 나와 도시의 공기로 돌아갈 운명이라는 사실을 잘 알고 있었다. 열여섯 살에 혼자가 된 리처즈는 학교를 마치고, 하루에 여덟 시간씩 엔진 닦는 일을 했다. 그는 등골이 휘는 노동을 하면서도 언제나 자신이 혼자이고 아무에게도 알려지지 않은 존재로서 떠돌아다니며 산다는 사실로 인해 끊임없이 불안에 시달렸다. 때때로 새벽 3시에 썩은 양배추 냄새가 가득한 단칸방에서 깨어나 영혼의 깊은 곳에서 올라오는 공포에 사로잡혔다. 그에게는 자신밖에 없었다.

그래서 리처즈는 결혼했다. 실라는 결혼 첫해에 자존심을 지키며 묵묵히 지냈다. 그동안 그들의 친구들은(동시에 리처즈의 적들이었다. 그는 동네 갱단에 들어가지 않고 집단으로 벌이는 기물 파손에도 동참하지 않아 적이 많았다.) 여자라도 소개해 주길 기대했다. 하지만 소식이 없자, 관심이 식었다. 두 사람은 공영주택 단지에 사는 신혼부부 특유의 불확실한 상태에 놓이게 되었다. 이 지역에는 친구가 거의 없었고, 교우 관계는 현재 살고 있는 아파트를 벗어나지 못했다. 리처즈는 개의치 않았다. 그에게 딱 맞는 환경이었다. 리처즈는 환하게 웃는 얼굴로 악착같이 일하며, 가능하면 초과 근무도 마다하지 않았다. 임금은 형편없었고, 승진할 가능성도 없었으며, 인플레가 극심했지만, 둘은 사랑했다. 그들은 여전히 사랑했다. 왜 아니겠는가? 리처즈는 자신이 선택한 여성에게 사랑과 애정, 어쩌면 일종의 강한 정신적 지배력까지 모든 것을 쏟아부을 수 있는 고독한 남자였다. 그때까지 그의 감정은 거의 아무도 건드리지 않은 상태로 남아 있었다. 결혼하고 11년 동안 그들은 한 번도 심각하게 다툰 적이 없었다.

 리처즈는 2018년 직장을 그만두었다. 방사능이 누출되는 제너럴 아토믹스의 구식 납 차폐막을 뒤집어쓰고 근무할 때마다 자녀를 가질 가능성이 줄어들기 때문이었다. 감독관이 기분이 상해서 "왜 그만두는 거야?"라고 따질 때 리처즈가 거짓말을 늘어놓았더라면 괜찮았을지도 모른다. 그러나 리처즈는 제너럴 아토믹스에 대해 자신이 어떻게 생각하는지를 단순하고 명확하게 말했고, 감독관에게 자신의 감마 차폐막을 모두 가져가 엉덩이에 쑤셔 박으라는 말로 대화를 끝냈다. 그 결과, 짧고 격렬한 몸싸움이 벌어졌다. 감독관은 근육질이라서 겉으로는 억세 보였지만, 리처즈가 그를 여자처럼 비명을 지르게 했다.

 이후 블랙리스트가 돌기 시작했다. 리처즈는 위험한 사람이다. 가까이하지 마라. 인력이 절실히 필요한 경우에는 일주일만 일을 시키고 내보내라. 제너럴 아토믹스 식으로 말하자면, 리처즈에게 빨간 딱지가 붙은 것이었다.

 그 후 5년 동안 리처즈는 신문을 인쇄하고 배달하는 일을 하며 시간을 많이 보냈지만, 그 일도 점점 줄어들다가 결국 완전히 끊어졌다. 프리비가 인쇄 매체를 매우 효과적으로 죽인 결과였다. 리처즈는 거리를 전전했다. 전기봉에 쫓겨 다녔다. 간간이 일용직 일자리를 구해

일했다.

그 10년 동안 진행되었던 거대한 사회 운동들은 리처즈를 무관심하게 스쳐 지나갔다. 마치 불신자의 눈에 유령이 보이지 않는 것처럼. 그는 3주 후 아내가 말해 주기 전까지 2024년에 일어난 주부 학살에 대해 아무것도 몰랐다. 경찰 200명이 톰슨 기관단총과 고출력 전기봉으로 무장하고, 남서부 식량 창고로 행진하던 여성들의 시위를 막았다. 60명이 사망했다. 리처즈는 중동에서 신경가스가 사용되었다는 소식도 어렴풋이 들었지만, 그에게 전혀 영향을 주지 않았다. 시위는 효과가 없었다. 폭력도 효과가 없었다. 세상은 예전 그대로였고, 벤저민 리처즈는 아무것도 요구하지 않고, 그 세상을 얇은 낫처럼 헤쳐 나가며 일자리를 찾았다. 그는 비참한 하루나 반나절 일자리들을 백 개도 넘게 찾아다녔다. 남들이 일자리를 찾는다며 거리에서 빈둥거릴 때, 그는 부두 밑이나 배수구에서 젤리 같은 점액을 치우는 일도 마다하지 않았다.

"비켜, 벌레 새끼야. 꺼져. 일 없어. 나가. 춤이나 춰 봐. 빌어먹을 대가리를 날려 버릴까. 꺼져."

그러다 일자리가 완전히 말라 버렸다. 전혀 찾을 수 없었다. 어느 날 저녁, 일자리를 찾아 헛되이 하루를 보낸 후 비틀거리며 집으로 가던 리처즈에게 실크 속옷을 입은 술 취한 부자 남자가 다가와 말을 걸었다. 그에게 바지를 내리면 신권 10달러를 주겠다고 했다. 거리에 있는 부랑자들의 자지가 정말로 한 자나 되는지 보겠다는 것이었다. 리처즈는 그놈을 쓰러트리고 도망쳤다.

그리고 그때, 9년간의 노력 끝에 실라가 임신했다. 동네 사람들이 떠들어 댔다. "남편이 엔진닭이였대." "6년 동안 엔진닭이였는데도 임신을 시켰다는 게 믿어져?" "괴물이 태어날 거야." "머리 두 개에 눈이 없는 괴물이 나올 거야." "방사능." "방사능." "당신네 아이는 괴물이……."

 그러나 캐서린이 태어났다. 동그랗고, 완벽하고, 힘차게 울어 대는 아기였다. 동네 산파가 50센트와 콩 통조림 네 개를 받고 분만을 도와주었다.

 그리고 이제, 리처즈는 동생이 죽은 이후 처음으로 다시 표류하고 있었다. 그를 짓누르던 모든 압박이(심지어 도주 중이라는 압박도 일시적으로) 사라졌다.

 그의 정신과 분노는 전 세계에 거대하고 강력한 통신망을 가진 게임사를 향했다. 코에 필터를 달고 실크 속옷을 입으며 예쁜 여자들과 저녁을 보내는 뚱보들. 단두대를 내려쳐라. 그리고 또 내려쳐라. 그리고 또 내려쳐라. 하지만 그놈들을 잡을 방법이 없었다. 놈들은 게임사 건물 그 자체처럼 저 높은 곳에서 사람들을 멀찍이 내려다보고 있다.

 그러나 리처즈는 리처즈였으므로, 그리고 이제 혼자이고 변화하고 있으므로, 그 일에 대해 생각했다. 리처즈는 그 방에서 혼자 그 문제를 생각하며, 자신이 거대한 백색 늑대의 미소를 짓고 있었다는 사실을 알지 못했다. 그 미소는 그 자체로 거리를 휘청이게 하고, 건물을 녹여 버릴 만큼 강력했다. 리처즈가 부자를 때려눕히고 빈 주머니로 도망칠 때 분노로 이글거렸던, 거의 잊고 있었던 그날에 지었던 미소였다.

……마이너스 055, 계속된다……

월요일은 일요일과 정확히 똑같았다. 더는 세상이 특정한 요일에 쉬지 않기 때문이었다. 6시 30분까지는 그랬다.

오그던 그래스너 신부는 미트로프 슈프림(호텔 요리였다. 패스트푸드 햄버거와 농축 알약보다 조금이라도 나은 음식을 먹으며 자란 사람에게는 역겨울 수도 있지만, 리처즈에게는 대단히 맛있었다.)과 선더버드 와인 한 병을 주문한 후 자리를 잡고 앉아 「러닝 맨」을 봤다. 시작 부분은 리처즈에 대한 내용으로, 지난 이틀 밤과 거의 비슷했다. 클럽의 목소리는 스튜디오 관중의 소리에 덮여 거의 들리지 않았다. 바비 톰슨은 세련되고 악랄했다. 보스턴에서는 집집마다 수색이 진행되고 있었다. 도망자를 숨겨 준 사람은 누구든 사형에 처할 것이라고 했다. 네트워크의 광고로 넘어갈 때, 리처즈는 웃음기 없이 미소를 지었다. 그렇게 나쁘지 않았다. 어느 정도는 재미있기까지 했다. 경찰들의 모습을 다시 내보내지만 않는다면, 뭐든 견딜 수 있었.

프로그램의 후반부는 전혀 달랐다. 바비 톰슨이 활짝 웃으며 말했다. "벤저민 리처즈라는 이름의 괴물이 우리에게 보낸 최근 테이프를 받은 후 좋은 소식을 알려 드리게 되어 기쁩니다……."

지미 래플린이 잡혔다.

지미는 금요일에 토피카에서 목격되었지만, 토요일과 일요일에 도시를 집중적으로 수색해도 발견되지 않았다. 리처즈는 지미가 자신처럼 포위망을 빠져나간 것으로 짐작했었다. 하지만 오늘 오후 지미가 아이들 두 명에게 목격되었다. 지미는 도로 관리국의 창고에 숨어 있었는데, 오른쪽 손목이 부러진 상태였다.

그 아이들, 바비 콜스와 메리 콜스가 카메라를 향해 환하게 웃었다. 바비 콜스는 이가 하나 빠진 아이였다. '이빨 요정이 아이에게 25센트를 줬을까?' 리처즈는 역겨운 생각이 들었다.

아나운서는 바비와 메리가 '토피카에서 가장 훌륭한 시민'으로서 내일 「러닝 맨」에 출연해 캔자스 주지사로부터 공로상과 평생 먹을 펑트윙크 시리얼, 그리고 각각 수표 1000달러를 받게 될 것이라고 발표했다. 이 발표에 관중들이 열광적으로 환호했다.

이어서 집중 사격으로 산산조각 난 창고에서 벌집처럼 뚫린 지미의 비쩍 마른 시체가 들려 나오는 영상이 재생되었다. 관중석에서 환호와 야유, 휘파람 소리가 터져 나왔다.

리처즈는 메스꺼워서 고개를 돌렸다. 보이지 않는 가느다란 손가락이 그의 관자놀이를 누르는 것 같았다.

멀리서 말소리가 계속 흘러나왔다. 지미의 시신은 캔자스주 의사당의 중앙홀에 전시되었다. 벌써 시민들이 그의 시신을 보기 위해 긴 줄을 서고 있었다. 살해 현장에 있었던 한 경찰은 인터뷰에서 지미가 별로 저항하지 않았다고 했다.

'아, 당신들에게 편했겠네.' 리처즈가 생각했다. 지미의 목쉰 소리와 직선적이고 조롱하듯 쏘아보던 눈빛이 떠올랐다.

'카풀로 만난 친구예요.'

이제 큰 쇼는 하나만 남았다. 벤저민 리처즈의 쇼였다. 그는 미트로프 슈프림이 더 이상 먹고 싶지 않았다.

······마이너스 052, 계속된다······

그날 밤 리처즈는 매우 불쾌한 악몽을 꾸었다. 드문 일이었다. 이전에 벤저민 리처즈는 꿈을 꾸지 않았다.

더 이상한 점은 자신이 그 꿈속에 등장인물로 나오지 않았다는 사실이었다. 그의 모습은 보이지 않고 상황을 그저 지켜보고만 있었다.

방은 흐릿했고, 시야의 가장자리는 어둠 속에 잠겨 있었다. 물방울이 축축하게 떨어지는 느낌이 들었다. 리처즈는 깊은 지하에 있는 느낌을 받았다.

그 방의 한가운데에 브래들리가 팔과 다리를 가죽끈으로 묶인 채 등받이가 높은 나무 의자에 앉아 있었다. 머리는 참회하는 사람처럼 완전히 깎여 있었다. 브래들리를 둘러싸고 검은 후드를 쓴 사람들이 서 있었다. '사냥꾼이다.' 리처즈가 솟구치는 두려움 속에서 생각했다. '아, 맙소사, 이놈들은 사냥꾼이야.'

"난 그 사람 아니에요." 브래들리가 말했다.

"네가 그놈이야, 꼬마야." 후드를 쓴 사람 중 한 명이 부드럽게 말하며, 브래들리의 뺨에 핀을 찔렀다. 브래들리가 비명을 지르며 소리쳤다.

"네가 그놈이지?"

"좆 까."

핀 하나가 브래들리의 눈알에 미끄러지듯 들어가자, 무색의 액체가 흘러나왔다. 브래들리의 눈이 주먹을 맞은 것처럼 납작하게 뭉그러졌다.

"네가 그놈이지?"

"그걸로 네 엉덩이나 쑤셔."

전기봉이 브래들리의 목을 툭 쳤다. 브래들리가 다시 비명을 질렀고, 머리카락이 곤두섰다. 브래들리의 모습은 마치 미래의 스테펀페칫*처럼 우스꽝스럽고 비참한 흑인의 캐리커처 같았다.

"네가 그놈이지, 꼬마야?"

"너흰 코 필터 때문에 암에 걸릴 거야. 너희들 모두 내장이 썩었어, 흰둥이 놈들아."

브래들리의 다른 눈도 찔렸다. "네가 그놈이지?"

눈이 먼 브래들리가 놈들을 비웃었다.

후드를 쓴 사람 중 한 명이 손짓을 하자, 그림자 속에서 바비 콜스와 메리 콜스가 유쾌하게 걸어 나왔다. 아이들이 브래들리 주위를 뛰며 노래를 부르기 시작했다. "큰 나쁜 늑대, 큰 나쁜 늑대, 큰 나쁜 늑대를 누가 두려워할까요?"

브래들리가 비명을 지르며 의자 위에서 몸부림치기 시작했다. 손을 들어 막으려는 몸짓을 하는 것 같았다. 노래가 점점 더 커지고 메아리쳤다. 아이들이 변하고 있었다. 머리가 길어지고, 피에 물들어 붉어졌다. 아이들의 입이 벌어지자, 동굴처럼 큰 입안에 송곳니가 면도날처럼 번득였다.

"말할게!" 브래들리가 소리쳤다. "말할게! 말할게! 난 그 사람이 아니야! 벤저민 리처즈가 그 사람이야! 말할게! 제발…… 아…… 하느님……."

---

* 1920년대 할리우드의 흑인 코믹 캐릭터. 인종차별적인 캐릭터다.

"그놈은 어디에 있어, 꼬마야?"

"말할게! 말한다고! 그 사람은……."

그러나 그 말이 노래에 묻혔다. 아이들이 브래들리의 팽팽하게 긴장한 목을 향해 달려들 때, 리처즈가 땀에 젖어 깨어났다.

······마이너스 053, 계속된다······

　맨체스터는 더 이상 안전한 곳이 아니었다.
　리처즈는 그런 생각이 지미가 중서부에서 죽었다는 소식 때문인지, 꿈 때문인지, 아니면 그저 불길한 예감 때문인지 알 수 없었다.
　그러나 화요일 아침, 리처즈는 도서관에 가지 않고 방에 머물렀다. 이곳에 머무르고 있는 시간 내내 시시각각으로 파멸을 빠르게 불러들이고 있다는 느낌이 들었다. 창밖을 내다보면, 라틴계 노인과 구부정하게 앉아 있는 택시 운전사들에게서도 검은 후드를 쓴 사냥꾼이 보였다. 총을 든 남자들이 소리 없이 복도를 지나 그의 문으로 다가오고 있다는 망상이 그를 괴롭혔다. 머릿속에서 거대한 시계가 똑딱거렸다.
　리처즈는 화요일 오전 11시가 조금 지났을 때 결정을 내렸다. 더 이상 여기에 머무를 수 없다. 놈들이 알고 있다는 것을 그는 알고 있었다.
　리처즈는 지팡이를 들고 엉성하게 툭툭 두드리며 엘리베이터로 가서 로비로 내려갔다.
　"나가시나요, 그래스너 신부님?" 주간에 근무하는 직원이 평소와 같이 유쾌하고 경멸이 섞인 미소를 지으며 물었다.
　"쉬는 날이라서요." 리처즈가 직원의 어깨를 향해 말했다. "이 동네에 극장이 있나요?"
　리처즈는 극장이 적어도 열 개가 있으며, 그중 여덟 개는 3D 포르

노 영화를 상영하고 있다는 사실을 알고 있었다.

"글쎄요." 직원이 조심스럽게 대답했다. "센터가 있습니다. 아마 디즈니 영화를 상영하는 것 같던데……."

"그게 좋겠네요." 재빨리 대답한 리처즈는 나가는 길에 화분에 부딪혔다.

호텔에서 두 블록 떨어진 약국에 들어가 커다란 붕대와 싸구려 알루미늄 목발을 샀다. 점원이 물건들을 긴 골판지 상자에 담아 주었다. 리처즈는 다음 모퉁이에서 택시를 잡았다.

차는 그 자리에 그대로 있었다. 주차장에 경찰이 잠복하고 있었어도, 리처즈는 알아채지 못했을 것이다. 그는 차에 타고 시동을 걸었다. 그때 어떤 이름이 됐든 미리 만들어 놓은 운전면허증이 없다는 사실을 깨닫고 잠시 당황했지만, 곧 그 생각을 떨쳐 버렸다. 어차피 새롭게 변장한 이 모습이 꼼꼼히 진행하는 검사를 통과할 수 있을 거라고 생각하지 않았다. 검문소가 나오면 돌파할 생각이었다. 죽을 수도 있겠지만, 어차피 잡히면 죽을 운명이었다.

리처즈는 오그던 그래스너 신부의 선글라스를 글로브 박스에 던져 넣고, 차를 몰고 나가며 주차장 입구에서 근무 중인 소년에게 무심코 손을 흔들었다. 소년은 읽고 있던 성인 잡지에서 거의 눈을 떼지 않았다.

리처즈는 도시 북쪽 외곽의 고속도로에서 압축 공기를 완전히 충전하기 위해 정차했다. 공기 주입원은 여드름이 화산처럼 분출하고 있었고, 리처즈의 눈길을 피하려 애쓰는 모습이 안쓰러워 보였다. 지금까지는 괜찮았다.

그는 91번 도로에서 17번 도로로, 그리고 이름도 번호도 없는 아스팔트 도로로 들어섰다. 5킬로미터를 더 가다가 바퀴 자국이 깊이 팬

흙길의 회차 지점에 차를 세우고 엔진을 껐다.

　백미러를 적절한 각도로 조정한 후, 리처즈는 머리에 붕대를 최대한 빨리 감고 끝부분을 고정했다. 생기가 없어 보이는 느릅나무에서 새 한 마리가 안절부절못하며 지저귀었다.

　그럭저럭 괜찮았다. 포틀랜드에서 숨을 돌릴 틈이 생긴다면, 목 보호대도 추가할 수 있을 것이다.

　리처즈는 목발을 옆 좌석에 놓고 차를 출발시켰다. 40분 후, 그는 포츠머스의 로터리에 들어섰다. 95번 도로를 따라 내려가다가, 주머니에 손을 집어넣어 브래들리가 남겨 준 구겨진 쪽지를 꺼냈다. 브래들리는 부드러운 흑연 연필로, 독학으로 공부한 사람 특유의 조심스러운 글씨체로 주소를 적었다.

　　　포틀랜드 스테이트가 94번지
　　　파란 문, 손님용
　　　엘턴 파라키스(그리고 버지니아 파라키스)

리처즈는 찡그린 얼굴로 잠시 종이를 쳐다보다 고개를 들었다. 검정과 노란색의 경찰차가 유료 고속도로 위를 천천히 순찰하고, 그 아래에는 묵직한 지상차가 함께 달리고 있었다. 경찰차들은 잠시 리처즈의 차량을 좌우에서 감싸듯 지나갔고, 6차선 도로를 발레하듯 우아하게 지그재그로 달려가며 사라졌다. 일상적인 교통 순찰이었다.

　차로 달리는 거리가 더 길어질수록 그의 가슴속에는 소심하고 주저하는 안도감이 느껴졌다. 그는 웃고 싶은 동시에 토할 것 같은 기분이었다.

오디오북

드래곤 라자 이영도
31명의 호화 성우진이 연기하는 한국 환상 문학의 전설, 드래곤 라자 오디오북
오디오클럽 단독 15부작 완결

눈물을 마시는 새 (전18장) 이영도
수백만 독자가 열광한 최고의 걸작 판타지.
초호화 성우진이 모든 텍스트를 완독한 총 62시간의 혁명적 오디오북!
「소묘들」·「너는 나의」 등 이영도 작가의 최신 단편 출시.

애거서 크리스티 베스트 12 애거서 크리스티
애거서 크리스티의 생애 최고 걸작을 귀로 듣는다!

전자책

네가 없는 나날 서은채
『내가 죽기 일주일 전』의 후일담을 담은 7년 만의 신작 외전 전자책 단독 출간

열린 문으로 그분이 오신다 소금달 외 11인
황금가지가 직접 운영하는 온라인 소설 플랫폼
'브릿G' 8주년 기념 특별 단편집

리 없는 우주 박성환
제1회 과학기술 창작문예 수상 작가 박성환의 신작 인공지능 SF 단편

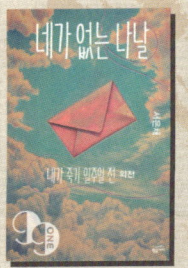

······마이너스 052, 계속된다······

포틀랜드까지 가는 도중에는 아무 일도 없었다.
하지만 도시의 가장자리에 도착해서 스카버러의 번화한 교외 지역 (부유한 주택들, 잘 닦인 도로, 전기 울타리로 둘러싸인 사립학교들)을 지나는 무렵에는 안도감이 다시금 사라지기 시작했다. 놈들은 어디에나 있을 수 있었다. 그를 포위하고 있을 수도 있다. 혹은 어디에도 없을 수도 있다.
스테이트가는 오래된 갈색 석조 건물들이 망가진 채 줄지어 서 있는 지역이었다. 근처에는 나무들이 무성하게 자란 정글 같은 공원이 있었는데, 리처즈는 이 도시의 강도와 연인들, 약물 중독자, 도둑들의 소굴일 거라고 짐작했다. 어둠이 내린 후에는 끌고 다닐 경찰견이 없거나, 갱단원 스무 명쯤 데리고 다니지 않으면 스테이트가를 감히 나다니기 힘들 것 같았다.
94번지는 무너져 가는 건물로, 창문 위에 낡은 녹색 차양이 드리워져 있었다. 리처즈에게는 그 집이 백내장을 앓으며 죽은 노인처럼 보였다.
리처즈는 길가에 차를 세우고 내렸다. 거리에는 버려진 공기차들이 여기저기 흩어져 있었는데, 일부는 녹이 심하게 슬어서 거의 형체를 알아볼 수 없을 정도로 부식된 상태였다. 공원 가장자리에는 스튜드베이커 한 대가 죽은 개처럼 옆으로 누워 있었다. 여기는 경찰이 지배하는 동네는 확실히 아니었다. 차를 길에 세워 두면, 15분 안에 구부정한 자세로 침을 뱉으며 눈동자가 희뿌연 소년들이 모여들 것이다. 30분이 지나면 구부정한 소년들 중 일부가 쇠 지렛대와 렌치, 드라이버를 꺼내 들 것이다. 소년들은 장비들을 두드리고, 비교하고, 돌려보고, 칼싸움 장난을 할 것이다. 그리고 장비들을 공중으로 들어 올리며, 마치 날씨를 점치거나 정체불명의 전파를 수신하는 것처럼 장난칠 것이다. 한 시간 후 차는 공기 덮개와 실린더부터 운전대까지 모조리 뜯겨 나가서 앙상한 뼈대만 남을 것이다.

리처즈가 목발을 겨드랑이에 끼우고 있을 때, 어린 소년 하나가 달려왔다. 주름지고 번들거리는 화상 흉터 때문에 머리카락이 없는 소년의 얼굴 한쪽이 프랑켄슈타인의 괴물처럼 변해 있었다.

"헤로인 어때요, 아저씨? 좋은 거예요. 달나라까지 보내 줘요." 아이가 음흉하게 낄낄 웃었다. 화상 입은 얼굴의 울퉁불퉁하게 튀어나온 살이 기괴하게 실룩거리고 꿈틀거렸다.

"꺼져." 리처즈가 짧게 말했다.

소년이 리처즈의 목발 하나를 걷어차려 했다. 하지만 리처즈가 목발을 낮게 휘둘러 아이의 엉덩이를 후려쳤다. 아이는 욕을 하며 달아났다.

리처즈는 여기저기가 파인 돌계단을 천천히 올라가며 문을 바라봤다. 그 문은 본래 파란색이었지만, 이제는 페인트가 흐려지고 벗겨져 사막의 하늘처럼 바랜 빛을 띠고 있었다. 한때 초인종이 있었지만, 누군가가 정으로 찍어 버린 것 같았다.

리처즈는 문을 두드리고 기다렸다. 아무 응답이 없었다. 다시 문을 두드렸다.

이제 늦은 오후가 되어 차가운 기운이 거리로 스며들고 있었다. 블록 끝 너머의 공원에서 10월의 나뭇가지들이 잎을 떨어트리는 스산

한 소리가 희미하게 들려왔다.

여기는 아무도 없었다. 이제 떠날 시간이 되었다.

그런데도 리처즈는 안에 누군가가 있다는 이상한 확신이 들어서 다시 문을 두드렸다.

그리고 이번에는 보상이 돌아왔다. 슬리퍼를 느리게 질질 끄는 소리가 들렸다. 그 소리는 문에서 잠시 멈췄다. "거기 누구야? 아무것도 안 사. 꺼져."

"당신을 찾아가라는 이야기를 들었습니다." 리처즈가 말했다.

문구멍이 작은 소리를 내며 열리고, 갈색 눈동자가 구멍으로 내다봤다. 그리고 딱 소리와 함께 구멍이 닫혔다.

"모르는 사람이네." 쌀쌀하게 거절하는 소리였다.

"엘턴 파라키스를 찾아가라고 들었습니다."

"아. 당신도 그쪽 사람인 모양이네……." 마음에 안 든다는 듯한 목소리였다.

문 뒤에서 자물쇠들이 하나씩 풀리기 시작했다. 빗장이 하나씩 풀리고, 체인이 떨어졌다. 예일 자물쇠의 회전 잠금장치가 돌아가고, 또 다른 잠금장치가 돌아갔다. 묵직한 걸쇠가 덜거덕 뽑히는 소리가 들렸다.

문이 열리자, 가슴이 없고, 크고 마디가 굵은 손을 가진 마른 여성이 있었다. 얼굴에는 주름이 하나도 없어서 천사처럼 보일 정도였지만, 세월과 규칙도 없는 혈투를 벌이며 보이지 않는 훅과 잽, 어퍼컷을 수백 번은 맞은 것 같았다. 아마도 시간이 이기고 있겠으나, 여자는 쉽게 피를 흘릴 사람은 아니었다. 그녀는 평평하고 납작하게 퍼진 슬리퍼를 신고도 키가 거의 180센티미터에 달했고, 관절염으로 부은 무릎은 나무 그루터기처럼 부어오른 상태였다. 머리에는 목욕 수건을 감싸고 있었다. 도드라진 눈썹뼈(눈썹은 건조함과 고도를 견디는 산중 덤불처럼 눈썹뼈의 절벽에 간신히 매달려 있었다.) 아래로 리처즈를 노려보는 갈색 눈동자는 지적이고 거칠었으며, 두려움인지 분노인지 모를 눈빛을 띠고 있었다. 나중에 리처즈는 그녀가 당시 그저 혼란스럽고 두려워했으며, 광기의 경계 위에 위태롭게 서 있었다는 사실을 알게 되었다.

"난 버지니아 카라키스." 여자가 단조롭게 말했다. "엘턴의 엄마야. 들어와."

······마이너스 051, 계속된다······

버지니아는 리처즈를 부엌으로 데려가 차를 끓여 줄 때까지도 그가 누구인지 알아보지 못했다.
집은 낡고 무너져 가는 데다 어두컴컴했으며, 리처즈가 자기 집에서 익숙하게 보아 왔던 장식들로 꾸며져 있었다. 현대식 허접쓰레기들.
"엘턴은 지금 없어." 버지니아는 가스레인지 위에 놓은 낡은 알루미늄 주전자에 바라보며 생각에 잠긴 얼굴로 말했다. 주방의 조명이 밝아서 벽지에 묻은 갈색 물자국, 여름의 흔적으로 남아 있는 창틀 위에 죽은 파리들, 검은 선이 죽죽 그어진 낡은 리놀륨 바닥, 물이 새는 배수관 아래에 쌓인 젖은 포장지 더미 따위가 눈에 들어왔다. 공기에 배어 있는 소독약 냄새 때문에, 리처즈는 병실에서 보냈던 밤들이 떠올랐다.
버지니아가 주방을 가로질러 가더니, 관절이 부은 손가락으로 조리대 위에 쌓인 잡동사니 속을 고통스럽게 뒤져서 티백 두 개를 찾아냈다. 그중 하나는 이미 한 번 사용한 것이었다. 리처즈는 사용된 티백을 집어 들었다. 그는 놀라지 않았다.
"엘턴은 일해." 버지니아는 엘턴이라는 이름을 살짝 강조하며 비난하듯 말했다. "보스턴에 있는 사람, 엘턴이 공해에 대해 편지를 썼던 그 사람이 보낸 거 맞지?"
"네, 파리키스 부인."

"둘은 보스턴에서 만났어. 우리 엘턴은 자동판매기 일을 해." 버지니아가 잠시 자랑스러운 표정을 짓더니, 리놀륨 사막을 가로질러 가스레인지로 천천히 걸어갔다. "엘턴에게 브래들리가 하는 일은 불법이라고 말했어. 감옥에 가거나 더 심한 벌을 받을 수도 있다고 했지. 하지만 엘턴은 내 말을 듣지 않아. 늙은 어미 말을 무시하는 거지." 버지니아는 아들을 욕하면서도 음울한 다정함이 깃든 미소를 지었다. "엘턴은 항상 뭔가를 만들었어······. 어릴 적엔 뒷마당에 방이 네 개 달린 나무집도 지었다니까. 느릅나무를 베기 전의 일이었지. 그런데 엘턴에게 포틀랜드에 오염 측정소를 지으라고 제안했던 게 그 시커먼 녀석이었어."

버지니아는 티백을 컵에 넣더니, 리처즈에게 등을 돌리고 가스레인지 위에 손을 대고 천천히 손을 녹였다. "두 녀석은 서로 편지를 써. 내가 편지는 안전하지 않다고 말해 줬어. 감옥에 가거나 더 나쁜 일을 당할 거라고 했지. 그런데도 엘턴은 '엄마, 우리는 암호로 쓰니까 괜찮아요. 브래들리는 사과 열두 개를 달라고 하고, 난 우리 삼촌의 상태가 조금 안 좋다고 보내요.' 그래서 내가 말해 줬지. '엘턴, 그런 첩보 영화 같은 걸 그놈들이 모를 것 같아?' 그런데도 말을 듣지 않아. 예전에는 말을 잘 듣는 녀석이었어. 나한테 가장 친한 친구였지. 하지만 이제는 달라졌어. 사춘기를 겪으면서 변해 버렸어. 침대 밑에 야한 잡지를 숨겨 놓고 별별 짓을 다 해. 이제는 그 깜둥이 녀석까지. 아마 그 스모그니, 발암물질이니 어쩌고 하는 것들을 실험하다가 들켰겠지. 그래서 당신이 도망치는 거 아냐."

"나는······."

"난 상관없어!" 버지니아가 창가에서 거칠게 외쳤다. 창문 밖 뒷마당에는 녹슨 고철 조각들과 타이어 휠이 널려 있었고, 오래전 어린 소년의 모래 놀이터였던 자리는 이제 지저분한 10월의 숲이 점령하고 있었다.

"난 상관없어!" 버지니아가 반복했다. "이건 깜둥이들 때문이야." 그녀가 돌아서서 리처즈를 바라봤다. 반쯤 감은 두 눈에는 격분과 혼란이 깃들어 있었다. "난 예순다섯 살이야. 내가 겨우 열아홉 살이었을 때 이 모든 일이 시작됐어. 1979년이었고, 깜둥이들이 사방에 있었어! 사방에! 정말이야!" 마치 리처즈가 반론이라도 한 것처럼 버지니아는 거의 비명을 지르듯 말했다. "사방에! 그 깜둥이들을 백인들과 함께 학교에 보냈어. 정부에도 높은 자리에 앉히고 말이야! 급진주의자들, 선동가들, 반역자들. 난 그렇게……."

버지니아는 입안에서 말이 부서져 버린 듯 갑자기 멈췄다. 그리고 리처즈를 처음 보는 것처럼 그를 응시했다.

"아, 하느님 자비를 베푸소서." 버지니아가 낮게 읊조렸다.

"파라키스 부인……."

"안 돼!" 버지니아가 두려움에 눌려 쉰 목소리로 말했다. "아니야! 아니야! 아, 안 돼!" 그녀는 리처즈에게 다가오기 시작하다가 조리대에 쌓인 잡동사니 속에서 광택이 나는 긴 도축용 칼을 집어 들었다. "나가! 나가! 나가!" 리처즈가 일어나 천천히 뒤로 물러나기 시작했다. 주방에서 짧은 복도를 지나 어두운 거실로 들어가 가로질렀다. 이 집이 여관으로 사용되던 시절부터 벽에 걸려 있던 낡은 공중전화를 발견했다. '파란 문, 손님용' 그건 언제였을까? 리처즈는 궁금했다. 20년 전? 40년 전? 흑인들이 통제를 벗어나기 전이었을까, 후였을까?

리처즈가 거실과 현관문 사이의 복도로 막 물러나기 시작했을 때, 자물쇠에서 열쇠가 덜거덕거리는 소리가 들렸다. 두 사람은 마치 천상의 손이 다음 장면을 결정하기 위해 필름을 멈춘 것처럼 우뚝 멈쳤다.

 문이 열리고 엘턴 파라키스가 들어왔다. 그는 엄청나게 뚱뚱했다. 그리고 윤기 없는 금발 머리가 앞이마에서부터 터무니없는 웨이브를 그리며 뒤로 빗질이 되어 있었고, 그 아래에 어리둥절한 표정을 짓고 있는 동그란 아기 같은 얼굴이 있었다. 엘턴은 파란색과 금색이 들어간 벤도-스펜도의 유니폼을 입고 있었다. 그가 버지니아 파라키스를 심각한 눈으로 바라봤다.

 "그 칼 내려놔, 엄마."

 "안 돼!" 버지니아가 울부짖었다. 하지만 이미 패배의 조짐이 그녀의 얼굴에 번지기 시작했다.

 엘턴이 문을 닫고 엄마를 향해 걸어갔다. 뚱뚱한 몸이 출렁거렸다. 버지니아가 뒤로 물러났다. "얘야, 저 사람을 내보내야 해. 저 사람은 나쁜 사람이야. 그 리처즈라고. 감옥에 가거나 더 나쁜 일이 일어날 거야. 네가 그런 데 가는 건 싫어!" 그녀가 울기 시작하더니, 칼을 떨어트리고 엘턴의 품에 쓰러졌다.

 엘턴은 엄마를 감싸 안고, 흐느끼는 그녀를 부드럽게 달래 주었다. "난 감옥에 안 가. 엄마, 울지 마. 제발 울지 마." 엘턴은 엄마의 구부정하고 떨리는 어깨 너머로 리처즈를 향해 난처하고 정말로 미안하다는 미소를 지어 보였다. 리처즈는 기다렸다.

 "이제……." 엄마의 흐느끼는 소리가 훌쩍이는 소리로 잦아들자, 엘턴이 말했다. "리처즈 씨는 브래들리 트록모턴의 좋은 친구이고, 며칠 동안 우리와 함께 지낼 거야, 엄마."

 버지니아가 날카로운 비명을 지르기 시작했고, 엘턴이 그녀의 입을 손으로 막으며 질겁했다.

 "그래, 엄마. 맞아. 난 리처즈 씨의 차를 공원으로 몰고 가서 배선 작업을 할 거야. 엄마는 내일 아침 클리블랜드로 보낼 소포를 가지고 나가야 해."

"보스턴." 리처즈가 무의식적으로 말했다. "그 테이프는 보스턴으로 보내는 거예요."

"이제는 클리블랜드로 보내야 해요." 엘턴 파라키스가 참을성 있는 미소를 지으며 말했다. "브래들리는 지금 도망치는 중이에요."

"이런, 맙소사."

"너도 도망치게 될 거야!" 파라키스 부인이 아들에게 소리쳤다. "그리고 넌 잡히고 말 거야! 너무 뚱뚱하니까!"

"리처즈 씨를 위층으로 데려가서 방을 보여 줄게, 엄마."

"리처즈 씨라니? 리처즈 씨? 제대로 된 이름으로 불러야지. 저 인간은 독극물이야!"

엘턴이 엄마를 매우 부드럽게 떼어냈다. 리처즈는 그를 따라 어둑한 계단으로 순순히 올라갔다. "여기는 방이 정말로 많아요." 엘턴이 거대한 엉덩이를 구부렸다 펴면서 약간 숨을 헐떡였다. "오래전 내가 아기였을 때는 여기가 하숙집이었대요. 거리도 내다볼 수 있어요."

"나는 가는 게 낫겠어요. 브래들리가 도망쳤다면, 어머니 말씀이 맞을지도 모르니." 리처즈가 말했다.

"여기가 당신 방이에요." 엘턴이 오랜 세월의 무게가 느껴지는, 축축하고 먼지가 가득한 방을 열었다. 그는 리처즈의 말을 듣지 못한 것 같았다. "유감스럽게도 별다른 편의 시설이랄 게 없긴 하지만……." 엘턴이 리처즈를 돌아보며, 참을성 있게 환대하는 미소를 지었다. "머무르고 싶은 만큼 계셔도 돼요. 브래들리 트록모턴은 내 인생 최고의 친구입니다." 그의 미소가 조금 흔들렸다. "내 유일한 친구죠. 엄마는 내가 잘 보살필게요. 걱정하지 마요."

리처즈가 다시 반복했다. "나는 가는 게 낫겠어요."

"그러면 안 돼요. 그 머리 붕대로는 우리 엄마조차 오래 속이지 못했어요. 리처즈 씨, 난 당신의 차를 안전한 곳에 가져다 놓을게요. 이야기는 나중에 하죠."

엘턴이 묵직한 몸을 둔하게 움직이며 서둘러 나갔다. 리처즈는 엘턴의 유니폼 바지 엉덩이 부분이 반질반질하게 닳아 있다는 사실을 알아챘다. 엘턴이 아까의 상황에 대한 사과 비슷한 기미를 어렴풋이 남기고 떠난 느낌이 들었다.

리처즈는 낡은 녹색 커튼을 살짝 젖히고 아래를 내려다봤다. 엘턴이 금이 간 현관 앞길로 나가서 차에 타는 모습이 보였다. 그런데 그가 곧바로 차에서 다시 내렸다. 그리고 서둘러 집으로 돌아왔다. 리처즈는 두려움이 훅 찌르는 느낌을 받았다.

묵직하게 계단을 올라오는 발소리가 들렸다. 문이 열리고, 엘턴이 리처즈에게 미소를 지었다. "엄마 말이 맞았어요. 난 비밀 요원 소질이 전혀 없네요. 열쇠를 깜빡했어요."

리처즈가 그에게 열쇠를 건네며 농담했다. "반쪽짜리 비밀 요원이라도 없는 것보다는 나아요."

그 농담은 어색한 반응조차 얻어 내지 못했다. 아예 반응 자체가 없었다. 엘턴 파라키스는 자신이 안고 사는 고통을 너무도 분명하게 드러내고 있었다. 리처즈는 거대한 여객선의 뒤를 따르는 작은 예인선들처럼 평생 그의 등 뒤를 따라다녔을 아이들의 조롱 소리가 들리는 듯했다.

"고마워요." 리처즈가 조용히 말했다.

엘턴은 떠났다. 그리고 리처즈가 뉴햄프셔에서 타고 온 작은 차는 공원 쪽으로 달려갔다.

리처즈는 침대 위의 먼지 덮개를 걷어내고, 천천히 누워 얕게 숨을 쉬며 천장을 바라봤다. 침대가 심하게 축축한 팔로 그를 안아 주는 것 같았다. 그 포옹이 이불과 옷을 뚫고 느껴졌다. 곰팡내가 무의미한 운율처럼 콧속으로 흘러들었다.

아래층에서는 엘턴의 어머니가 울고 있었다.

······마이너스 050, 계속된다······

리처즈는 잠깐 졸긴 했지만, 잠이 들지는 않았다. 밤이 깊어질 무렵, 엘턴의 무거운 발걸음이 계단을 오르는 소리가 다시 들려왔다. 리처즈는 안도하며 발을 내려 바닥에 내디뎠다.

엘턴이 문을 두드리고 들어왔을 때, 리처즈는 천막처럼 넉넉한 스포츠 셔츠와 청바지로 갈아입은 그의 모습을 봤다.

"옮겼어요. 공원에 뒀어요." 엘턴이 말했다.

"부품들을 뜯어 가진 않을까요?"

"괜찮을 거예요. 나한테 장치가 있거든요. 배터리와 악어 클립 두 개로 만들었죠. 누가 손이나 지렛대를 차에 가져다 대면 감전되고, 잠시 사이렌이 요란하게 울리게 되어 있어요. 잘 작동해요. 내가 직접 만들었죠." 엘턴이 무겁게 한숨을 내쉬며 자리에 앉았다.

"클리블랜드 이야기는 뭐였나요?" 리처즈가 물었다.(엘턴에게 직접 묻는 게 쉬울 것 같았다.)

엘턴이 어깨를 으쓱했다. "아, 나 같은 친구예요. 보스턴에서 브래들리와 함께 도서관에서 만난 적이 있어요. 작은 공해 동아리였죠. 엄마가 뭔가 그런 이야기를 해 줬을 거예요." 엘턴이 두 손을 비비며 어정쩡한 미소를 지었다.

"그랬던 것 같아요."

"엄마는…… 좀 둔해요. 지난 20년 동안 일어난 일들을 잘 이해하지 못해요. 항상 두려움에 떨고 있죠. 엄마에겐 나뿐이에요."

"브래들리가 잡힐 것 같나요?"

"모르겠어요. 브래들리는 어…… 정보망이 꽤 넓어요." 하지만 엘턴은 리처즈의 눈길을 피했다.

"당신이……."

문이 열리더니, 파라키스 부인이 서 있었다. 그녀는 팔짱을 낀 채 웃고 있었지만, 눈은 불안해 보였다. "경찰에 연락했어. 이제 당신은 가야 해."

엘턴의 얼굴이 창백한 누런빛으로 변했다. "거짓말이죠."

리처즈가 일어서다 멈추더니, 귀를 기울이는 듯 고개를 갸웃거렸다.

희미하게 사이렌 소리가 들리기 시작했다.

"거짓말이 아니야." 리처즈가 말했다. 역겨운 무력감이 리처즈를 휩쓸었다. 다시 원점으로 돌아갔다. "내 차로 데려다줘요."

"엄마가 거짓말하는 거예요." 엘턴이 우겼다. 그는 자리에서 일어나다 리처즈의 팔에 거의 닿을 뻔했지만, 다른 사람을 만지면 화상을 입을 것처럼 손을 물렸다. "저건 소방차 소리예요."

"내 차로 데려다줘요, 빨리."

사이렌 소리가 점점 커졌다. 소리가 커지다 잦아들며 윙윙거렸다. 그 소리는 리처즈를 악몽 같은 공포로 가득 채웠다. 이 두 미친 사람들과 여기에 갇혀 있는 게…….

"엄마……." 엘턴의 얼굴이 일그러지며 간절하게 애원하듯 말했다.

"내가 불렀어!" 버지니아가 소리를 지르며, 아들을 흔들려는 듯 뚱뚱한 팔을 움켜잡았다. "어쩔 수 없었어! 너를 위해서야! 그 깜둥이가 너를 완전히 망쳐 놨어! 저 사람이 침입했다고 말하면 보상금을 받을 거야……."

"가죠." 엘턴은 리처즈를 향해 푸념하듯 말하며, 엄마를 떨쳐내려 했다.

하지만 버지니아는 덩치 큰 짐말을 따라다니는 작은 개처럼 고집스럽게 매달렸다. "그럴 수밖에 없었어. 이런 빨갱이 짓은 이제 그만해! 엘티! 제발……."

"엘티! 그놈의 엘티!" 소리 지른 엘턴이 엄마를 밀쳤다. 버지니아는 밀려나 침대 위로 쓰러졌다.

"빨리." 두려움과 비통함이 가득 찬 얼굴로 엘턴이 말했다. "아, 빨리 와요."

두 사람은 계단을 우당탕 비틀비틀 내려가서 현관문을 박차고 나갔다. 엘턴은 덩치에 어울리지 않게 흔들거리며 속보로 걸었다. 다시 숨을 헐떡이기 시작했다.

닫힌 창문과 아래층의 열린 문을 통해 위층의 파라키스 부인이 지르는 새된 소리가 점점 다가오는 사이렌 소리와 섞여서 들렸다. "너를 위해 한 거야아아아……."

······마이너스 049, 계속된다······

두 사람의 그림자가 언덕 아래의 공원 쪽으로 그들을 따라가며, 철망으로 둘러싼 제너럴 아토믹스 가로등을 지날 때마다 짧아졌다 길어지기를 반복했다. 엘턴 파라키스는 기관차처럼 막대한 바람을 내뿜으며 헐떡대고 씩씩거렸다.

그들이 길을 건널 때 갑자기 건너편의 인도에서 헤드라이트의 불빛이 그들을 강하게 비췄다. 파란 경광등이 켜졌고, 약 100미터 앞에서 경찰차가 타이어 긁는 소리를 내며 멈춰 섰다.

"리처즈! 벤저민 리처즈!"

확성기에서 엄청나게 큰 목소리가 울려 퍼졌다.

"당신 차는…… 앞에…… 보이죠?" 엘턴이 헐떡이며 말했다.

리처즈는 차를 간신히 알아볼 수 있었다. 엘턴이 연못 근처에서 야생으로 자란 자작나무 숲 아래에 잘 세워 두었다.

순찰차가 갑자기 괴성을 내지르며 다시 움직이기 시작했다. 뒷바퀴가 가속하면서 뜨거워진 고무가 도로에 줄을 긋고, 휘발유 엔진이 회전수를 높이며 울부짖었다. 순찰차가 인도를 들이받듯 올라탈 때 헤드라이트가 하늘로 치솟아 올랐다가 다시 내려오더니 그들을 향해 곧장 돌진했다.

리처즈가 그쪽을 향해 돌아섰다. 그는 갑자기 매우 차분해지면서 거의 마비된 듯한 느낌을 받았다. 뒷걸음치면서 브래들리가 주었던 권총을 주머니에서 꺼냈다. 다른 경찰들은 보이지 않았다. 이 순찰차

뿐이었다. 차는 10월의 황량한 공원의 지면을 가르며 그들을 향해 돌진했다. 자동 밀봉식 뒷바퀴가 검은 흙덩이를 거칠게 갈아엎으며 내달렸다.

리처즈가 순찰차의 앞유리에 두 발을 연이어 쏘았다. 유리에 금이 갔지만 깨지지는 않았다. 그는 마지막 순간에 옆으로 몸을 날려 굴렀다. 마른풀이 얼굴을 스쳤다. 무릎을 꿇고 차 뒤쪽을 향해 두 발을 더 쐈지만, 차가 급격하게 회전하며 방향을 틀었다. 파란 경광등이 밤을 광란의 그림자가 뛰어다니는 악몽으로 바꿔 놓았다. 순찰차 너머에 리처즈의 차가 있었는데, 다른 쪽으로 뛰었던 엘턴이 지금 그 차 문에서 전기 장치를 떼어내려 필사적으로 움직이고 있었다.

순찰차의 조수석 쪽에서 한 사람이 몸을 반쯤 내밀었다. 순찰차가 다시 움직이기 시작했다. 둔하게 타닥거리는 소리가 어둠을 채웠다. 스텐 기관단총이었다. 총알이 무의미한 패턴을 그리며 주변 잔디를 파고들어 튀었다. 흙이 그의 뺨을 때리고, 이마 위로 튀었다.

리처즈는 기도하듯 무릎을 꿇고 다시 앞유리를 향해 총을 발사했다. 이번에는 총알이 유리를 뚫고 구멍을 냈다.

차가 그를 향해 덮쳐 왔다······.

리처즈가 왼쪽으로 뛰었지만, 강화된 강철 범퍼가 그의 왼발을 강타해 발목이 부러지고, 그는 얼굴부터 땅에 처박혔다.

순찰차의 엔진이 과열된 소리를 내며 울부짖었고, 또다시 땅을 파내며 급회전했다. 이제 헤드라이트가 다시 그를 비췄다. 모든 게 강렬한 흑백으로 변했다. 리처즈는 일어나려 했지만, 부러진 발목이 그를 지탱하지 못했다.

리처즈는 숨을 심하게 헐떡이고 흐느끼며 다시 다가오는 경찰차를 지켜봤다. 모든 게 극도로 선명해지고 초현실적으로 변했다. 아드레날린에 잠긴 환각 속에서 모든 게 느리고, 의도적이고, 연출된 것처럼 보였다. 다가오는 순찰차는 거대한 눈먼 들소 같았다.

기관단총이 다시 드르륵 소리를 냈다. 이번에는 총알이 왼팔을 관통하며 그를 옆으로 밀어냈다. 묵직한 차가 방향을 틀어 리처즈를 들이받으려 했다. 순간적으로 리처즈가 운전석에 있는 사람을 향해 확실한 사격을 할 수 있었다. 한 발을 발사하자, 앞유리창이 차 안쪽으로 터졌다. 차는 천천히 땅을 파듯 옆으로 미끄러지며 구르기 시작하더니, 위로 솟아올랐다가 뒤집혔다. 차의 지붕이 아래쪽으로 뒤집힌 상태로 떨어진 후 다시 옆으로 누웠다. 엔진이 멎었다. 갑작스럽고 충격적인 정적 속에서 경찰 무전기가 칙칙거리는 소리가 깨끗하게 들려왔다.

리처즈는 아직도 일어서지 못한 채 차를 향해 기어가기 시작했다. 엘턴은 차에 앉아 시동을 걸고 있었지만, 당황한 나머지 안전밸브를 여는 것을 잊었다. 그가 열쇠를 돌릴 때마다 실린더 안에서는 공기만 헛헛하게 돌면서 털털거렸다.

모여드는 사이렌 소리가 밤을 가득 채우기 시작했다.

리처즈가 차에서 아직 50미터쯤 떨어져 있을 때, 엘턴이 문제를 알아채고 통풍구 레버를 내렸다. 그리고 차 열쇠를 다시 돌리자 엔진이 불안정하게 툴툴대더니 시동이 걸렸다. 차가 리처즈를 향해 달려갔다.

리처즈는 반쯤 몸을 일으켜 조수석의 문을 열어젖히고 안으로 몸을 던지듯 들어갔다. 엘턴은 차를 왼쪽으로 틀어서 77번 도로로 올라갔다. 공원 위에 있는, 스테이트가와 교차하는 도로였다. 차의 하부가 도로 지면에서 불과 2, 3센티미터밖에 뜨지 않아서 거의 땅을 끌 듯 낮게 붙어서 달렸다.

엘턴이 공기를 크게 한 모금 들이마시더니, 입술이 창문 블라인드처럼 펄럭일 정도로 세차게 내뿜었다.

경찰차 두 대가 뒤쪽 모퉁이를 돌아오며 경적을 울렸다. 파란 경광등이 번쩍이며 켜지고, 곧바로 추격을 시작했다.

"우리 속도가 너무 느려요!" 엘턴이 소리쳤다. "우리 속도가 너무……."

"저 차들은 바퀴로 움직이는 지상차야!" 리처즈가 소리쳤다. "공터를 가로질러 가!"

공기차가 왼쪽으로 기울며 방향을 틀었고, 인도를 넘어갈 때 충격으로 두 사람이 위로 세차게 튕겨 올랐다. 강한 공기압으로 차가 앞으로 내달렸다.

경찰차가 뒤에서 점점 가까워지더니 총을 쏘기 시작했다. 금속 손가락들이 그들의 차에 구멍을 내는 소리가 들려왔다. 뒷유리가 굉음을 내며 산산이 부서지고, 안전유리 파편이 그들에게 튀었다.

엘턴이 비명을 지르며 공기차를 좌우로 마구 틀었다.

순찰차 한 대가 시속 100킬로미터가 넘는 속도로 인도를 넘어오다 균형을 잃었다. 격렬하게 방향을 틀며 파란색 경광등이 어둠을 가르는 빛을 미친 듯이 뿌렸다. 결국 옆으로 쓰러져서 공터의 자갈 바닥을 파헤치며 나아가다 외피가 벗겨진 연료 탱크에 불꽃 하나가 튀었다. 순찰차는 도로 조명탄처럼 하얗게 폭발했다.

두 번째 순찰차는 도로를 따라 달렸지만, 엘턴이 빨랐다. 순찰차를 따돌렸으나 곧 따라잡힐 것이다. 휘발유로 운행하는 지상차가 공기로 구동하는 공기차보다 거의 세 배는 빨랐다. 그리고 공기차는 도로에서 너무 멀리 벗어나면, 분사기가 아래의 울퉁불퉁한 지면에 걸려서 차가 뒤집힐 수도 있었다. 엘턴이 인도를 넘을 때 거의 뒤집힐 뻔했던 것처럼.

"오른쪽으로!" 리처즈가 소리쳤다.

엘턴은 바닥이 갈리고 위장이 뒤틀릴 정도로 급하게 차를 돌렸다. 이제 그들은 1번 도로에 있었다. 리처즈는 앞쪽을 보며 곧 해안 고속도로로 들어가게 될 것이라는 사실을 알아챘다. 그 도로에서는 피할 길이 없었다. 거기선 오로지 죽음뿐이었다.

"돌아! 돌아, 젠장! 저 골목!" 잠깐 동안 한 블록 뒤의 경찰차가 시야에서 사라졌다.

"아냐! 아냐!" 엘턴은 이제 횡설수설이었다. "거기로 가면 덫에 들어간 쥐 꼴이 될 거예요!"

리처즈가 몸을 기대며 핸들을 확 틀었고, 같은 동작으로 엘턴을 조절판에서 밀어냈다. 공기차가 거의 90도 회전하며 미끄러졌다. 골목 입구 왼쪽에 있는 건물의 콘크리트 벽에 부딪힌 차가 뒤틀린 각도로 들어갔다. 차의 뭉툭한 앞부분이 쓰레기 더미와 쓰레기통, 부서진 상자에 부딪혔다. 그 뒤에 단단한 벽돌 벽이 버티고 있었다.

차가 충돌할 때 리처즈는 대시보드에 거칠게 처박히며 코가 사정없이 부러져서 갑자기 피가 왈칵 쏟아졌다.

공기차는 골목에 비스듬히 멈췄는데, 실린더 한 개는 아직도 조금씩 툴툴거렸다. 엘턴은 운전대 위에 축 늘어진 채 아무 소리도 내지 않았다. 리처즈는 아직 엘턴을 돌볼 여유가 없었다.

리처즈는 구겨진 조수석 문을 어깨로 들이받아 밀었다. 문이 덜컹 열리자, 한쪽 다리로 껑충거리며 골목 입구로 갔다. 브래들리가 준 구겨진 탄약 상자로 총을 재장전했다. 총알에서는 기름기 도는 차가움이 느껴졌다. 총알 몇 발을 발밑에 떨어트렸다. 팔이 썩은 이처럼 욱신거리기 시작했고, 그 통증 때문에 매스껍고 구역질이 났다.

헤드라이트 불빛들이 텅 빈 도시의 간선도로를 밤에서 태양이 없는 낮으로 바꾸어 놓았다. 순찰차가 모퉁이를 미끄러지듯 돌았다. 뒷바퀴가 접지력을 회복하려 헛돌며 타는 고무 냄새가 퍼졌다. 검은 타이어 자국이 연결된 도로의 아스팔트 바닥 위에 포물선을 그렸다. 차는 곧 다시 앞으로 나아갔다. 리처즈는 총을 양손으로 꽉 쥐고 왼쪽 건물에 몸을 기댔다. 잠시 후 경찰은 앞에 가던 차의 후미등이 더 이상 보이지 않는다는 사실을 깨닫게 될 것이다. 조수석에 앉은 경찰이 골목을 보고 알아채면⋯⋯.

리처즈는 부러진 코에서 흘러내리는 피를 훌쩍이며 방아쇠를 당기기 시작했다. 거리는 사실상 근접 사격이나 다름없었다. 이 정도 거리에서는 고성능 탄환들이 방탄유리를 종잇장처럼 뚫고 들어갔다. 무거운 권총의 반동이 부상입은 팔 전체를 흔들어서 저절로 비명이 나왔다.

경찰차는 굉음을 내며 인도를 넘고, 짧은 거리지만 날개 없이 공중을 날아 길 건너편의 벽돌 벽을 들이받았다. 벽에 희미하게 쓰인 간판이 있었다. "에코 프리비 수리. 당신이 지켜보고 있으니, 우리는 실수하지 않습니다."

경찰차가 지상에서 30센티미터 정도 뜬 상태로 고속으로 벽을 들이받으며 폭발했다.

그러나 다른 경찰차들이 계속 몰려들었다.

리처즈가 숨을 헐떡이며 공기차로 돌아갔다. 성한 다리도 이제 너무 지쳤다.

"다쳤어요." 엘턴이 힘없이 신음 소리를 내며 말했다. "너무 아파요. 엄마는 어디 있어요? 우리 엄마 어딨어요?"

리처즈는 무릎을 꿇은 후, 드러누워 공기차 아래로 들어갔다. 그리고 미친 사람처럼 공기실에서 쓰레기와 잔해를 끄집어내기 시작했다. 부러진 코에서 쏟아지는 피가 뺨을 따라 흘러내려 귀 옆에 고였다.

······마이너스 048, 계속된다······

차는 여섯 개의 실린더 중 다섯 개만 작동했다. 그래서 술에 취한 것처럼 한쪽으로 비틀거리며 시속 60킬로미터 이상은 속도를 내지 못했다.

엘턴이 조수석에서 길을 지시했다. 리처즈가 그를 힘겹게 들어서 옮겼다. 운전대 축이 철도 못처럼 엘턴의 복부 깊숙이 박힌 상태였다. 리처즈는 그가 죽어 가고 있다고 생각했다. 찌그러진 운전대에 묻은 피가 리처즈의 손바닥에 따뜻하고 끈적하게 달라붙었다.

"정말 미안해요. 여기서 왼쪽으로·········. 진짜로 내 잘못이에요. 내가 더 잘 알았어야 했는데. 엄마는⋯⋯ 엄마는 제대로 생각을 못 해요. 엄마는⋯⋯." 엘턴이 기침하듯 검은 핏덩어리를 토해 내고, 힘없이 무릎에 뱉었다. 사이렌 소리가 밤을 가득 채웠지만, 그들은 이제 서쪽으로 멀리 빠져나온 상태였다. 그들은 마지널 웨이를 지났다. 거기서부터 엘턴이 뒷길로 안내했다. 지금 그들은 9번 도로를 따라 북쪽으로 달리고 있었고, 포틀랜드 외곽은 10월의 황량한 덤불 지대로 변해 가고 있었다. 삼림 벌목꾼들이 메뚜기 떼처럼 휩쓸고 지나간 자리엔 그 뒤 자라난 수풀과 늪지가 어지럽게 얽혀 있었다.

"나에게 알려 주는 길이 어디로 가는지는 알고 있나요?" 리처즈가 물었다. 그는 머리끝부터 발끝까지 온몸이 고통에 짓눌려 있었다. 발목이 부러진 것은 확실했고, 코가 부러진 것도 의심의 여지가 없었다. 숨을 쉴 때마다 코가 눌려서 쌕쌕거렸다.

"내가 아는 곳으로 가는 거예요." 엘턴 파라키스가 다시 피를 토했다. "엄마는, 소년의 가장 좋은 친구는 엄마라고 얘기하시곤 했어요. 믿어지세요? 난 그 말을 믿었더랬어요. 놈들이 엄마를 해칠까요? 감옥에 넣을까요?"

"아니요." 리처즈가 짧게 말했다. 사실 놈들이 그럴지, 아닐지는 그도 몰랐다. 8시 20분이었다. 리처즈와 엘턴은 7시 10분에 파란 문을 나왔다. 수십 년은 지난 느낌이었다.

멀리서 더 많은 사이렌 소리가 모이며 합창을 해 댔다. '먹지도 못할 것을 쫓는, 입에 담기도 싫은 놈들.' 리처즈가 두서없이 생각했다. '열기를 못 견디면 부엌에서 나가라.' 그는 혼자서 경찰차 두 대를 처리했다. 실라에게 추가 보너스가 갈 것이다. 피 묻은 돈. 그리고 캐서린. 캐서린이 그 돈으로 산 우유를 마시고 병들어 죽는다면? '어떻게 지내, 내 사랑? 사랑해. 어두운 데서 사랑을 나눌 곳을 찾는 연인이나 사슴 사냥꾼들에게나 어울릴 이 뒤틀리고 정신 나간 뒷길에서, 나는 당신을 사랑하고, 당신의 꿈이 달콤하길 바라고 있어. 내가 바라는 건……'

"왼쪽으로." 엘턴이 갈라진 목소리로 말했다.

리처즈는 왼쪽으로 꺾어서 매끄럽게 포장된 아스팔트 도로로 들어갔다. 잎이 다 떨어진 옻나무와 느릅나무, 소나무, 가문비나무 그리고 벌목된 숲에 자라난 덤불이 악몽처럼 뒤엉킨 사이로 지나갔다. 산업 폐기물이 흐르는 강에서 지독한 유황 냄새가 그의 코를 자극했다. 낮게 늘어진 나뭇가지들이 차 지붕을 스치며 해골 긁는 소리를 냈다. 표지판 하나를 지났다. '슈퍼 파인 트리 쇼핑몰. 공사 중. 출입 금지! 무단출입 엄벌!'

그들이 마지막 언덕을 올라가자 슈퍼 파인 트리 쇼핑몰이 보였다.

리처즈는 적어도 2년 이상 공사가 중단된 것 같다고 짐작했다. 공사가 멈췄을 당시에도 그다지 진척된 상황은 아니었던 것 같았다. 그곳은 반쯤 지어진 상점과 가게, 버려진 파이프 조각, 시멘트 블록 더미와 나무, 오두막과 녹슨 반원형 막사가 미로나 쥐굴처럼 얽혀 있었고, 키 작은 노간주나무와 월계수, 마녀풀, 푸른가문비나무, 블랙베리, 자두나무, 주황조밥나물, 잎이 떨어진 미역취가 우거졌다. 쇼핑몰 구역은 수 킬로미터에 걸쳐 펼쳐졌다. 직사각형으로 파 놓은 기초공사 구덩이들은 마치 로마 신들을 위한 무덤 같았고, 녹슨 철골 뼈대들이 드러나 있었으며, 시멘트벽에는 철근들이 튀어나와 음침한 암호문 같았다. 불도저로 밀어낸 직사각형의 주차장 부지는 이제 잡초가 뒤덮었다.

머리 위 어딘가에서 올빼미 한 마리가 뻣뻣하고 조용한 날개로 사냥을 하고 있었다.

"도와줘요…… 운전석으로."

"당신은 운전할 상태가 아니에요." 리처즈가 차 문을 세게 밀어 열며 말했다.

"그게 내가 할 수 있는 최소한이에요." 엘턴 파라키스가 피칠갑하고 진지하게 말했다. "내가 미끼가 될게요…… 최대한 멀리 몰고 가서."

"안 돼요."

"가게 해 줘요!" 엘턴이 리처즈에게 소리쳤다. 그의 통통한 아기 같은 얼굴이 끔찍하고 기괴해 보였다. "난 죽어 가고 있어요. 그냥 내버려 둬요……." 엘턴은 소리 없이 끔찍한 기침을 하며 또 한 번 신선한 핏덩이를 쏟아 냈다. 차 안은 축축한 냄새가 가득했다. 도살장 같은 냄새였다. "도와줘요." 그가 낮은 소리로 말했다. "너무 뚱뚱해서 혼자선 못 해요. 제발 이걸 좀 도와줘요."

리처즈가 그를 도와주었다. 밀고 당겼다. 리처즈의 손이 엘턴의 피에 미끄러지고 쩍쩍 달라붙었다. 앞좌석은 도살장 그 자체였다. 엘턴(어떻게 저토록 많은 피가 한 사람의 몸에서 나올 수 있는 걸까?)은 계속 피를 흘렸다.

곧 엘턴을 운전석에 억지로 끼워 넣었다. 공기차가 들썩이며 회전하기 시작했다. 브레이크 등이 깜빡거렸다. 엘턴이 도로로 올라가기 전에 나무와 가볍게 부딪혔다.

리처즈는 충돌 소리가 들릴 거라 생각했지만, 아무 소리도 나지 않았다. 공기 실린더의 불규칙한 통파통파통파 소리가 점점 작아지며 멀어졌다. 실린더 한 개가 작동하지 않는 상태라서 한 시간쯤 달리면 나머지 실린더도 망가져 버릴 것이다. 그 소리가 점차 작아졌다. 이제 들리는 것은 멀리서 나는 비행기 소리뿐이었다. 리처즈는 변장을 위해 구입했던 목발을 차의 뒷좌석에 두고 내렸다는 사실을 뒤늦게 깨달았다.

별자리들이 머리 위에서 무심하게 소용돌이쳤다.

리처즈가 내뱉은 숨이 작고 하얀 입김으로 흩어졌다. 오늘 밤은 더 추웠다.

그는 도로에서 벗어나 정글 같은 건설 현장으로 들어갔다.

······마이너스 047, 계속된다······

 리처즈는 지하실 구덩이 바닥에 버려진 단열재 더미를 발견하고, 삐죽삐죽 솟은 철근을 손잡이 삼아 아래로 내려갔다. 막대기를 찾아서 단열재를 두들겨 쥐들을 몰아냈다. 그가 얻은 것은 자욱한 섬유 먼지밖에 없었다. 그 먼지가 재채기를 일으켰고, 심하게 망가진 코에서 고통이 비명과 함께 터져 나왔다. 쥐는 없었다. 쥐는 전부 도시 안에 살았다. 리처즈는 거칠고 요란한 웃음을 터트렸다. 그 소리는 드넓은 어둠 속에서 날카롭게 부서졌다.
 리처즈는 단열재 조각으로 몸을 감싸서 인간 이글루처럼 보였지만 따뜻했다. 벽에 등을 기대고 반쯤 잠에 빠져들었다.
 리처즈가 완전히 정신을 차렸을 때는 차가운 빛 토막 같은 늦은 달이 동쪽 지평선 위에 걸려 있었다. 그는 여전히 혼자였다. 사이렌 소리도 들리지 않았다. 아마 새벽 3시쯤일 것이다.
 팔이 불편하게 욱신거렸지만, 출혈은 저절로 멈춘 상태였다. 단열재에서 팔을 꺼내서, 피딱지 주변의 섬유를 부드럽게 닦아 내고 확인했다. 스텐 기관단총의 총알이 팔꿈치 위쪽 옆면의 살점을 삼각형 모양으로 큼직하게 뜯어낸 것 같았다. 리처즈는 총알이 뼈를 부수지 않아서 그나마 다행이라고 생각했다. 하지만 발목은 깊은 통증이 사라지지 않고 끈질기게 욱신거렸다. 발 자체는 이상하게 허공에 떠 있는 것 같았고, 거의 붙어 있지 않은 것처럼 느껴졌다. 골절 부위에 부목을 대야 할 것 같았다.

그렇게 생각하며, 다시 졸기 시작했다.

리처즈가 다시 깨어났을 때는 머리가 더 맑았다. 달이 하늘 중간쯤에 떠 있었지만, 아직 새벽의 기미는 전혀 보이지 않았다. 그는 뭔가 잊고 있었다······.

그 기억은 불쾌하고 충격적인 자각으로 그에게 다가왔다.

정오까지 두 개의 테이프 클립을 우편으로 보내야만 6시 30분의 방송 시간 전에 게임사 건물에 도착할 수 있다. 그 말은 그가 곧 이동해야 한다는 뜻이었다. 아니면 돈을 잃게 된다.

하지만 브래들리는 도망치고 있거나 붙잡힌 상황일 것이다.

그리고 엘턴 파라키스는 클리블랜드에 있는 사람의 이름을 알려 주지 않았다.

그리고 리처즈는 발목이 부러진 상태였다.

뭔가 큰 것(사슴? 동부에서는 멸종되지 않았나?)이 갑자기 오른쪽 덤불을 뚫고 지나가서 리처즈가 움찔했다. 보온재가 뱀처럼 미끄러져 내렸다. 그는 보온재를 다시 끌어 올려 초라하게 몸에 두르고, 부러진 코를 훌쩍거렸다.

리처즈는 도시에서 자란 사람인데, 지금 인적이 끊기고 야생으로 돌아간 이 황량한 개발지 한복판에 앉아 있었다. 밤이 갑자기 생기가 넘치고 악의에 찬 듯 보였으며, 그것만으로도 무서운데, 미친 듯이 덜거덕거리고 삐걱거리는 소리가 가득했다.

리처즈는 입으로 숨을 쉬며 자신에게 남은 선택지와 그 결과에 대해 생각했다.

1. '아무것도 하지 않는다.' 여기에 그냥 앉아서 상황이 잠잠해지길 기다린다.

결과: 지금 시간당 100달러씩 쌓이고 있는 상금이 오늘 저녁 6시에 끊길 것이다. 그는 무료로 도망을 다니게 될 테지만, 사냥은 멈추지 않을 것이다. 설령 그가 30일을 꼬박 피하더라도 사냥은 계속될 것이다. 결국 들것에 실려 나갈 때까지 사냥을 당할 것이다.

2. '테이프 클립을 보스턴으로 부친다.' 브래들리나 그의 가족에게는 해가 갈 일이 없다. 어차피 그들은 정체가 발각되었기 때문이다.
결과: (1)브래들리의 우편물을 감시하고 있는 사냥꾼들이 테이프를 하딩으로 보낼 게 틀림없다. 하지만 (2)중간에 보스턴의 소인이 찍히지 않기 때문에, 리처즈가 테이프를 발송한 장소로 곧장 추적할 수 있다.

3. '테이프를 하딩에 있는 게임사 건물로 바로 부친다.'
결과: 수색은 계속될 것이다. 하지만 우편함이 있는 큰 도시에는 그를 알아보는 사람이 있을 것이다.

모두 끔찍한 선택이었다.
'고맙네요, 파라키스 부인. 정말 고마워요.'
리처즈는 일어나 단열재를 털어내고, 더 이상 쓸모가 없어진 머리 붕대를 벗어서 그 위에 던졌다. 잠시 생각한 후에 붕대를 단열재 속에 파묻었다.

이제 지팡이로 쓸 수 있는 물건을 찾아다니기 시작했다.(차에 진짜 목발을 두고 내렸다는 어이없는 사실이 다시 떠올랐다.) 겨드랑이 높이까지 오는 판자를 하나 찾았다. 판자를 지하실 위의 땅바닥으로 던져 올리고, 철근들을 붙잡으며 힘겹게 위로 올라가기 시작했다.

리처즈는 위로 올라오자 땀이 흐르며 몸이 오들오들 떨렸는데, 자신의 손이 보인다는 사실을 알아챘다. 새벽의 희미한 잿빛 햇살이 어둠을 탐색하기 시작했다. 그는 버려진 개발지를 아쉬운 눈길로 바라

보며 생각했다. '여기가 숨어 있기엔 정말 좋은데…….'

안 된다. 그는 숨는 사람이 아니라, 도망치는 사람이어야 했다. 그게 시청률을 유지하는 것 아니었나?

뿌옇고 백내장 같은 안개가 잎이 떨어진 나무들 사이에서 천천히 기어오르고 있었다. 리처즈는 방향을 가늠하기 위해 잠시 멈췄다가 북쪽의 버려진 쇼핑몰을 따라 난 숲을 향해 걸음을 옮겼다.

리처즈는 딱 한 번 멈춰서 목발 끝에 코트를 감싸고 다시 걸었다.

……마이너스 046, 계속된다……

완전히 날이 밝은 지 두 시간이 지났다. 리처즈는 앞쪽의 무성한 가시나무와 작달막한 덤불들 사이로 공기차들이 지나가는 소리가 들리자, 자신이 큰 원을 그리며 제자리를 돌고 있다고 거의 확신했다.

리처즈가 조심스럽게 앞으로 나아가 2차선 아스팔트 도로를 내다봤다. 자동차들이 꽤 규칙적으로 오가고 있었다. 약 800미터 정도 떨어진 곳에 집들이 모여 있었다. 공기 주입소인지, 아니면 오래된 잡화점인데 앞에 펌프들을 설치한 것인지 모를 건물도 있었다.

리처즈는 고속도로와 평행하게 계속 나아가며 가끔 넘어졌다. 얼굴과 손에는 가시덤불에 찔려 생긴 작은 핏자국이 점점이 묻어 있었고, 옷에는 갈색 씨앗들이 여기저기 달라붙어 있었다. 리처즈는 그것들을 털어내려는 시도를 포기했다. 터진 박주가리의 솜털 같은 씨앗들이 양쪽 어깨에 가볍게 달라붙어 있어서 마치 베개 싸움이라도 하고 온 사람처럼 보였다. 그는 머리부터 발끝까지 완전히 젖은 상태였다. 첫 번째와 두 번째 개울은 잘 건넜지만, 세 번째 개울에서 '목발'이 위태로운 바닥에서 미끄러져 머리부터 곤두박질했기 때문이었다. 당연히 카메라는 무사했다. 방수가 되고, 충격 방지 기능이 있었으니까.

덤불과 나무들이 점점 듬성듬성해졌다. 리처즈는 몸을 숙이고 네발로 기어갔다. 안전하다고 여겨지는 범위 내에서 최대한 앞으로 나가 상황을 살폈다.

리처즈는 그동안 걸어왔던 덤불투성이의 잡초 지대가 반도 형태로 돌출된 얕은 언덕에 있었다. 아래쪽에 고속도로와 여러 채의 목장식 주택, 공기 펌프가 있는 상점이 있었다. 지금 상점에는 차가 한 대 있었고, 스웨이드 재킷을 입은 운전자가 공기 주입원과 잡담을 나누고 있었다. 상점 옆에는 껌 자판기 서너 대와 마리화나 판매대가 있었고, 그 옆에는 파란색과 빨간색 우체통이 있었다. 불과 200여 미터 거리였다. 리처즈는 우체통을 보고는 해가 뜨기 전에 여기 도착했다면 아무도 보지 않을 때 일을 끝냈을 것이라는 생각이 들어 씁쓸했다. 뭐, 이미 엎질러진 우유였다. 쥐와 사람이 머리를 짜내서 만든 계획도 어디 뜻대로 되던가.

리처즈는 카메라를 설치해도 눈에 띄지 않을 만한 위치로 물러나서 녹화를 시작했다.

"안녕하십니까, 프리비 랜드에 사는 멋진 분들. 저는 매년 자연 탐방길을 안내하는 유쾌한 벤저민 리처즈입니다. 주의 깊게 보면 용감한 풍금새나 커다란 점박이 갈색머리흑조를 볼 수 있을 겁니다. 어쩌면 배가 노란 뚱땡이 새 한두 마리도 볼 수 있고." 그가 잠시 멈췄다가 이어서 말했다. "방금 말한 부분까지는 방송될지도 모르지만, 이제부터는 아닐 겁니다. 귀가 들리지 않아 입술을 읽는 사람들이 있다면 내가 하는 말을 기억하세요. 이웃이나 친구에게 전하세요. 소문을 내세요. 네트워크는 당신들이 숨 쉬는 공기를 오염시키고, 저렴한 보호 방법도 막고 있습니다. 왜냐하면……."

리처즈는 테이프 두 개를 녹화한 후 바지 주머니에 넣었다. 좋아, 다음은 뭘 해야 하지? 가능한 유일한 방법은 총을 꺼내 들고 내려가서 테이프를 우체통에 넣고 도망치는 것이었다. 차를 훔칠 수도 있을 것이다. 어차피 그가 어디에 있는지 놈들이 모를 리도 없었다.

문득, 경찰이 쓰러트리기 전에 엘턴이 얼마나 멀리까지 갔을지 궁금해졌다. 리처즈는 총을 꺼내 움켜쥐고 있었는데, 놀라울 정도로 가까운 곳에서 목소리가 들려왔다. 마치 왼쪽 귓속에서 들리는 소리처럼 느껴질 정도였다. "어서, 롤프!"

갑작스럽게 개가 짖어 대는 소리에 리처즈가 벌떡 일어났다. 생각할 틈도 없었다. '경찰견이다. 젠장, 놈들이 경찰견을 풀었어.' 그때 뭔가 커다랗고 검은 것이 덤불을 헤치고 튀어나와 그를 향해 화살처럼 달려왔다.

권총이 덤불 속으로 날아가고, 리처즈는 뒤로 쓰러졌다. 개가 그의 위로 올라탔다. 독일 셰퍼드와 잡종이 섞인 큰 개가 리처즈의 얼굴을 핥으며 셔츠에 침을 질질 흘렸다. 꼬리는 기쁘다는 신호라도 보내는 듯 힘차게 앞뒤로 흔들리고 있었다.

"롤프! 야! 롤프! 롤프…… 아, 이런!" 청바지를 입고 달려오는 다리가 얼핏 보였다. 곧 어린 소년이 개를 끌어냈다. "이런, 미안해요, 아저씨. 이런, 우리 개는 안 물어요. 너무 멍청해서 그래요. 그냥 친하게 놀려는 거예요. 우리 개는…… 맙소사, 아저씨 완전히 엉망이네요! 길을 잃어버렸나요?"

소년이 롤프의 목걸이를 붙잡고, 숨김없이 흥미로운 눈길로 리처즈를 바라봤다. 소년은 잘생기고 튼튼했으며, 대략 열한 살쯤 되어 보였다. 얼굴에서는 도시의 빈민가에서 흔히 보이는 창백하고 생채기가 가득한 모습이 보이지 않았다. 아이의 모습에는 뭔가 의심스럽고 낯선 느낌이 있었지만, 동시에 친근함도 느껴졌다. 잠시 후 리처즈는 그게 무엇인지 깨달았다. 이것은 '천진난만'이었다.

"그래." 리처즈가 건조하게 말했다. "길을 잃었어."

"저런, 심하게 넘어졌나 보네요."

"그랬지, 맞아, 친구. 가까이 와서 내 얼굴이 얼마나 심하게 긁혔는지 볼래? 난 안 보이거든."

소년은 순순히 앞으로 몸을 숙이며 리처즈의 얼굴을 살펴봤다. 그를 알아보는 기미는 전혀 없었다. 리처즈는 안심이 되었다.

"가시에 많이 긁혔어요." 소년이 말했다.(아이의 목소리에는 미묘하게 뉴잉글랜드 억양이 섞여 있었다. 정확히 미국 동부의 억양은 아니었지만, 살짝 경쾌하고 조롱이 섞인 듯한 말투였다.) "하지만 죽지는 않을 거예요." 아이가 이마를 찡그렸다. "토마스톤 교도소에서 탈옥했어요? 아저씨가 파인랜드에서 온 게 아니라는 건 알아요. 바보처럼 생기지 않았으니까."

"난 탈옥한 사람 아니야." 리처즈는 그게 거짓말인지, 사실인지 스스로도 자신이 없었다. "히치하이킹을 하고 있었어. 나쁜 습관이지, 친구. 너는 그런 거 절대 안 하지?"

"안 해요." 소년이 진지하게 대답했다. "요즘은 미친 사람들이 도로를 돌아다닌대요. 아빠가 그랬어요."

"아빠 말이 맞아. 하지만 나는 그럴 수밖에 없었어……. 어……." 리처즈가 손가락을 튕기며 '기억이 날듯 말듯, 그게 뭐였더라'라는 몸짓을 했다. "그거 있잖아, 제트 공항."

"보이트 비행장 말인가요?"

"그래, 그렇지."

"이런, 여기에서 150킬로미터도 더 떨어진 곳이잖아요. 데리에 있어요."

"알아." 리처즈가 침울한 표정을 지으며 롤프의 털을 쓰다듬었다. 개는 순순히 몸을 뒤집고 죽은 척했다. 리처즈는 터져 나오려는 웃음을 간신히 눌렀다. "뉴햄프셔주 경계선에서 쓰레기 같은 놈들 세 명이 탄 차를 얻어 탔어. 진짜 지독한 놈들이었지. 나를 때리고 지갑을 빼앗은 후에 텅 빈 쇼핑센터에 던져 버렸어…….”

"아, 거기 알아요. 저런, 우리 집으로 내려가서 아침 먹을래요?"

"그러면 좋겠지만, 시간이 없어. 오늘 밤까지 제트 공항으로 가야 하거든."

"그러면 또 히치하이킹을 할 거예요?" 소년의 눈이 동그랗게 커졌다.

"어쩔 수 없어." 리처즈가 일어나기 시작하다가 뭔가 좋은 생각이 떠오른 것처럼 다시 자리에 앉았다. "얘야, 혹시 부탁을 들어줄 수 있을까?"

"그럴 수 있을 것 같아요." 소년이 조심스럽게 대답했다.

리처즈가 촬영한 테이프 클립 두 개를 꺼냈다. "이건 충전하는 현금 쿠폰이야." 그가 능숙하게 거짓말을 풀었다. "네가 이걸 우체통에 넣어 주면, 우리 회사가 나를 위해 데리에 현금을 준비해 줄 거야. 그러면 나는 즐겁게 여행을 할 수 있어."

"주소가 없어도 돼요?"

"이건 직행으로 배달돼."

"네. 알았어요. 재롤드 가게에 우체통이 있어요." 소년이 일어섰다. 아이의 미숙한 얼굴에 리처즈가 새빨간 거짓말을 하고 있다고 의심하는 표정이 고스란히 드러나 있었다. "가자, 롤프."

리처즈는 아이가 열댓 걸음 정도 걸어가게 놔두었다가 말했다. "아니다, 다시 이리 와."

소년이 몸을 돌리더니 발을 질질 끌며 돌아왔다. 얼굴에는 두려움이 가득했다. 물론, 리처즈의 이야기에는 트럭 한 대가 지나갈 수 있을 만큼 큰 구멍이 있었다.

"모든 걸 이야기해 줄 수밖에 없겠네. 너에게 말한 건 대부분 진실이야, 친구. 하지만 네가 다른 사람에게 말할지도 모른다는 위험을 감수하고 싶지는 않았어."

10월의 아침 햇살이 리처즈의 등과 목에 놀랍도록 따스하게 내리쬐었다. 그는 하루 종일 이 언덕에 머무르며 가을의 짧은 온기 속에서 달콤하게 잠들고 싶었다. 리처즈는 덤불 속에 떨어트렸던 총을 꺼내 풀 위에 살짝 놓았다. 소년의 눈이 휘둥그레졌다.

"정부 소속이야." 리처즈가 조용히 말했다.

"맙소사!" 소년이 낮게 말했다. 롤프는 소년의 옆에 앉아 분홍빛 혀를 한쪽으로 삐죽 내밀고 있었다.

"난 아주 거친 놈들을 쫓고 있어, 애야. 놈들이 나를 꽤 심하게 팬 것을 봐도 알 수 있을 거야. 네가 가지고 있는 그 테이프 클립을 꼭 전해야 해."

"우편으로 보낼게요." 소년이 숨을 죽이고 말했다. "저기요, 그런데 제가 누군가에게 말해서……."

"아무에게도 말하지 마. 앞으로 24시간 동안은 아무에게도 말하면 안 돼. 보복당할 수도 있거든." 리처즈가 불길한 목소리로 덧붙였다. "내일 이 시간까지는 나를 본 적이 없는 거야. 알겠지?"

"예, 물론이죠!"

"그럼 가 봐. 고마워, 친구." 리처즈가 손을 내밀자, 소년은 경외심이 가득 찬 표정으로 그 손을 잡고 악수했다.

리처즈는 빨간 체크무늬 셔츠를 입은 소년과 소년의 옆에서 미역취 꽃밭을 즐겁게 뛰어다니는 개가 언덕을 내려가는 모습을 지켜봤다. '우리 캐서린은 왜 저런 즐거움을 누리지 못하는 걸까?'

리처즈의 얼굴은 무의식적으로 분노와 증오로 일그러진 무서운 표정이 되었다. 만일 그의 어두운 마음속에 분노를 토해 낼 적절한 대상이 떠오르지 않았다면 신을 저주했을지도 모른다. 게임사. 그리고 그 뒤에는 더 사악한 신의 그림자 같은 네트워크가 있었다.
 리처즈는 멀리서 자그마해진 소년이 테이프를 우체통에 넣는 모습까지 지켜봤다.
 곧 그는 뻣뻣하게 몸을 일으켜 목발을 겨드랑이에 끼고, 덤불을 다시 헤치고 들어가 도로 쪽으로 방향을 틀었다.
 이제 제트 공항으로 가야 한다. 그리고 이 모든 일이 다 끝나기 전에 다른 누군가가 대가를 치를 것이다.

······마이너스 045, 계속된다······

　리처즈는 약 1.6킬로미터 뒤에 교차로가 있는 것을 봤다. 그는 그곳에서 숲을 벗어나, 도로와 숲 사이의 자갈 둑을 어기적어기적 내려갔다.
　리처즈는 히치하이킹을 포기하고 따스한 가을 햇살을 즐기기로 마음먹은 사람처럼 자리에 털썩 주저앉았다. 처음 다가온 차 두 대는 그냥 지나가게 두었다. 그 차들에는 남자가 두 명 타고 있어서 위험 부담이 너무 컸다.
　세 번째 차가 정지 표지판에 접근할 때 리처즈가 일어섰다. 다시 긴장이 조여 오는 느낌이 들었다. 엘턴이 아무리 먼 곳에서 잡혔더라도 이 지역 전체가 위험할 것이다. 다음 차가 경찰일 수도 있다. 그러면 아수라장이 펼쳐질 것이다.
　이 차에는 여자 혼자 타고 있었다. 그녀는 리처즈를 쳐다보지도 않았다. 히치하이커는 역겨운 존재이므로 무시하는 게 당연했다. 리처즈는 조수석 문을 벌컥 열고 차가 다시 속도를 내기 시작할 때 몸을 집어넣었다. 차에 끌려가며 옆으로 몸이 밀려났지만, 한 손으로 차의 문틀에 필사적으로 매달렸다. 그의 멀쩡한 다리가 바닥에 질질 끌렸다.
　브레이크가 둔탁하게 울리며 쉭쉭거리더니, 공기차가 격렬하게 방향을 틀었다. "뭐야······ 누구······ 안 돼······."
　리처즈가 여자에게 총을 겨누었다. 그는 자신을 가까이서 보면 고기 분쇄기라도 통과한 사람처럼 매우 기괴해 보일 것이라는 사실을 알고 있었다. 이 험악한 모습이 그에게 유리하게 작용할 것이다. 리처즈는 발을 집어넣고, 문을 쾅 닫았다. 하지만 총은 전혀 흔들리지 않았다. 여자는 도시에 어울리는 옷을 차려입었고, 한쪽 귀에서 다른 쪽 귀까지 동그랗게 휘어지는 랩어라운드 디자인의 파란 선글라스를 쓰고 있었다. 보이는 부분만으로 판단하자면, 여자는 괜찮은 외모였다.

"운전해."

여자는 예상대로 반응했다. 두 발로 브레이크를 밟고 비명을 질렀다. 리처즈는 몸이 앞으로 확 쏠리며 다친 발목이 떨어져 나갈 듯 몹시 고통스러웠다. 공기차는 교차로에서 15미터쯤 지난 갓길에 덜컹거리며 멈췄다.

"당신은 그…… 당신은…… 리……리……리……."

"벤저민 리처즈. 손은 핸들에서 놓고 무릎 위에 올려놔."

여자는 경련하듯 몸을 떨며 시키는 대로 했다. 리처즈는 여자가 마치 자신과 눈을 마주치면 돌로 변할까 봐 두려워서 보지 못하는 것 같다는 생각이 들었다.

"이름이 뭔가요, 부인?"

"어……어밀리아 윌리엄스예요. 쏘지 말아요. 죽이지 말아요. 나……난…… 가진 돈을 다 드릴게요. 제발 죽이지 말아요……."

"쉿." 리처즈가 달래듯 말했다. "쉬이, 쉬이." 어밀리아가 조금 진정되자, 리처즈가 말했다. "나에 대한 당신의 생각을 바꿀 생각은 없어요, 윌리엄스 부인. 부인 맞나요?"

"네." 어밀리아가 무의식적으로 대답했다.

"당신을 해칠 생각이 전혀 없어요. 무슨 말인지 알겠어요?"

"네." 어밀리아가 갑자기 적극적인 태도로 말했다. "차가 필요한 거죠. 경찰이 당신의 친구도 잡았으니까, 이제 차가 필요할 거예요. 가져가도 돼요. 보험이 들어 있어서 괜찮아요. 나는 말 안 할게요. 맹세해요. 그냥 주차장에서 누가 훔쳐 갔다고 할게요……."

"그건 나중에 얘기합시다. 운전해요. 1번 도로로 올라가세요. 가는 동안 이야기를 합시다. 거기에 검문소가 있나요?"

"아니…… 네. 수백 개는 있어요. 당신을 잡을 거예요."

"거짓말은 하지 말아요. 윌리엄스 부인. 알겠어요?"

어밀리아는 처음에 불안정하게 운전했지만 차츰 부드러워졌다. 움직이는 게 그녀를 진정시킨 듯했다. 리처즈는 도로 봉쇄에 대해 다시 물었다.

"루이스턴 주변은 막혔어요." 어밀리아가 겁에 질려 불안한 목소리로 말했다. "다른 벌레…… 아니, 남자가 거기에서 잡혔어요."

"여기서 거리가 얼마나 되나요?"

"50킬로미터 이상이에요."

엘턴은 리처즈가 상상했던 것보다 훨씬 멀리까지 간 셈이었다.

"날 강간할 건가요?" 어밀리아 윌리엄스가 너무 갑자기 물어봐서 리처즈는 웃음을 터트릴 뻔했다.

"아니요." 리처즈는 그렇게 대답한 후 당연하다는 듯이 말했다. "나는 결혼했어요."

"부인을 봤어요." 어밀리아가 비웃는듯한 말투로 말했다. 그 말을 들은 리처즈는 그녀를 패 주고 싶었다. '쓰레기나 처먹어라, 개 같은 년. 빵통 안에 숨어 있는 쥐를 빗자루로 쳐 죽여 본 후에도 내 아내에 대해 그런 식으로 말할 수 있을까.'

"난 여기서 내려도 될까요?" 어밀리아가 간청하듯 물었다. 리처즈는 다시 그녀에게 조금 미안해졌다.

"안 돼요. 당신은 내 보호막이에요, 윌리엄스 부인. 데리의 보이트 비행장으로 가야 하는데, 당신이 거기로 나를 데려다줘야겠어요."

"거긴 250킬로미터는 가야 해요!" 어밀리아가 울부짖었다.

"누군 150킬로미터라던데?"

"그 사람이 틀린 거예요. 당신은 절대로 거기까지 못 가요."

"갈 수도 있지." 리처즈는 말하고, 그녀를 바라봤다. "당신이 잘만 한다면 갈 수 있을 거예요."

어밀리아가 다시 몸을 떨기 시작했지만, 아무 말도 하지 않았다. 마치 이 악몽에서 깨어나기만 바라는 사람 같았다.

······마이너스 044, 계속된다······

그들은 횃불처럼 타오르는 가을을 뚫고 북쪽으로 향했다.

포틀랜드와 맨체스터, 보스턴에서 다량의 유독성 매연에 죽은 나무들과 달리 이 북쪽의 나무들은 죽지 않았다. 나무들은 모두 노란색과 빨간색, 그리고 찬란한 빛을 뿜내는 보라색으로 물들어 있었다. 그 풍경은 리처즈에게 마음속 깊은 곳에서 아려 오는 우울함을 불러일으켰다. 2주 전까지만 해도 자신이 그런 감정을 품을 것이라고는 상상도 못 했었다. 한 달이 더 지나면 눈이 내려 이 모든 풍경을 덮을 것이다.

모든 것은 가을에 끝났다.

어밀리아는 리처즈의 기분을 눈치챈 모양인지 아무 말도 하지 않았다. 운전이 두 사람 사이의 침묵을 채우고, 그들을 달래 주었다. 차가 야머스에서 강을 건너자, 숲과 트레일러들, 그리고 옥외 화장실이 붙어 있는 비참한 빈민가 판잣집들이 보였다.(판잣집의 페인트가 벗겨지고 휘어진 창틀 아래에, 혹은 경첩이 부서진 문 옆에 볼트로 고정된 프리비 케이블이 햇볕을 받아 반짝거리는 모습이 눈에 들어왔다.)

마을의 바로 외곽에 경찰차 세 대가 주차되어 있었는데, 경찰들은 길가에 모여 잡담을 나누고 있었다. 어밀리아는 철사처럼 뻣뻣하고 얼굴은 창백했지만, 리처즈는 다시 차분해졌다.

그들은 경찰의 주목을 받지 않고 지나갔다. 어밀리아는 맥이 풀린 듯 어깨가 푹 가라앉았다.

"경찰이 교통을 감시하고 있었다면, 우리를 금방 쫓아왔겠죠." 리처즈가 무심하게 말했다. "차라리 이마에 형광펜으로 '벤저민 리처즈가 이 차에 있다.'라고 써 놓는 게 나을걸요."

"날 그냥 보내 주면 안 되나요?" 어밀리아가 폭발했다. 그리고 같은 톤으로 계속 말했다. "마리화나 있어요?"

'돈 많은 녀석들은 도크를 피우지.' 리처즈는 그 생각이 떠올라 비웃음이 터져 나왔다. 그는 머리를 절레절레 흔들었다.

"날 비웃는 거예요?" 어밀리아가 상처받은 듯 물었다. "정말 뻔뻔한 사람이군요, 그렇지 않아요? 비겁한 살인마 주제에! 나를 겁줘서 넋을 놓게 하고는, 보스턴의 그 가엾은 젊은이들을 죽였던 것처럼 죽이려고 계획……."

"불쌍한 젊은이들이 한 무더기 있었죠. 나를 죽일 준비를 하고 있었어요. 그게 그 사람들의 일이었으니까."

"돈 때문에 살인한 거잖아요. 돈만 준다면 뭐든지 할 수 있으니까. 정부도 뒤엎으려 하고. 왜 정상적인 일을 찾지 않는 거예요? 너무 게으르니까 그렇겠지! 당신 같은 사람들은 정상적인 걸 보면 침부터 뱉잖아요."

"당신은 정상적인 사람인가요?"

"네!" 어밀리아가 고함쳤다. "그게 나를 선택했던 이유 아닌가요? 내가 무방비 상태이고…… 정상적인 사람이라서? 나를 이용하고, 당신의 수준으로 끌어내려서 비웃으려는 거겠죠."

"당신이 그렇게 정상적인 사람이라면, 어떻게 이 호화로운 차를 신권 6000달러나 주고 살 수 있었나요? 내 딸은 지금 겨우 독감 때문에 죽어 가고 있는데."

"네?" 어밀리아가 깜짝 놀란 표정을 지었다. 그녀는 입을 벌렸다가 다시 닫았다. 그리고 말했다. "당신은 네트워크의 적이에요. 프리비에서 다 봤어요. 당신이 저지른 역겨운 짓들도 봤어요."

"진짜 역겨운 게 뭔지 알아요?" 리처즈가 대시보드에 놓인 담뱃갑에서 담배를 꺼내 물며 말했다. "내가 말해 줄게요. 제너럴 아토믹스에서 일을 시킬 때 엉터리 장비로 불임이 되도록 만들어서 거부했더니, 그놈들이 날 해고한 게 역겨운 거예요. 집에 처박혀서 아내가 몸을 팔아 식비를 벌도록 내버려 두는 게 역겨운 거예요. 네트워크는 6달러로 코 필터 한 개를 만들 수 있는데도 공기 오염으로 매년 수백만 명을 죽이고 있다는 사실을 아는 게 역겨운 거예요."

"거짓말." 어밀리아는 손가락 관절이 하얗게 변할 정도로 핸들을 꽉 움켜쥐었다.

"이 일이 끝나면 당신은 멋진 복층 주택으로 돌아가 도크를 피우며 취하고, 다리가 달린 서랍장에 놓인 새 은식기가 반짝이는 모습을 즐기겠죠. 당신 동네에는 빗자루를 들고 쥐와 싸우는 사람도 없고, 변기가 고장 나서 뒷문 옆에서 똥을 싸는 사람도 없겠죠. 그게 얼마나 역겨운지 알아요? 뭐가……."

"그만!" 어밀리아가 리처즈를 향해 소리쳤다. "더러운 말 좀 그만 해요!"

"그래요." 리처즈가 창밖으로 흘러가는 시골 풍경을 바라보며 말했다. 절망이 차가운 물처럼 그를 채웠다. 리처즈에게는 이 아름답고 선택받은 사람들과 소통할 수 있는 공통점이 없었다. 그들은 공기가 희박한 곳에 존재하는 사람들이었다. 그는 갑자기 이 여자에게 차를 멈추게 하고 싶다는 충동이 일었다. 선글라스를 자갈 위에 내동댕이치고, 땅바닥으로 끌고 가서, 돌멩이를 씹게 하고, 강간하고, 발로 짓밟고, 이빨을 허공으로 날려 버리고, 발가벗겨 놓고 그녀에게 묻고 싶었다. 방송이 종료되기 전에는 애국가조차 연주하지 않으며 24시간 내내 채널1에서 방송하는 큰 그림이 이제 보이기 시작하는지.
"그래요." 리처즈가 중얼거렸다. "난 더러운 말이나 떠드는 구닥다리죠."

······마이너스 043, 계속된다······

리처즈는 예상보다 훨씬 멀리까지 왔다는 생각이 들었다. 어밀리아 윌리엄스의 차에 얻어 탄 곳에서 150킬로미터 넘게 달려와 캠던이라는 예쁜 해변 마을에 도착했다.

"들어 봐요." 메인주의 주도 오거스터로 들어갈 때 리처즈가 말했다. "여기에서는 우리가 발견될 가능성이 높아요. 난 당신을 죽일 생각이 없어요. 알겠어요?"

"네." 어밀리아가 대답했다. 곧 노골적으로 증오를 담아 덧붙였다. "인질이 필요하니까 그런 거겠죠."

"맞아요. 그러니까 경찰이 우리 뒤에 따라붙으면, 당신은 차를 세워요. 즉시. 그리고 차 문을 열어 몸을 밖으로 내밀어요. 그냥 살짝 내밀기만 해요. 엉덩이는 좌석에서 떼지 말고. 알겠어요?"

"네."

"그리고 소리쳐요. '벤저민 리처즈가 나를 인질로 잡고 있다. 이 사람에게 길을 터 주지 않으면 나를 죽일 거다.'"

"그게 효과가 있을까요?"

"그래야 할 거예요." 리처즈가 날카롭게 조롱하듯 말했다. "당신 목숨이 달린 문제니까."

어밀리아는 입술을 깨물고 아무 말도 하지 않았다.

"효과가 있을 거예요. 내 생각엔 그래요. 게임사의 돈을 받거나 재프루더상을 받으려는 프리랜서 카메라맨들이 즉시 몰려들걸요. 그런 식으로 알려지면, 놈들은 정직하게 행동할 수밖에 없어요. 우리가 총알 세례를 받으며 장렬하게 죽는 모습을 놓치게 될 테니 유감이군요. 놈들이 당신에 대해 벤저민 리처즈의 마지막 희생자라며 위선적으로 떠들어 댈 기회가 날아갈 테니까."

"왜 그런 소리를 해요?" 어밀리아가 버럭 소리를 질렀다.

리처즈는 아무 대꾸도 하지 않았다. 정수리 부분만 겨우 보일 정도로 의자 깊숙이 몸을 파묻은 채 백미러에 파란 불빛이 나타나기만 기다렸다.

하지만 오거스터에서는 파란 불빛이 보이지 않았다. 그들은 해변도로를 따라 들판을 가로지르고, 다리를 건너고, 빽빽한 전나무들 사이로 한 시간 반을 더 달렸다. 해가 중천에서 서쪽으로 막 넘어가기 시작할 무렵이었다. 반짝이는 물결과 물마루가 어렴풋이 보였다.

오후 2시가 넘었을 즈음, 그들이 캠던의 시 경계 근처에서 곡선의 도로를 돌았을 때 검문소가 나타났다. 도로 양쪽에 경찰차 두 대가 서 있었는데, 경찰 두 명이 낡은 픽업트럭에 타고 있는 농부를 확인한 후 손짓으로 통과시켰다.

"60미터 정도 가다가 멈춰요. 내가 말해 줬던 대로 해요." 리처즈가 말했다.

어밀리아는 창백했지만, 차분한 듯 보였다. 체념한 것 같았다. 그녀가 브레이크를 서서히 밟았다. 공기차가 검문소에서 15미터 떨어진 도로 한가운데에 깔끔하게 멈췄다.

클립보드를 들고 있던 경찰이 고압적인 손짓으로 그녀에게 앞으로 더 오라고 했다. 어밀리아가 앞으로 가지 않자, 경찰이 의아한 표정을 지으며 동료 경찰을 바라봤다. 순찰차 안에서 발을 올리고 앉아 있던 세 번째 경찰이 갑자기 대시보드 아래에 있는 핸드마이크를 집어 들고 빠르게 말하기 시작했다.

'이제 시작이다.' 리처즈가 생각했다. '젠장, 이제 시작인 거야.'

······마이너스 042, 계속된다······

날씨는 매우 화창했다.(끊임없이 비가 내리는 하딩이 수 광년은 떨어져 있는 것 같았다.) 그래서 모든 게 선명하고 명확하게 드러나 있었다. 주 경찰들의 그림자는 검은 크레용으로 그린 것처럼 짙었다. 경찰들이 총집을 막고 있는 가는 끈을 풀었다.

윌리엄스 부인이 차 문을 벌컥 열고 밖으로 몸을 내밀었다. "쏘지 마세요, 제발." 리처즈는 그녀의 목소리가 얼마나 세련되고 풍부한지 처음으로 알아챘다. 운전대를 꽉 쥔 창백한 손가락 관절과 새처럼 퍼덕거리는 목의 맥박만 아니었다면, 그녀가 응접실에 있는 것처럼 느껴졌을 것이다. 문이 열리자 소나무와 큰조아재비의 상쾌하고 맑은 향이 리처즈의 코를 자극했다.

"손을 머리 위로 올리고 차에서 내리세요." 클립보드를 든 경찰이 말했다. 그의 목소리는 잘 프로그램된 기계 같았다. 리처즈는 제너럴 아토믹스 모델 6925-A9을 떠올렸다. 힉스빌 전용 순찰 로봇. 16-psm 배터리 장착. 색상은 흰색으로만 출시. "당신과 동승자도 내리세요, 부인. 동승자도 보입니다."

"내 이름은 어밀리아 윌리엄스예요." 그녀가 매우 또렷한 말투로 말했다. "당신의 요구대로 밖으로 나갈 수가 없어요. 벤저민 리처즈가 날 인질로 잡고 있어요. 여러분이 이 사람에게 길을 터 주지 않으면 날 죽이겠다고 했어요."

두 경찰이 서로를 바라봤다. 거의 눈에 띄지 않는 어떤 신호가 그들 사이에 오갔다. 신경이 팽팽히 곤두선 리처즈가 마치 일곱 번째 감각이 작동하듯 그 신호를 감지했다.

"달려!" 리처즈가 소리쳤다.

어밀리아가 당황한 얼굴로 그를 돌아봤다. "하지만 경찰은……."

클립보드가 털거덕 소리를 내며 도로에 떨어졌다. 두 경찰이 거의 동시에 무릎을 꿇더니, 오른손으로 총을 쥐고 왼손으로 오른쪽 손목을 잡았다. 각각 도로의 양쪽 흰색 실선에 서 있었다.

클립보드에 끼워져 있는 얇은 종이들이 어지럽게 펄럭였다.

리처즈가 다친 발로 어밀리아 윌리엄스의 오른쪽 신발을 밟았다. 부러진 발목뼈가 갈리는 고통에 입술이 비극에 나오는 가면처럼 일그러졌다. 공기차가 앞으로 튀어 나갔다.

다음 순간 두 발의 공허한 타격음이 차를 때리며 흔들었다. 잠시 후 앞유리창이 터지며 안전유리 조각들이 두 사람을 덮쳤다. 어밀리아가 얼굴을 보호하기 위해 양손을 들자, 리처즈가 그녀 쪽으로 거칠게 온몸을 기대며 핸들을 돌렸다.

자동차는 뒷부분이 거의 흔들리지 않으며 V자형으로 줄지어 서 있는 차들 사이를 재빨리 통과했다. 리처즈는 경찰들이 다시 총을 발사하기 위해 몸을 돌리는 모습을 얼핏 봤지만, 곧 모든 주의력을 도로에 집중했다.

차가 언덕을 올라갔다. 그때 또 한 번 공허한 퉁 소리가 들리며 총알이 트렁크에 구멍을 뚫었다. 차가 미끄러지기 시작했다. 리처즈는 핸들을 움켜잡고 조금씩 작은 호를 그리며 차의 방향을 틀었다. 그는 어밀리아가 비명을 지르고 있다는 사실을 둔하게 알아챘다.

"핸들!" 리처즈가 그녀에게 소리쳤다. "핸들 잡아, 젠장! 핸들! 핸들!"

어밀리아의 두 손이 반사적으로 더듬으며 핸들을 찾아 잡았다. 리처즈는 핸들에서 손을 놓고, 손바닥으로 쳐서 어밀리아의 눈을 가린 선글라스를 치웠다. 선글라스는 한쪽 귀에 잠깐 대롱거리다가 떨어졌다.

"차 세워!"

"우리한테 총을 쐈어." 어밀리아의 목소리가 다시 높아지기 시작했다. "우리를 쐈다고. 우리한테 총을······."

"세워!"

뒤쪽에서 사이렌 소리가 울부짖었다.

어밀리아가 어설프게 속도를 늦추자, 차가 털털거리며 반쯤 돌다가 자갈을 공중으로 튀기며 멈춰 섰다.

"내가 말하고 있었는데 우리를 죽이려고 했어." 어밀리아가 놀란 목소리로 말했다. "우리를 죽이려 했다고."

하지만 리처즈는 이미 차에서 내려서, 그들이 왔던 길을 절뚝거리고 뛰어가며 총을 꺼냈다. 그는 균형을 잃고 세차게 넘어지며 양쪽 무릎을 쓸렸다.

첫 번째 순찰차가 언덕을 넘어올 때 리처즈는 갓길에 주저앉아 총을 어깨높이로 들어 올려 단단히 붙잡고 있었다. 순찰차는 시속 130킬로미터는 훌쩍 넘긴 속도로 달려왔고, 여전히 가속 중이었다. 눈에 영웅심이 가득한 시골의 카우보이가 운전대를 잡고 엔진의 출력만 잔뜩 올리고 있었다. 그들이 리처즈를 봤을 수도 있고, 멈추려 했을 수도 있지만, 그것은 중요하지 않았다. 이 차들에는 방탄 타이어가 장착되어 있지 않았다. 리처즈 쪽으로 가까이 다가온 순찰차의 타이어가 다이너마이트처럼 폭발했다. 순찰차는 거대한 새처럼 솟구쳐서 제어력을 잃고 괴성을 뱉으며 갓길 너머로 쏜살같이 날아갔다. 그리고 거대한 느릅나무의 옹이구멍을 들이받았다. 운전석 문짝이 날아갔다. 운전자는 어뢰처럼 앞유리창을 뚫고 30미터쯤 날아가 덤불에 처박혔다.

두 번째 순찰차가 거의 비슷한 속도로 달려왔다. 리처즈는 타이어를 맞히려고 네 발을 쏴야 했다. 리처즈를 향해 날아온 총알 두 발이 그가 앉아 있는 자리 바로 옆의 모래를 튀겼다. 순찰차는 연기를 내뿜으며 반쯤 회전하더니 세 바퀴를 구르며 유리와 금속 파편을 사방에 흩뿌렸다.

리처즈는 힘겹게 몸을 일으켜 아래를 내려다보고는 셔츠가 허리띠 바로 윗부분부터 검게 물들어 가고 있다는 사실을 알아챘다. 그가 공기차를 향해 절뚝거리며 뛰어가는데, 두 번째 순찰차가 폭발해서 바닥에 얼굴을 처박혔다. 차의 파편이 그의 위와 주위로 후드득 떨어졌다.

리처즈는 숨을 헐떡이고 입안에서 낯선 신음 소리를 흘리며 일어났다. 맥박이 뛸 때마다 옆구리에 느리고 묵직한 통증이 욱신거리기 시작했다.

어밀리아는 어쩌면 도망칠 수도 있었다. 하지만 그럴 의지가 없었다. 그녀는 도로 위에서 불타고 있는 경찰차를 넋이 나간 듯 바라보고 있었다. 리처즈가 차에 올라타자, 어밀리아가 움찔하며 물러났다.

"당신이 저 사람들을 죽였어. 당신이 저 사람들을 죽였다고."
"놈들이 날 죽이려고 했어. 당신도. 운전해. 빨리."
"나를 죽이려던 건 아니야!"
"빨리 가!"
어밀리아가 차를 몰았다.
시장에서 돌아올 때 쓰고 있던 부유한 젊은 주부의 가면은 이제 너덜너덜하게 찢겨 나갔다. 그 가면 아래에는 동굴에서 나온 무언가가 있었다. 입술을 떨며 눈동자를 이리저리 굴리는 무언가. 아마도 처음부터 가면 아래에 있었을 것이다.

그들은 약 8킬로미터를 달려서 길가 상점과 주유소에 도착했다.

"들어가요." 리처즈가 말했다.

······마이너스 041, 계속된다······

"내려요."

"싫어요."

리처즈가 오른쪽 가슴에 총을 들이대자 어밀리아가 낮은 목소리로 사정했다. "하지 마세요. 제발."

"미안해요. 하지만 당신이 프리마돈나 놀이를 하고 있을 시간이 없어요. 내려요."

어밀리아는 차에서 내렸다. 리처즈도 그 뒤를 따라 내렸다.

"나를 부축해 줘요."

리처즈는 어밀리아의 어깨에 팔을 두르고, 얼음 자판기 옆에 있는 공중전화 부스를 총으로 가리켰다. 두 사람은 코미디쇼의 팀처럼 어기적거리며 부스 쪽으로 가기 시작했다. 리처즈는 괜찮은 발로 폴짝폴짝 뛰어서 갔다. 그는 피곤했다. 머릿속에선 차들이 충돌하고, 사람이 허뢰처럼 날아가고, 폭발하는 장면이 보였다. 그 장면들이 테이프가 반복해서 도는 것처럼 끊임없이 재생되었다.

나이가 들어 머리가 하얗고, 깡마른 다리엔 더러운 정육점 앞치마를 두른 주인이 나와서 걱정스러운 눈빛으로 두 사람을 응시했다.

"이봐요." 노인이 부드러운 말투로 말했다. "여기선 안 돼요. 가족이 있어요. 길 아래로 내려가세요. 제발 문제를 일으키지 마세요."

"안으로 들어가시오, 영감." 리처즈의 말대로 노인이 들어갔다.

리처즈는 어기적어기적 공중전화 부스 안으로 들어가, 입으로 거친 숨을 뱉으며 주머니를 뒤져 찾은 50센트를 동전 투입구에 집어넣었다. 그리고 한 손으로 총과 수화기를 붙잡고 0을 눌렀다.
"교환원, 어디 교환대요?"
"록랜드입니다."
"지역 언론사로 연결해 주시오."
"직접 거실 수 있습니다, 손님. 번호는⋯⋯."
"당신이 거시오."
"혹시 원하시면⋯⋯"
"그냥 걸어!"
"알겠습니다, 고객님." 교환원이 평온한 목소리로 대답했다. 리처즈의 귀에 딸깍거리는 소리가 들렸다. 그의 셔츠는 피에 젖어 지저분한 보라색으로 물들었다. 리처즈는 그 모습을 보지 않으려 고개를 돌렸다. 속이 울렁거렸다.
"록랜드 뉴스입니다." 리처즈의 귀에 목소리가 들렸다. "프리비 타블로이드 6943번입니다."
"난 벤저민 리처즈요."
한참 동안 침묵이 흐르더니 목소리가 들려왔다. "이봐, 이 벌레 같은 놈아. 나도 다른 사람들처럼 농담을 좋아하긴 하지만, 오늘은 정말 힘든 하루였⋯⋯."
"닥쳐. 내 말은 10분이면 확인할 수 있어. 경찰 무전을 들을 수 있다면 지금 바로 확인할 수 있을 거야."
"난⋯⋯ 잠깐만요." 상대방 쪽에서 수화기를 내려놓는 소리가 나고, 허겁지겁 달려가는 소리가 희미하게 들렸다. 수화기를 다시 드는 소리가 나더니, 딱딱하고 사무적인 말투이긴 했지만 흥분된 기운이 감도는 목소리가 들렸다.

"어디에 있나요, 친구? 메인주 동부의 경찰 절반이 방금 전에 시속 200킬로미터의 속도로…… 록랜드를 통과했습니다."

리처즈는 목을 길게 빼서 가게 위의 간판을 봤다. "1번 고속도로에 있는 길리스 타운 라인 스토어&에어스톱이라는 곳이야. 알겠어?"

"네, 뭐……."

"잘 들어, 이 벌레 같은 놈아. 내 인생 이야기를 하려고 전화한 게 아냐. 여기로 사진기자를 보내. 빨리. 그리고 이 소식을 방송으로 내보내. 긴급 속보로. 난 인질을 잡고 있어. 인질의 이름은 어밀리아 윌리엄스. 어디 사람이냐면……." 리처즈가 어밀리아를 바라봤다.

"팰머스." 어밀리아가 뚱한 목소리로 말했다.

"팰머스 사람이야. 안전하게 통과시켜 주지 않으면 여자를 죽일 거야."

"맙소사. 퓰리처상의 냄새가 나네!"

"아니, 그건 그냥 네가 바지에 지린 냄새야." 리처즈가 말했다. 머리가 어질어질한 느낌이 들었다. "소식을 알려. 내가 혼자가 아니라는 걸 모든 사람이 알고 있다는 사실을 메인주의 짭새들이 알았으면 좋겠어. 검문소에서 경찰 세 명이 우리를 날려 버리려 했어."

"경찰들은 어떻게 됐나요?"

"내가 죽였어."

"세 명 다요? 환장하겠네!" 수화기에서 떨어진 목소리가 멀리서 소리쳤다. "디키, 전국 케이블 열어!"

"경찰이 총을 쏘면 여자를 죽일 거야." 리처즈는 진지한 말투로 말하려 애쓰면서, 어렸을 때 TV에서 봤던 조폭 영화들을 떠올리려 노력했다. "여자를 구하고 싶거든 나를 통과시켜 주는 게 나을 거야."

"언제……."

리처즈는 전화를 끊고, 공중전화 부스에서 어기적거리며 나왔다.
"도와줘요."
어밀리아가 팔로 그를 감싸 잡다가 피를 보고 얼굴을 찡그렸다. "당신이 지금 무슨 짓을 하고 있는지 알긴 해요?"
"알고 있어요."
"이건 미친 짓이에요. 이러다간 당신 죽어요."
"북쪽으로 가요." 리처즈가 낮게 중얼거렸다. "그냥 북쪽으로 가요."
리처즈는 차에 몸을 밀어 넣고 숨을 거칠게 몰아쉬었다. 세상이 계속 오락가락했다. 귀에는 높은 불협화음의 음악이 요란하게 울렸다. 어밀리아가 차를 몰고 도로로 나갔다. 그녀의 맵시 좋은 초록색과 검은색 줄무늬의 블라우스에 리처즈의 피가 묻었다. 노인 길리가 방충망 문을 살짝 열고 매우 낡은 폴라로이드 카메라를 내밀었다. 노인이 셔터를 눌렀다. 그리고 필름을 뽑아 기다렸다. 노인의 얼굴에는 공포와 흥분, 기쁨이 가득했다.
멀리서 사이렌 소리가 점점 커지며 모여들었다.

······마이너스 040, 계속된다······

그들이 대략 8킬로미터쯤 달렸을 때, 사람들이 잔디밭으로 몰려나와 지나가는 그들을 바라보기 시작했다. 많은 사람들이 카메라를 들고 있어서, 리처즈가 긴장을 풀었다.

"검문소에서 경찰들은 이 차의 공기실 덮개를 쏘려던 거였어요." 어밀리아가 조용히 말했다. "그건 실수였어요. 그게 다예요. 실수."

"그놈이 공기실 덮개를 노리면서 우리 앞유리를 맞혔다면, 그 권총의 조준기는 최소 1미터는 높이 달아 놓은 거겠군요."

"실수였다니까요!"

차가 주택가로 들어섰다. 리처즈는 그곳이 록랜드일 거라고 짐작했다. 여름 별장들. 해변의 오두막들로 이어지는 비포장도로. 산들바람 여관. 사설 도로. 나와 패티 전용. 출입 금지. 엘리자베스의 안식처. 무단 침입자는 발포한다. 클라우드 하이. 5000볼트. 휴양지. 경비견 순찰 중.

나무 뒤에 숨어서 『이상한 나라의 앨리스』에 나오는 체셔 고양이처럼 그들을 바라보는 건강하지 못한 눈빛과 탐욕스러운 얼굴들. 깨진 유리창에서 들려오는 배터리로 작동하는 프리비의 시끄러운 소리.

사방이 미쳐서 날뛰는 기묘한 카니발 분위기가 풍겼다.

"이 사람들은 누군가가 피를 흘리는 모습을 보고 싶은 거예요. 피를 많이 흘릴수록 더 좋죠. 우리 둘 다 피를 흘리면 더 좋아할걸요. 그런 사실이 믿어져요?" 리처즈가 말했다.

"아니요."

"참 대단한 분이네요."

이발소에서 머리를 막 다듬은 단정한 은발의 노인이 무릎까지 내려오는 마드라스 반바지를 입고 도롯가로 달려 나왔다. 노인은 코브라 같은 망원 렌즈가 달린 커다란 카메라를 들고 있었다. 허리를 구부리고 몸을 살짝 낮춰서 미친 듯이 셔터를 눌러 댔다. 노인의 다리는 물고기 배처럼 허옇고 창백했다. 리처즈가 갑자기 웃음을 터트려 어밀리아가 깜짝 놀랐다.

"무슨……."

"저 노인네 렌즈 뚜껑을 안 열었어요. 아직도……." 리처즈는 계속 터져 나오는 웃음에 말을 잇지 못했다.

그들이 길고 완만한 언덕을 넘을 때는 길가에 차들이 빼곡하게 서 있었다. 곧 주택이 모여 있는 록랜드로 내려가기 시작했다. 아마 여기는 한때 그림 같은 해안 어촌 마을이었고, 윈슬로 호머의 그림에 등장하는 노란 비옷을 입은 사람들이 작은 배를 타고 약삭빠른 랍스터를 잡으러 나갔을 것이다. 혹시라도 정말로 그랬다면, 그 모습은 사라진 지 오래였다. 도로 양쪽에 거대한 쇼핑센터가 있었다. 중앙 도로에는 나이트클럽과 술집, 자동 슬롯머신 업소들이 줄지어 있었다. 언덕 위에는 깔끔한 중산층 주택들이 늘어서서 중앙 도로를 내려다보고 있었고, 고약한 냄새가 나는 해안가에는 점점 커져 가는 빈민가가 위쪽을 올려다보고 있었다. 수평선까지 펼쳐진 바다는 아직도 변함이 없었다. 늦은 오후 햇살을 받아 푸르고 영원히 반짝이며 점과 그물로 일렁였다.

그들이 언덕을 내려가기 시작했을 때, 도로 건너편에 경찰차 두 대가 서 있었다. 파란 경광등이 서로 엇박자로 미친 듯이 번쩍거렸다.

왼쪽의 둑에는 장갑차가 비스듬히 서서 짧고 뭉툭한 포신을 그들에게 겨누고 있었다.

"당신은 끝났어요." 어밀리아가 부드럽고 살짝 아쉬운 목소리로 말했다. "나도 죽어야 하나요?"

"검문소에서 50미터쯤 떨어진 곳에 차를 세우고, 당신이 해야 할 일을 해요." 리처즈가 말했다. 그리고 몸을 의자 깊숙이 파묻었다. 안면 근육이 신경질적으로 떨렸다.

어밀리아는 차를 세우고 문을 열었지만, 밖으로 몸을 내밀지 않았다. 사방이 죽은 듯 고요했다. '사람들이 죄다 입을 닫아 버렸나.' 리처즈가 속으로 빈정거렸다.

"무서워요." 어밀리아가 말했다. "제발요. 너무 무서워요."

"당신은 쏘지 않을 거예요. 사람들이 너무 많으니까. 사람들이 지켜보고 있을 때는 인질을 죽일 수 없어요. 그게 게임의 규칙이죠."

어밀리아가 그는 한참 동안 바라봤다. 리처즈는 갑자기 그녀와 함께 커피를 마시고 싶다는 생각이 들었다. 그는 어밀리아의 이야기에 귀를 기울이고, 뜨거운 커피에 진짜 크림을 넣어서 저을 것이다. 물론 계산은 그녀 몫이다. 그다음에는 사회적 불평등의 가능성, 고무장화를 신었을 때 항상 양말이 내려가는 이유, 성실함의 중요성 같은 문제를 이야기할 수 있을 것이다.

"계속해요, 윌리엄스 부인." 리처즈가 부드럽지만, 날카로운 냉소를 담아 말했다. "세상의 눈이 당신을 주목하고 있어요."

어밀리아가 밖으로 몸을 내밀었다.

그들 뒤로는 10여 미터 떨어진 곳에 경찰차 여섯 대와 장갑차 한 대가 멈춰 서서 퇴로를 막았다.

리처즈가 생각했다. '이제 탈출구는 천국으로 직행하는 길뿐이다.'

······마이너스 039, 계속된다······

 "제 이름은 어밀리아 윌리엄스예요. 벤저민 리처즈가 저를 인질로 잡고 있어요. 우리를 안전하게 통과시키지 않으면 저를 죽이겠대요."
 한참 동안 완전한 침묵이 흘렀다. 리처즈가 멀리서 울리는 요트의 경적 소리를 들을 수 있을 정도였다.
 그때 성별을 알 수 없는 증폭된 목소리가 울려 퍼졌다. "벤저민 리처즈와 이야기를 나누고 싶습니다."
 "안 돼요." 리처즈가 재빨리 말했다.
 "대화를 하지 않겠답니다."
 "차에서 내려오세요, 부인."
 "나를 죽일 거예요!" 어밀리아가 절규했다. "내 말 듣고 있어요? 저기에서 몇 명이 우리를 거의 죽일 뻔했어요! 리처즈는 여러분이 사람을 가리지 않고 죽인다고 했어요. 세상에, 이 사람 말이 맞나요?"
 군중 속에서 쉰 목소리가 외쳤다. "여자를 통과시켜라!"
 "차에서 내리지 않으면 발포하겠습니다."
 "여자를 통과시켜라! 여자를 통과시켜라!" 사람들이 킬볼 경기장의 열광적인 팬들처럼 구호를 따라 외쳤다.
 "차에서 내리······."
 사람들의 소리가 그 소리를 삼켜 버렸다. 어딘가에서 돌이 날아왔다. 경찰차의 앞유리가 그물처럼 쩍쩍 갈라졌다.
 갑자기 엔진 소리가 요란하게 울리더니, 순찰차 두 대가 서서히 벌어지며 좁은 도로에 틈이 생겼다. 사람들이 기쁨에 차서 환호했다. 그리고 곧 침묵하며 다음 상황을 기다렸다.

"모든 민간인은 즉시 이 지역을 떠나세요." 확성기가 반복해서 외쳤다. "총격이 발생할 수 있습니다. 모든 시민은 즉시 이 지역을 떠나십시오. 그렇지 않을 경우 공무집행방해 및 불법 집회 혐의로 기소될 수 있습니다. 공무집행방해 및 불법 집회를 할 경우엔 주 교도소 10년형 또는 1만 달러 벌금, 혹은 두 가지 형벌을 모두 받을 수 있습니다. 즉시 떠나세요. 즉시 떠나세요."

"그래, 너희가 저 여자를 쏘는 걸 아무도 못 보게 하려는 거지!" 흥분한 목소리가 소리쳤다. "짭새들 다 뒈져라!"

사람들은 움직이지 않았다. 노란색과 검은색으로 칠한 언론사 차량이 요란한 소리를 내며 멈췄다. 남자 둘이 뛰어내려 카메라를 설치하기 시작했다.

경찰 두 명이 달려와서 카메라를 빼앗으려고 짧고 격렬한 몸싸움을 펼쳤다. 결국 경찰 한 명이 카메라를 강제로 낚아채고 삼각대를 붙잡더니 길바닥에 내리쳐 부쉈다. 기자 한 명이 경찰에게 달려들다가 곤봉에 맞았다.

사람들 틈에서 작은 소년이 뛰어나와 경찰의 뒤통수에 돌을 던졌다. 경찰이 넘어지며 피가 도로에 튀었다. 대여섯 명의 경찰이 소년을 덮쳐서 끌고 갔다. 놀랍게도, 잘 차려입은 동네 주민들과 지저분한 빈민가 주민들 사이에 작고 격렬한 주먹다짐이 시작되고 있었다. 헤지고 색이 바랜 옷을 입은 여자가 통통한 중년 부인에게 갑자기 달려들어 머리채를 잡았다. 두 사람은 바닥에 둔탁하게 쓰러지더니, 아스팔트 위를 구르며 발로 차고 소리를 질러 댔다.

"세상에." 어밀리아가 질색하듯 말했다.

"무슨 일이에요?" 리처즈가 물었다. 그는 대시보드의 시계보다 높이 눈을 들지 못했다.

"싸움 났어요. 경찰이 사람들을 때려요. 누군가가 언론사의 카메라를 부쉈어요."

"리처즈, 항복하고 나와라."

"운전하세요." 리처즈가 부드럽게 말했다.

공기차가 덜컥거리며 앞으로 나아갔다. "경찰이 공기실 덮개를 쏠 거예요." 어밀리아가 말했다. "그리고 당신이 나올 수밖에 없을 때까지 기다릴걸요."

"안 그럴 거예요." 리처즈가 말했다.

"왜요?"

"짭새들은 너무 멍청하니까."

경찰들은 총을 쏘지 않았다.

그들은 줄지어 서 있는 경찰차와 눈을 휘둥그레 쳐다보는 구경꾼들 사이를 천천히 지나갔다. 구경꾼들은 무의식적으로 두 집단으로 나뉘어졌다. 도로 한쪽에는 중상류층의 시민들이 있었다. 미용실에서 머리를 꾸민 여자들, 애로우 셔츠와 로퍼를 신은 남자들, 등에 회사 이름이 적힌 작업복을 입고 가슴 주머니 위에 금실로 자신의 이름을 수놓은 남자들, 어밀리아 윌리엄스처럼 시장과 상점에 갈 옷차림을 한 여자들이 있었다. 그들의 얼굴은 모든 면에서 서로 달랐지만, 한 가지 공통점이 있었다. 눈동자를 그리지 않은 그림이나 작은 조각이 빠진 직소 퍼즐처럼 이상하게 불완전해 보였다. 리처즈는 그게 절박함이 부족해서라고 생각했다. 그들의 뱃속에서는 늑대가 울부짖지 않았다. 이 사람들의 머릿속은 말도 안 되는 미친 꿈이나 광적인 희망으로 가득 차 있지 않았다.

이 사람들은 도로 오른쪽에 있었다. 그들이 방금 지나친 복합 선착장과 컨트리클럽을 마주하고 있는 쪽이었다.

그 반대편, 도로의 왼쪽에는 가난한 사람들이 있었다.

터진 실핏줄로 벌겋게 부은 코, 납작하고 처진 가슴, 엉킨 머리카락, 하얀 양말, 입술 포진, 여드름, 멍하니 헤벌린 바보 같은 입.

경찰은 이쪽에 더 많이 배치되었고, 계속 더 많은 경찰이 도착하고 있었다. 리처즈는 자신이 갑자스럽게 등장했는데도 경찰이 신속하고 강력하게 대응하는 것에 놀라지 않았다. 여기처럼 미국의 산간 벽지에도 곤봉과 총은 손이 쉽게 닿는 곳에 있었다. 개들은 우리에서 굶주린 채로 지냈다. 가난한 사람들은 가을과 겨울에 문을 닫는 여름 별장에 침입했다. 가난한 사람들은 가게 창문에 맞춤법이 틀린 욕설을 비누로 끄적였다. 가난한 사람들은 항상 엉덩이가 근질거렸고, 노가하이드 소파와 크롬 장식과 200달러짜리 정장과 불룩한 배를 보면 입에 분노의 침이 가득 고였다. 그래서 가난한 사람들은 자신들만의 잭 존슨, 무하마드 알리, 클라이드 배로를 가질 수밖에 없다. 그들이 서서 지켜봤다.

'오른쪽은 여름 별장에 온 모양이네.' 리처즈는 그렇게 짐작했다. 뚱뚱하고 헐렁한 옷을 입고 있었지만, 사회적 보호막은 튼튼했다. 왼쪽에는 체중이 60킬로그램밖에 안 나가지만, 성질이 고약하며 눈알을 사납게 굴리는 험상궂은 도전자들이 있었다. 그들은 굶주린 백인들이었다. 이들은 살라미 한 덩어리를 얻기 위해서라면 예수라도 때려눕힐 사람들이었다. 부의 양극화가 이 시골 구석까지 미친 것이다. 하지만 양쪽 다 위험한 사람들이다. 그들은 링 안에서만 싸우지 않는다. 기회만 되면 링 밖에서도 얼마든지 싸울 사람들이었다. 저 둘에게 던져 줄 희생양 한 놈, 어디 없나?

벤저민 리처즈는 천천히 시속 50킬로미터의 속도로 그들 사이를 지나갔다.

······마이너스 038, 계속된다······

한 시간이 흘렀다. 오후 4시였다. 그림자가 도로를 가로지르며 기어갔다.

리처즈는 눈에 띄지 않게 의자에 몸을 웅크린 채 의식을 잃었다가 되찾기를 반복했다. 그는 새롭게 생긴 상처를 살펴보기 위해 바지에서 셔츠를 어설프게 빼냈다. 총알이 옆구리에 깊고 흉측한 구멍을 파놓아서 피가 상당히 많이 흘렀다. 피는 이제 응고되긴 했지만, 제대로 멈춘 것은 아니었다. 다시 몸을 급히 움직이면 상처가 벌어지며 더 많은 피를 흘릴 것이다. 상관없었다. 어차피 놈들은 그를 폭파시킬 것이다. 이 엄청난 무기들 앞에서 리처즈의 계획은 웃음거리밖에 되지 못했다. 그래도 그는 계획대로 밀고 나갈 것이다. '사고'가 터지고, 공기차가 구부러진 볼트와 금속 파편으로 날아갈 때까지 빈 부분을 채워 나갈 것이다.("······끔찍한 사고······ 경찰은 전면적인 조사를 마칠 때까지 직무 정지······ 무고한 희생에 깊은 유감을······." 이 모든 일은 마지막 뉴스 프로그램에서 주식 시장 보도와 교황의 최신 담화 사이에 묻혀 버릴 것이다.) 하지만 이것은 그저 반사적인 행동일 뿐이었다. 리처즈는 어밀리아 윌리엄스에 대한 걱정이 점점 커졌다. 그녀가 했던 가장 큰 잘못은 수요일 아침에 장을 보러 나온 것이었다.

"저기에 탱크가 있어요." 어밀리아가 갑자기 말했다. 그녀의 목소리는 가볍고, 수다스럽고, 신경질적이었다. "이게 말이나 돼요? 어떻게······." 그녀가 울기 시작했다.

리처즈가 기다렸다. 이윽고 그가 말했다. "여기가 어디예요?"
"윈, 윈터보트요. 표지판에 그, 그렇게 쓰여 있어요. 아, 못 하겠어요! 저 사람들이 저러는 걸 가만히 앉아서 못 기다리겠어요. 난 못 해!"
"알았어요."
어밀리아가 천천히 눈을 깜빡이더니, 정신을 가다듬으려는 듯 머리를 살짝 흔들었다. "뭐라고요?"
"차를 세우고 내려요."
"하지만 경찰이 당신을 죽일……."
"그래요. 하지만 더 이상 피는 안 볼 겁니다. 당신은 피를 보지 않아도 돼요. 저기에 있는 화력이면 나와 차를 증발시켜 버릴 테니까."
"거짓말이죠. 날 죽이려는 거잖아요."
권총은 리처즈의 무릎 사이에서 대롱거리고 있었다. 그가 총을 바닥에 떨어트렸다. 총이 고무 매트 위로 맥없이 툭 소리를 내며 떨어졌다.
"대마초가 필요해." 어밀리아가 무의식적으로 말했다. "아, 맙소사, 취하고 싶어. 당신은 왜 다음 차까지 기다리지 않았어요? 젠장! 젠장!"
리처즈가 웃기 시작했다. 옆구리가 아직도 아팠지만, 쌕쌕 가쁘게 얕은 숨을 쉬면서 웃었다. 그는 눈을 감고 눈꺼풀 아래로 눈물이 배어 나올 때까지 웃었다.
"앞유리가 깨져서 추워요." 어밀리아가 생뚱스레 말했다. "히터를 켜요."
늦은 오후의 그림자 속에서 그녀의 얼굴은 흐릿한 얼룩처럼 보였다.

……마이너스 037, 계속된다……

"데리예요." 어밀리아가 말했다.

거리에 사람들이 까맣게 몰려들었다. 그들은 옥상 난간으로 몸을 내밀거나 여름 가구를 치운 발코니와 베란다에 앉아서 매끈한 통에 담긴 샌드위치와 프라이드치킨을 먹고 있었다.

"제트 공항 표지판이 있나요?"

"네. 그 표지판을 따라가고 있어요. 경찰들이 곧 문을 닫겠죠."

"짭새들이 문을 막으면, 난 한 번 더 당신을 죽이겠다고 협박할 거예요."

"비행기를 납치할 건가요?"

"시도해 볼 생각이에요."

"안 될걸요."

"당신 말이 맞겠죠."

그들은 오른쪽으로, 그리고 다시 왼쪽으로 돌았다. 확성기가 단조로운 목소리로 군중들을 향해 뒤로 물러나라고, 해산하라고 소리쳤다.

"그 여자가 정말로 당신의 아내인가요? 사진으로 나온 그 여자?"

"그래요. 아내 이름은 실라예요. 우리 딸 캐서린은 한 살 반이고. 독감에 걸렸죠. 지금은 괜찮을 거예요. 그걸 위해 내가 이 게임에 참가한 거니까."

헬리콥터가 윙윙거리고 지나가며 도로 앞쪽에 거대한 거미 그림자를 드리웠다. 엄청나게 증폭된 스피커의 목소리가 리처즈에게 여자를 놓아 달라고 요구했다. 헬리콥터가 떠나고 다시 대화가 가능해지자, 어밀리아가 말했다.

"당신의 아내는 마치 싸구려 창부처럼 보였어요. 관리 좀 해야 할 것 같아요."

"그 사진은 조작됐어요." 리처즈가 무미건조하게 말했다.

"네트워크가 조작했다고요?"

"네트워크가 조작했죠."

"제트 공항이에요. 거의 다 도착했어요."

"문이 닫혀 있나요?"

"안 보여요······. 잠시만······. 문은 열려 있는데 막았어요. 탱크가 있어요. 우리 쪽을 겨누고 있네요."

"10미터 앞까지 접근한 후 멈추세요."

차는 주차된 경찰차들 사이로 사람들이 끊임없이 외치는 소리와 웅성거리는 소리를 뚫고 4차선 진입로를 따라 천천히 갔다. 그들의 머리 위로 표지판이 나타났다. '보이트 비행장.' 도로 양쪽으로 습지 같은 쓸모없는 벌판을 가로지르는 전기 철망 울타리가 보였다. 정면에는 교통섬 위에 안내소 겸 체크인 부스가 있었다. 그 너머의 비행장 정문은 1/4메가톤 탄두를 발사할 수 있는 A-62 탱크가 가로막고 있었다. 더 멀리에는 도로와 주차장들이 어지럽게 있었고, 모든 도로는 활주로를 가리고 있는 복잡한 제트 공항 터미널로 이어졌다. H. G. 웰스의 『우주 전쟁』에 나오는 화성인처럼 생긴 거대한 관제탑이 그 모든 광경을 압도했다. 서쪽 하늘로 기울어지는 햇살이 관제탑의 편광된 창문에 반사되어 불꽃처럼 이글거렸다. 직원들과 승객들이 가장 가까운 주차장으로 몰려가자, 더 많은 숫자의 경찰이 이들을 저지했다. 박동하듯 묵직하게 윙윙거리는 소리가 들렸다. 본관 뒤쪽의 활주로에서 철회색의 록히드/제너럴 아토믹스 슈퍼버드 한 대가 단호하고 강력하게 이륙하는 모습이 어밀리아의 눈에 들어왔다.

"벤저민 리처즈!"

어밀리아가 깜짝 놀라 겁먹은 얼굴로 리처즈를 바라봤다. 리처즈는 무심하게 손을 흔들었다. '괜찮아요, 엄마. 그냥 내가 죽는 것뿐이야.'

"당신은 안으로 들어갈 수 없다." 거대하게 증폭된 목소리가 경고했다. "여자를 놓아줘. 차에서 내려."

"이제 어떡하죠?" 어밀리아가 물었다. "완전히 막혔어요. 저들은 그냥 기다릴 거예요……."

"저놈들을 좀 더 몰아붙여야겠어요. 아마 저놈들은 좀 더 허세를 부릴 거예요. 몸을 내밀고 말하세요. 내가 다쳐서 반쯤 미쳤다고 해요. 내가 항공 경찰에 항복하고 싶어 한다고요."

"뭘 하려는 거예요?"

"항공 경찰은 주 정부나 연방 정부 소속이 아니에요. 1995년 UN 조약 이후로 국제기관이 되었죠. 예전에 항공 경찰에 항복하면 사면될 수도 있다는 소문이 있었어요. 마치 모노폴리 게임에서 무료 파킹에 내린 것 같은 거죠. 물론 말도 안 되는 헛소리예요. 놈들은 당신을 사냥꾼들에게 넘겨주고, 사냥꾼들은 당신을 헛간 뒤로 끌고 갈 거예요."

어밀리아가 얼굴을 찡그렸다.

"그렇지만 경찰은 내가 그 말을 믿는다고 생각할지도 몰라요. 아니면 내가 멍청하게 그 말을 믿고 싶어 한다거나. 저놈들에게 말해요."

어밀리아가 차 밖으로 몸을 내밀었고, 리처즈는 긴장했다. 만일 놈들이 어밀리아를 제거하는 '불행한 사고'를 일으킨다면 바로 지금이 기회일 것이다. 그녀의 머리와 상반신이 수천 개의 총구에 명확하고 깔끔하게 노출되어 있었다. 한 명만 방아쇠를 당긴다면 이 모든 희극은 순식간에 막을 내리게 된다.

"벤저민 리처즈가 항공 경찰에 항복하고 싶답니다!" 어밀리아가 울부짖었다. "이 사람은 총을 두 군데나 맞았어요." 그녀는 어깨 너머로 겁에 질린 눈으로 힐끗 쳐다보며, 제트기가 이륙한 후 생긴 갑작스러운 고요함 속에서 높고 갈라진 목소리로 말했다. "반쯤 정신이 나갔고, 난 너무 무서워요……. 제발…… 제발…… 제발요!"

카메라들이 이 모든 상황을 촬영하고 생중계로 보내고 있어서, 몇 분 안에 북미와 세계의 절반에 방송될 것이다. 좋은 일이었다. 그거면 충분했다. 리처즈는 다시 팔다리가 긴장으로 굳어지는 것을 느꼈고, 다시 희망이 생기기 시작했다고 생각했다.

잠시 침묵이 흘렀다. 체크인 부스 뒤에서 회의가 진행되고 있었다. "아주 잘했어요." 리처즈가 부드럽게 말했다.

어밀리아가 리처즈를 바라보며 말했다. "내가 지금 억지로 겁에 질린 척하는 것 같아요? 당신이 어떻게 생각하든 우리는 한편이 아니에요. 난 당신이 사라지기만을 바랄 뿐이라고요."

리처즈는 피로 얼룩진 검은색과 초록색의 블라우스로 덮여 있는 그녀의 가슴이 얼마나 완벽한지 처음으로 깨달았다. 너무도 완벽하고 사랑스러웠다.

갑작스럽게 갈아엎는 듯한 굉음이 울리자 어밀리아가 비명을 질렀다.

"탱크예요. 괜찮아요. 그냥 탱크 소리예요." 리처즈가 말했다.

"움직이고 있어요. 저들이 우릴 들여보내려나 봐요."

"리처즈! 16번 주차장으로 가라! 항공 경찰이 그곳에서 당신을 체포할 것이다!"

"좋았어." 리처즈가 힘없이 말했다. "계속 가요. 정문 안으로 800미터쯤 들어가서 멈추세요."

"당신 때문에 죽겠어요." 어밀리아가 절망적으로 말했다. "난 화장실만 가면 되는데, 당신 때문에 죽게 생겼어요."

공기차가 10센티미터 정도 떠올라 부드럽게 앞으로 미끄러졌다. 리처즈는 매복을 예상하고 몸을 웅크린 채 정문을 통과했지만, 아무도 없었다. 매끄러운 아스팔트 도로는 본관을 향해 완만하게 굽어 있었다. 화살표가 그려진 표지판이 이 도로가 16~20번 주차장으로 가는 길이라고 알려 주었다. 여기에는 경찰들이 노란 바리케이드 뒤에 서 있거나 무릎을 꿇고 있었다.

리처즈는 조금이라도 의심스럽게 움직이면 경찰들이 공기차를 산산이 날려 버릴 것이라는 사실을 알고 있었다.

"이제 멈춰요." 리처즈가 말했다. 어밀리아가 차를 멈췄다.

반응은 즉각적이었다. "리처즈! 16번 주차장으로 즉시 이동하라!"

"확성기를 하나 달라고 해요." 리처즈가 어밀리아에게 부드럽게 말했다. "20미터 앞 도로에 놔두라고 하세요. 내가 저들과 이야기하고 싶어요."

어밀리아가 그의 메시지를 외친 후 기다렸다. 잠시 후, 파란 제복을 입은 남자가 빠른 걸음으로 도로로 달려 나와 전자 확성기를 도로 위에 내려 두었다. 경찰은 그 자리에 잠시 서 있었다. 아마도 지금 자신의 모습을 5억 명의 사람들이 보고 있을 거라는 사실을 음미하는 듯했다. 그리고 곧 바리케이드 뒤에 있는 익명의 경찰들 속으로 다시 물러났다.

"가세요." 리처즈가 말했다.

그들은 확성기 쪽으로 조심스럽게 다가갔다. 그리고 운전석의 문이 확성기와 수평이 되자, 어밀리아가 문을 열어 확성기를 차 안으로 당겼다. 빨간색과 하얀색이 칠해진 확성기였다. 번개 모양 위에 제너럴 아토믹스를 상징하는 G와 A라는 글자가 음각으로 새겨져 있었다.

"좋아요. 본관 건물까지는 얼마나 남았죠?"

어밀리아가 눈을 가늘게 뜨며 말했다. "아마 400미터 정도일 거예요."

"16번 주차장까지는 얼마나 남았어요?"

"그 절반 정도요."

"좋아. 좋았어요. 그래." 리처즈는 자신이 무의식적으로 입술을 깨물고 있다는 사실을 깨닫고 그만하려 노력했다. 머리가 아팠고, 아드레날린으로 몸 전체가 아팠다. "계속 가요. 16번 주차장 입구로 가서 멈춰요."

"그다음에는 어떡하게요?"

리처즈가 굳은 얼굴로 쓸쓸하게 미소를 지었다. "거기에서 '리처즈의 마지막 항전'이 벌어질 거예요."

······마이너스 036, 계속된다······

어밀리아가 주차장 입구에 차를 세우자, 그 즉시 빠르게 반응이 왔다. "계속 움직여." 확성기가 재촉했다. "항공 경찰이 안에 있다. 요구했던 대로."

리처즈가 처음으로 확성기를 들었다. "10분. 생각할 시간이 필요해."

다시 침묵이 흘렀다.

"당신이 저쪽을 자극하고 있는 거 몰라요?" 어밀리아가 어색하고 감정을 억제한 목소리로 리처즈에게 물었다.

리처즈는 고압의 증기가 주전자에서 빠져나갈 때처럼 짜내는 듯한 소리로 괴상하게 웃었다. "저들은 내가 자신들을 엿 먹일 준비를 하고 있다는 걸 알고 있어요. 내가 어떻게 할지는 모르겠지만."

"그게 되겠어요? 아직도 모르겠어요?"

"아마 할 수 있을 거예요." 리처즈가 대답했다.

……마이너스 035, 계속된다……

"잘 들어요. 게임이 처음 시작되었을 때, 사람들은 이 게임이 세계에서 가장 훌륭한 오락이라고 말했어요. 그전에는 이런 게임이 없었으니까. 하지만 그렇게 독창적인 것은 아니었죠. 로마 시대에도 검투사들이 똑같은 일을 했었잖아요. 또 다른 게임도 있어요. 포커. 포커에서 가장 높은 패는 '스페이드 로열 스트레이트 플러시'예요. 그리고 가장 힘든 포커는 '파이브 카드 스터드'죠. 테이블에 카드 네 장을 공개하고, 한 장은 홀카드로 뒤집어 놓아요. 동전만 걸면 누구든 게임에 참여할 수 있죠. 다른 사람의 홀카드를 보려면 50센트 정도만으로도 가능하지만, 판돈이 올라가기 시작하면 홀카드가 점점 커 보이기 시작해요. 베팅이 열두 번 쌓여서 평생 모은 돈과 차, 집까지 걸면, 그 홀카드는 에베레스트보다 커지죠. 「러닝 맨」도 그거랑 비슷해요. 다만 나에겐 베팅할 돈이 없고, 놈들에겐 인력과 화력과 시간도 있다는 차이가 있죠. 우리는 놈들의 카지노에서 놈들의 카드와 놈들의 칩을 가지고 게임을 하고 있어요. 내가 잡히면 게임을 접어야 하는 거예요. 하지만 어쩌면 내가 게임판을 살짝 조작했을 수도 있어요. 록랜드의 언론사에 전화를 걸었잖아요. 언론사가 내 스페이드10이었죠. 사람들이 모두 지켜보도록 했기 때문에, 저놈들은 나를 안전하게 통과시킬 수밖에 없었어요. 첫 번째 검문소 이후로는 나를 깔끔하게 처리할 기회가 없었어요. 네트워크가 가진 힘의 근원이 바로 프리비이니, 이 상황이 웃기지 않나요? 프리비에 나오면, 그게 바로 진실이 되어 버리거든요. 그래서 경찰이 내 인질, 즉 부유한 중산층 여성을 살해하는 모습을 전국의 사람들이 보게 되면, 그 사실을 믿을 수밖에 없어요. 저들은 그런 위험을 감수할 수 없죠. 이 체제는 이미 신뢰를 너무 많이 잃은 상태로 힘겹게 돌아가고 있으니까. 재미있지 않나요? 나와 같은 사람들이 여기에 있어요. 이미 도로에서 문제가 터졌고. 경찰과 사냥꾼들이 우리에게 총을 겨누면, 골치 아픈 일이 벌어질 거예요. 어떤 남자가 나에게 나와 같은 사람들과 가까이 붙어 있으라고 했었어요. 그 사람은 자기가 얼마나 맞는 말을 했는지 잘 몰랐을 거예요. 저들이 나를 저렇게 조심스럽게 다루는 이유 중 하나는 나와 같은 사람들이 여기에 있기 때문이에요."

리처즈가 계속 말을 이었다.

"나와 같은 사람들, 이들이 내 스페이드 잭이에요.

퀸, 이 사건의 퀸은 당신이죠.

나는 킹이에요. 검을 든 스페이드 킹.

이게 나의 공개된 카드예요. 미디어와 진짜로 문제가 터질 가능성, 당신, 나. 이것들만으로는 아무것도 아니죠. 상대방에 페어만 나와도 깨지는 패예요. 스페이드 에이스가 없다면 그저 쓰레기 패일 뿐이죠. 하지만 에이스가 있다면, 무적이 됩니다."

리처즈가 갑자기 어밀리아의 핸드백을 집어 들었다. 가느다란 은색 사슬이 달린 모조 악어가죽 클러치백이었다. 리처즈는 핸드백을 자신의 코트 주머니에 욱여넣었다. 주머니가 불룩하게 부풀었다.

"나에겐 에이스가 없어요." 리처즈가 부드럽게 말했다. "조금 더 미리 생각했더라면, 가질 수 있었겠지만, 나에겐 저놈들이 못 보는 홀카드가 있죠. 그래서 뻥카를 날릴 생각이에요."

"당신에겐 기회가 없어요." 어밀리아가 힘없이 말했다. "내 가방으로 뭘 할 수 있겠어요? 립스틱으로 저들을 쏠 건가요?"
"놈들은 오랫동안 부정한 게임을 해 왔기 때문에, 게임을 접을 거예요. 난 저놈들이 하나부터 열까지 완벽한 겁쟁이들이라고 생각해요."
"리처즈! 10분이 지났다!"
리처즈가 확성기를 입에 댔다.

······마이너스 034, 계속된다······

"내 말 잘 들어!" 리처즈의 목소리가 넓게 펼쳐진 제트 공항을 가로질러 울려 퍼졌다. 경찰은 긴장한 얼굴로 이어질 말을 기다렸다. 군중이 웅성거렸다. "내 코트 주머니에는 다이나코어 고성능 플라스틱 폭약 5킬로그램이 들어 있다. 일명 '블랙 아이리시'. 5킬로그램이면 반경 500미터 안의 모든 물건과 사람들을 날려 버리기에 충분하다. 아마 이 공항의 연료 저장 탱크까지 폭발시킬 수 있을 것이다. 내 지시 사항들을 한 치라도 어기면, 당신들을 모두 지옥으로 보내 버릴 것이다. 폭약에는 제너럴 아토믹스 격발 링이 달려 있다. 나는 그 링을 반쯤 당겨 놓았다. 조금만 흔들려도 다들 다리 사이에 머리를 처박고 엉덩이에 마지막 작별 인사를 해야 할 거야."

군중 속에서 비명이 터져 나오고, 갑자기 사람들이 파도처럼 움직였다. 바리케이드에 서 있던 경찰들은 막아야 할 사람들이 사라졌다는 사실을 깨달았다. 남자들과 여자들이 도로와 들판을 가로질러 달려갔고, 정문으로 쏟아져 나가고, 제트 공항 주변의 철망 울타리를 기어 올라갔다. 사람들은 공황 상태에 빠져서 멍하고 절박한 얼굴이었다.

경찰도 불안하게 이리저리 서성였다. 어밀리아 윌리엄스가 본 어떤 얼굴에서도 불신의 기색이 보이지 않았다.

"리처즈?" 웅장한 목소리가 울려 퍼졌다. "그건 거짓말이다. 차에서 내려."

"나가겠다." 리처즈도 큰 소리로 답했다. "하지만 그 전에 요구할 게 있다. 연료를 완전히 채우고 비행 준비를 갖춘 제트기를 원한다. 승무원은 최소 인원으로 구성하라. 제트기는 록히드/제너럴 아토믹스 또는 델타 초음속 기종이어야 한다. 비행 가능 범위는 최소 3200킬로미터는 되어야 한다. 90분 내로 준비해."

카메라가 쉴 새 없이 돌아가고 플래시가 번쩍거리며 터졌다. 언론사 사람들도 불안해 보였다. 하지만 5억 명의 시청자들이 만들어 내는 정신적 압박도 당연히 무시할 수 없었다. 그들은 실재했다. 이 직업도 실재했다. 그렇지만 리처즈가 말하는 5킬로그램짜리 블랙 아이리시는 어쩌면 그의 놀라운 범죄적 사고방식이 만들어 낸 허구일지도 모른다.

"리처즈?" 쌀쌀한 가을 날씨에도 어깨까지 소매를 걷어붙인 흰 셔츠에 검은색 바지를 입은 남자가 16번 주차장에서 50미터쯤 떨어진 곳에 주차된, 별도의 표지가 없는 위장용 경찰차들 뒤에서 걸어 나왔다. 남자는 리처즈보다 훨씬 큰 확성기를 들고 있었다. 이 거리에서 어밀리아는 그가 작은 안경을 쓰고 있다는 정도만 겨우 알아볼 수 있었다. 안경이 저무는 햇살을 받아 반짝거렸다.

"나는 에번 매콘이다."

리처즈는 물론 그 이름을 알고 있었다. 그 이름이 리처즈의 가슴에 공포를 불러일으키는 게 당연했다. 그리고 리처즈는 자신에게 공포가 엄습했다는 사실을 알아채고도 놀라지 않았다. 에번 매콘은 수석 사냥꾼이었다. 리처즈는 이자가 악명 높은 FBI 초대국장 J. 에드거 후버와 나치의 친위대장 하인리히 힘러의 직계 후손이라고 생각했다. 그는 네트워크의 음극 장갑* 안에 들어 있는 강철의 화신이며 부기맨

---

* 마블 코믹스 유니버스에서 악당 캐릭터 중 한 명인 타가르 백작이 에너지를 발사하는 무기.

이고, 나쁜 짓을 한 아이들을 겁줄 때 쓰는 이름이었다. "조니, 성냥으로 계속 장난치면, 에번 매콘이 네 옷장에서 나올 거야."

꿈에서 들었던 목소리가 얼핏 기억났다. '네가 그놈이지, 꼬마야?'

"거짓말하지 마, 리처즈. 우린 알고 있다. 제너럴 아토믹스 등급이 없는 사람은 다이나코어를 구할 수 없어. 여자를 놓아주고 나와라. 그 여자까지 죽이고 싶지는 않다."

어밀리아가 불쾌하게 식식거리는 소리를 약하게 냈다.

리처즈가 확성기로 외쳤다. "부자 동네에서나 그러지, 꼬마야. 거리에서는 두 블록마다 현금만 있으면 다이나코어를 살 수 있다. 그래서 샀지. 게임사의 돈으로. 당신에겐 이제 86분 남았다."

"거래는 안 해."

"매콘?"

"그래."

"지금 여자를 내보내겠다. 이 여자는 폭탄을 봤다." 어밀리아가 겁에 질려 경악하는 얼굴로 리처즈를 바라봤다. "그동안 서두르는 게 좋을 거다. 85분 남았다. 뻥 치는 거 아니다. 이 머저리 같은 놈아. 한 발이면 전부 달나라로 가는 거야."

"안 돼요." 어밀리아가 속삭였다. 그녀는 놀라서 입을 멍하니 벌리고 있었다. "내가 당신을 위해 거짓말을 해 줄 거라고 믿는 건 아니죠?"

"안 그러면 난 죽어요. 난 총에 맞고 발목도 부러지고 거의 의식이 없는 상태라서 무슨 말을 하고 있는지도 잘 모르겠어요. 하지만 이러나저러나 이게 최선이라는 건 알고 있어요. 설명을 들어 보겠어요? 다이나코어는 하얀색이고 단단하며, 만지면 약간 기름기가 느껴져요. 그게……."

"싫어요, 싫어! 싫다고!" 어밀리아가 양손으로 귀를 틀어막았다.

"아이보리 비누처럼 생겼죠. 다만 훨씬 밀도가 높아요. 이제 격발 링에 대해 말해 줄게요. 그건……."

어밀리아가 훌쩍이기 시작했다. "못 하겠어요. 모르겠어요? 내겐 시민으로서의 의무가 있어요. 양심도 있고요. 내가……."

"알아요. 당신이 거짓말하는 걸 놈들이 알아챌지도 모르죠." 리처즈가 건조하게 덧붙였다. "하지만 놈들은 알아채지 못할 거예요. 당신이 나를 도와준다면, 저놈들은 무너져 내릴 거예요. 난 거대한 새처럼 날아갈 거고요."

"못 해요!"

"리처즈! 여자를 내보내!"

"격발 링은 금으로 되어 있어요." 리처즈가 계속 말했다. "지름은 약 5센티미터 정도고요. 열쇠가 달리지 않은 열쇠고리처럼 생겼죠. 그 고리에 샤프펜슬 같은 가느다란 막대가 붙어 있고, 막대에 제너럴 아토믹스 기폭 장치가 달려 있어요. 기폭 장치는 연필 지우개처럼 생겼죠."

어밀리아가 몸을 앞뒤로 흔들며 낮게 신음 소리를 냈다. 그녀는 양손을 뺨에 대고, 밀가루 반죽처럼 살을 비틀고 있었다.

"내가 반쯤 당겼다고 말했어요. 폭약의 표면 바로 위로 막대의 작은 눈금 하나가 보인다는 뜻이죠. 무슨 말인지 알겠어요?"

대답이 없었다. 어밀리아는 흐느끼고 신음하며 몸을 흔들 뿐이었다.

"물론 알아들었을 거예요." 리처즈가 부드럽게 말했다. "당신은 똑똑한 여자잖아요?"

"난 거짓말 안 할 거예요."

"그들이 당신에게 다른 걸 물어보면 아무것도 모른다고 해요. 아무것도 못 봤다고 해요. 당신은 너무 겁에 질려 있었던 거예요. 한 가지만 빼고. 난 첫 번째 검문소를 지난 후부터 그 링을 잡고 있었던 거예요. 당신은 그게 뭔지 몰랐지만, 내가 손에 쥐고 있었어요."

"차라리 지금 날 죽여 버리는 게 나을 거예요."

"가세요." 리처즈가 말했다. "내려요."

어밀리아가 부들부들 떨며 리처즈를 바라보고 입술을 달싹거렸다. 눈은 캄캄한 동굴 같았다. 한쪽 귀에서 다른 쪽 귀까지 덮는 랩어라운드 선글라스를 쓴 멋지고 당당한 여자는 온데간데없었다. 리처즈는 그 여자가 다시 돌아올 수 있을지 궁금했다. 그렇지 않을 것이다. 다시 그전처럼 완벽한 모습으로는 돌아오지 못할 것이다.

"가세요." 리처즈가 말했다. "가라고요."

"나……난…… 아, 맙소사……."

어밀리아가 돌진하듯 문에 부딪히며 반쯤은 튀어 나가고 반쯤은 굴러떨어지듯 차에서 내렸다. 그녀는 즉시 몸을 일으켜 달리기 시작했다. 머리카락이 뒤로 흩날렸다. 그녀는 매우 아름다워 보였다. 거의 여신 같았다. 어밀리아는 백만 개의 플래시가 터지는 미지근한 별빛 속으로 뛰어들었다.

카빈총들이 번쩍거리며 들렸지만, 군중이 그녀를 둘러싸자 다시 내려졌다. 리처즈는 운전석 창문 너머로 고개를 살짝 들어 밖을 엿보려 했지만, 아무것도 보이지 않았다.

리처즈는 다시 몸을 구부리고, 시계를 보며 파멸의 순간을 기다렸다.

······마이너스 033, 계속된다······

리처즈 시계의 빨간 초침이 두 바퀴를 돌았다. 또 두 바퀴. 또 두 바퀴.

"리처즈!"

리처즈가 확성기를 입에 대고 말했다. "79분 남았다, 매콘."

끝까지 밀어붙이는 거다. 그게 유일한 방법이었다. 매콘이 사격 명령을 내리는 그 순간까지. 금방 끝날 것이다. 그리고 이제는 사실 그리 대단한 문제로도 느껴지지 않았다.

긴 망설임과 끝없는 침묵 끝에 "시간이 더 필요하다. 최소 세 시간. 이 비행장에는 록히드/제너럴 아토믹스나 델타가 없어서 공수해야 한다."

어밀리아가 해냈다. '아, 놀라운 은총이여.' 그녀는 심연 속을 들여다보고, 그 심연을 가로질러 건너갔다. 안전망도 없고, 돌아갈 길도 없이. 놀라웠다. 물론 저들이 어밀리아의 말을 믿을 리 없었다. 누구의 말도 믿지 않는 게 저들의 일이니까. 지금 이 순간 그녀는 공항 터미널의 비밀 방으로 끌려갔을 것이다. 그 방에는 매콘이 직접 선발한 심문관 대여섯 명이 기다리고 있었을 테고. 그들이 방에 도착하면 지루한 설명이 시작되었을 것이다. '당연히 당황하셨을 겁니다, 윌리엄스 부인. 하지만 기록을 위해서⋯⋯ 이 부분을 한 번만 더 설명⋯⋯ 여기 사소한 부분이 이해가 안 되는데⋯⋯ 혹시 그 반대 아니었나요⋯⋯ 어떻게 아셨죠⋯⋯ 왜요⋯⋯ 그때 리처즈가 뭐라고 했나요⋯⋯.'

따라서 그들에게 최선의 수는 시간을 버는 것이었다. 리처즈에게 이런저런 핑계를 대며 시간을 끌어야 했다. 연료 문제가 발생했다. 시간이 더 필요하다. 제트 공항에 승무원이 없다. 시간이 더 필요하다. 0-7 활주로 위에 비행접시가 나타났다. 시간이 더 필요하다. 그리고 아직 어밀리아를 설득하지 못했다. 아직 그녀로부터 당신의 고성능 폭탄이 온갖 휴지와 동전, 화장품, 신용카드로 가득 찬 악어가죽 핸드백이라는 자백을 받아 내지 못했다. 시간이 더 필요하다.

우리는 아직 당신을 죽이지 못했다. 시간이 더 필요하다.

"리처즈?"

"잘 들어." 리처즈가 확성기로 말했다. "75분 남았다. 그 후에는 다 날아가는 거야."

대답은 없었다.

대재앙의 그림자가 드리워졌는데도 구경꾼이 조금씩 다시 몰려들기 시작했다. 그들의 눈은 동그랗게 커지고 젖어 있었으며 흥분한 상태였다. 이동식 스포트라이트가 동원되어 작은 차를 비췄다. 차는 깊이를 모를 백열광에 잠겼고, 산산조각 난 앞유리가 더욱 두드러졌다.

리처즈는 저들이 어밀리아를 가두어 진실을 캐묻고 있을 작은 방을 상상하려 했지만, 잘 안 됐다. 물론 언론의 접근도 차단했을 것이다. 매콘의 부하들은 그녀를 겁에 질리게 하려 들 테고, 틀림없이 성공할 것이다. 하지만 존재감조차 없는 빈민가의 가난한 사람들에 속하지 않는 여자에게 얼마나 심하게 손을 댈 수 있을까? 약이다. 매콘이 즉시 구할 수 있는 약이 있다는 사실을 리처즈는 알고 있었다. 야키족 인디언도 젖먹이처럼 자신의 인생 전체를 주절거리게 할 수 있는 약. 신부가 참회자들이 고해성사한 내용을 속기사의 녹음기처럼 줄줄 읊게 할 수 있는 약.

약간의 폭력도 쓸까? 2005년 시애틀 폭동에서 잘 작동했던 개조된 전기봉? 아니면 그저 계속 질문을 퍼부을까?

그런 생각은 아무런 쓸모도 없었지만, 리처즈는 생각을 내쫓지도, 중단시키지도 못했다. 공항 터미널 너머에서 록히드 항공기가 예열하는 소리가 분명하게 들렸다. 리처즈의 비행기였다. 그 소리는 점점 커졌다가 작아지기를 주기적으로 반복했다. 소리가 갑자기 끊어졌을 때, 리처즈는 연료 주입이 시작되었다는 사실을 알아챘다. 서두른다면 20분이면 충분할 것이다. 리처즈는 저들이 서두를 거라고는 생각하지 않았다.

자, 자, 자. 여기까지 왔다. 테이블에 한 장을 제외한 모든 카드가 공개되었다.

'매콘? 매콘, 아직도 엿보고 있나? 어밀리아의 마음을 파고들었나?'

그림자가 비행장을 가로질러 길게 드리워졌다. 모두가 기다렸다.

······마이너스 032, 계속된다······

　리처즈는 오래된 클리셰가 틀렸다는 사실을 알게 되었다. 시간은 아직도 멈추지 않았다. 어떤 면에서는 차라리 멈추는 게 더 나았을지도 모른다. 그러면 적어도 더 이상 희망을 키우지 않아도 될 테니까. 확성기 목소리는 두 번이나 리처즈가 거짓말을 하고 있다고 주장했다. 리처즈는 그 말이 사실이라면 그냥 발포하라고 했다. 5분 후, 새로운 확성기 목소리가 록히드 비행기의 플랩이 얼어붙어 다른 비행기로 연료를 채워야 한다고 말했다. 리처즈는 괜찮다고 했다. 원래의 마감 시간까지 비행기가 준비되기만 하면 된다고.

　시간이 기어가듯 천천히 흘러갔다. 26분, 25분, 22분, 20분.(어밀리아는 아직 무너지지 않았다. 맙소사, 어쩌면······.) 18분, 15분.(비행기의 엔진 소리가 다시 들려왔다. 지상 승무원들이 연료 시스템과 비행 전 점검을 진행하면서 귀에 거슬리는 윙윙 소리가 높아졌다.) 10분, 그리고 8분.

"리처즈?"

"여기 있다."

"더 많은 시간이 필요하다. 비행기 플랩이 완전히 얼어붙었다. 액체 수소로 날개를 세척할 생각이지만, 시간이 필요하다."

"당신에겐 시간이 있다. 7분. 그 후에 나는 서비스 경사로를 통해 활주로로 이동할 것이다. 한 손은 운전대에, 한 손은 격발 링에 얹은 채로 간다. 모든 문이 열려 있어야 한다. 그리고 내가 연료 탱크들에 점점 더 가까워질 거라는 사실을 잊지 마라."

"지금 무슨 상황인지 잘 모르는……."

"내 말은 끝났다, 친구들. 6분 남았다."

초침이 규칙에 따라 흔들림 없이 돌아갔다. 3분 남았다, 2분, 1분. 그들은 지금쯤 그가 상상조차 할 수 없는 작은 방에서 모든 것을 걸고 도박을 하고 있을 것이다. 리처즈는 어밀리아의 모습을 떠올리려 했지만 실패했다. 그녀의 얼굴은 이미 다른 얼굴들 틈에서 흐릿해져 버렸다. 스테이시와 브래들리, 엘턴, 버지니아 파라키스, 그리고 개를 데리고 있던 소년의 얼굴이 한데 섞인 복합적인 얼굴. 리처즈가 기억할 수 있는 건, 그녀가 부드럽고 예뻤다는 사실뿐이었다. 맥스팩터와 레블론 화장품, 그리고 주름을 펴고 묶고 다듬고 펼치는 성형외과 의사들의 신세를 진 수많은 여성처럼 부드럽고, 부드러웠다. 하지만 깊은 곳은 단단했다. 앵글로색슨 백인 개신교 중산층 여성이 어디서 그렇게 단단해졌을까? 충분히 단단할까? 아니면 지금 바로 이 순간 이 게임을 망치고 있을까?

리처즈는 턱을 따라 뭔가 따뜻한 것이 흐르는 게 느껴졌다. 자신이 입술을 한 번도 아니고 여러 번 깨물었다는 사실을 깨달았다.

무덤덤하게 입가를 닦았고, 소매에 눈물방울 모양의 핏자국이 남았다. 그리고 차에 기어를 넣었다. 차는 순순히 떠올랐다. 부양기가 툴툴거렸다.

"리처즈! 차를 움직이면 발포한다! 여자가 말했어! 우리는 다 알고 있다!"

아무도 총을 쏘지 않았다.

어떤 의미에서는 김이 빠지는 결말이었다.

······마이너스 031, 계속된다······

 서비스 경사로는 유리처럼 매끈한 노스 스테이트 터미널을 따라 점차 올라가는 곡선을 그리며 이어졌다. 그 길에는 메이스B 가스와 최루탄부터 중장갑 관통 무기까지 갖춘 경찰들이 줄지어 서 있었다. 그들의 얼굴은 무표정하고 생기가 없었으며, 모두 똑같아 보였다. 리처즈는 이제 똑바로 앉아서 천천히 운전했다. 경찰들은 소가 놀라운 모습을 볼 때처럼 경외심에 찬 표정으로 멍하니 그를 바라봤다. 리처즈는 미쳐서 헛간 바닥을 뒹굴며 허공에 발길질하고 비명을 지르는 농부를 소들이 바라보는 모습과 비슷하다고 생각했다.
 서비스 구역으로 들어가는 문(**경고: 직원 전용, 금연, 무단출입 금지**)이 활짝 열려 있었다. 리처즈는 고옥탄 연료를 실은 유조차와 작은 개인용 비행기들이 굄목을 대고 줄지어 서 있는 곳을 침착하게 지나갔다. 그 너머에는 유도로가 있었다. 기름 자국이 번진 넓은 콘크리트 바닥과 팽창 이음매들이 눈에 들어왔다. 여기에 리처즈의 비행기가 기다리고 있었다. 터빈 엔진 열두 개가 부드럽게 으르렁대는 거대하고 하얀 점보 제트기. 비행기 뒤편으로는 활주로가 직선으로 곧장 황혼까지 뻗어 나가 지평선과 만나는 것처럼 보였다. 작업복 차림의 네 사람이 비행기의 접이식 계단을 설치하고 있었다. 리처즈에게는 그것이 교수대에 오르는 계단처럼 보였다.
 그리고 마치 그 이미지를 완성하려는 듯, 비행기의 거대한 동체가 만든 그림자 속에서 사형집행인이 멀끔하게 걸어 나왔다. 에번 매콘.

리처즈는 처음으로 유명인을 보는 사람처럼 호기심 어린 눈으로 그를 바라봤다. 3D 영화에서 영상으로 봐도 그 사람을 실제로 만나기 전까지는 그가 실제로 존재하는지 믿지 못하는 법이다. 그런데 실제로 보면 묘하게 환각 같은 느낌을 받는다. 마치 그의 실제 몸뚱이가 영상의 이미지에서 분리되어 따로 존재할 권리가 없기라도 한 것처럼.

매콘은 작은 키에 무테안경을 쓰고, 살짝 나온 배를 잘 재단된 양복으로 덮고 있었다. 매콘이 키높이 구두를 신는다는 소문이 있었지만, 그게 사실이라 해도 눈에 띄지 않았다. 그의 옷깃에 작은 은색 깃발 모양의 핀이 달려 있었다. 전반적으로 매콘은 괴물처럼 보이지 않았고, FBI나 CIA 같은 약어를 쓰는 무시무시한 기관들의 후계자처럼 보이지도 않았다. 한밤에 검은 자동차, 고무 몽둥이, 고향에 남은 친척에 대한 교활한 질문 같은 기술에 빠삭한 남자처럼 보이지 않았다. 공포의 모든 스펙트럼을 정복한 남자처럼 보이지 않았다.

"벤저민 리처즈?" 매콘은 확성기를 사용하지 않았다. 맨 목소리는 부드럽고 세련되었지만, 나약한 느낌은 전혀 없었다.

"그렇소."

"당신의 체포와 처형을 명시한 게임사의 서약서를 가지고 있습니다. 네트워크 통신 위원회가 공인한 것입니다. 이 서약서를 따르겠습니까?"

"그따위 형식이 다 무슨 소용이오?"

"아." 매콘이 기쁜 듯이 말했다. "절차는 모두 끝났습니다. 난 형식을 중요하게 생각하는데, 당신은 안 그런가요? 그래요, 당신은 형식을 중요하게 생각하지 않지요. 당신은 형식에 얽매이지 않은 참가자였습니다. 그래서 아직 살아 있는 거죠. 두 시간 전에 「러닝 맨」의 종전 기록인 8일 다섯 시간을 넘겼다는 사실을 알고 있습니까? 물론 모르겠지요. 하지만 넘었습니다. 그래요. 당신이 보스턴의 YMCA에서 탈출한 건 훌륭했습니다. 닐슨 시청률이 12포인트나 올랐다고 들었습니다."

"멋지군."

"물론, 당신이 포틀랜드에서 잠시 머물 때는 거의 잡을 뻔했습니다. 운이 좋지 않았죠. 엘턴은 죽는 순간까지도 당신이 오번에서 배에서 뛰어내렸다고 맹세하더군요. 우리는 그 사람의 말을 믿었습니다. 그는 확실히 겁이 많은 하찮은 사람이었으니까요."

"그랬을 거요." 리처즈가 나지막이 말했다.

"하지만 이번 마지막 판도 그야말로 훌륭했습니다. 당신에게 경의를 표하고 싶군요. 어떤 면에서는 이 게임이 끝나는 게 아쉽기까지 합니다. 당신보다 창의적인 상대는 결코 만나지 못할 것 같습니다."

"안 됐소."

"끝났습니다, 아시다시피 그 여자는 무너졌습니다. 우리가 나트륨 펜토탈을 주입했거든요. 낡은 방법이지만, 약효는 믿을 만하지요." 매콘이 작은 자동 권총을 꺼냈다. "밖으로 나오세요, 리처즈 씨. 최고의 예우를 하겠습니다. 아무도 촬영할 수 없는 바로 이곳에서 내 손으로 할 겁니다. 당신의 사망은 비교적 사적인 죽음이 될 것입니다."

"그럼, 준비하시오." 리처즈가 씩 웃으며 말했다.

그가 차 문을 열고 밖으로 나왔다. 두 사람이 텅 빈 서비스 구역의 시멘트 바닥에서 서로를 마주하며 섰다.

······마이너스 030, 계속된다······

먼저 교착 상태를 깨트린 것은 매콘이었다. 그가 고개를 뒤로 젖히며 웃었다.

그 웃음은 매우 교양 있고, 부드러운 벨벳 같았다.

"아, 리처즈 씨 훌륭합니다. 정말로 대단합니다. 판돈을 올리고, 콜을 부르고, 또 올리고. 솔직히 말해, 그 여자는 아직 무너지지 않았습니다. 그녀는 당신 주머니 속의 불룩한 게 블랙 아이리시라고 고집스럽게 주장하고 있죠. 우리는 그 여자에게 S.A.P.를 쓸 수 없었습니다. 뚜렷한 흔적이 남기 때문이지요. 그 여자에게 뇌전도 검사를 한 번만 해도 우리의 기밀이 새어 나가고 말 겁니다. 지금 뉴욕에서 카노진 앰플 세 개를 가져오는 중입니다. 그건 흔적이 남지 않거든요. 40분 후에 도착할 겁니다. 아쉽게도 당신을 막기에는 시간이 부족했죠.

여자는 거짓말을 하고 있습니다. 그건 분명해요. 죄송하지만 당신네 친구들이 엘리트주의라고 부르는 것을 조금 눈감아 주신다면 말입니다, 내 관찰에 따르면 중산층 사람들은 섹스에 대해서만 거짓말을 잘하는 것 같습니다. 하나 더 말해도 되겠지요? 하긴 뭐, 내가 이런 놈입니다." 매콘이 미소를 지었다. "내 짐작으로 그건 여자의 핸드백일 겁니다. 우리는 여자가 쇼핑하러 나왔는데, 아무것도 들고 있지 않다는 사실을 알아챘습니다. 우리는 관찰력이 매우 뛰어나거든요. 리처즈, 만일 당신 주머니에 든 게 핸드백이 아니라면, 그녀의 핸드백은 어디로 간 걸까요?"

리처즈는 그 수를 받지 않았다. "그렇게 확신하면 나를 쏘시오."

매콘이 애처롭다는 듯 양손을 벌렸다. "난 정말 그러고 싶어 죽겠습니다! 하지만 사람의 목숨을 두고 도박을 하지는 않겠습니다. 비록 당신의 승산이 50 대 1밖에 안 된다고 하더라도. 너무 러시안룰렛 같잖습니까. 인간의 생명은 신성한 것입니다. 정부는, 우리 정부는 그 사실을 잘 알고 있지요. 우리는 인도적인 사람들입니다."

"그래, 그래." 리처즈가 말했다. 그리고 짐승 같은 미소를 지었다. 매콘이 눈을 깜빡거렸다.

"그러니까, 보세요……."

리처즈는 흠칫 놀랐다. 매콘은 지금 그에게 최면을 걸고 있었다. 몇 분이 순식간에 지나갔고, 보스턴에서 헬리콥터가 자백 앰플 세 개를 실어서 오고 있다.(그리고 매콘이 40분이라 말했지만, 실은 20분이라는 뜻이다.) 그런데 리처즈는 지금 이 자리에 서서 저 남자의 경쾌한 찬송가나 듣고 있다. 세상에, 저놈은 괴물이었다.

"잘 들으시오." 리처즈가 날카롭게 말을 끊었다. "말은 짧게 하시오, 키 작은 양반. 당신이 여자에게 주사를 놓으면, 그녀는 똑같은 말만 반복할 거요. 참고로, 다 여기 있소. 이해가 되시오?"

리처즈는 매콘의 눈을 똑바로 응시하며 앞으로 걸어갔다.

"잘 있으시오, 똥이나 처먹을 놈아."

매콘이 옆으로 비켜섰다. 리처즈는 지나가며 그에게 눈길조차 주지 않았다. 두 사람의 코트 소매가 스쳤다.

"참고로 말하자면, 반(半)장전 상태에서 격발 압력은 약 1.4킬로그램이라고 들었소. 지금 내 손엔 대략 1.1킬로그램이 걸려 있소. 아마 그쯤 될 거요."

리처즈는 매콘의 숨소리가 약간 빨라지는 것을 들으며 만족했다.

"리처즈?"

리처즈가 계단에서 뒤를 돌아보았다. 매콘이 아래에서 올려다보고 있었다. 그의 금색 안경이 번쩍이며 빛났다. "당신이 공중으로 떠오르면, 우리는 지대공 미사일로 격추시킬 겁니다. 대중에게는 당신이 격발 링을 쥔 손이 약간 근질거려서 터진 거라고 발표할 거고요. 명복을 빕니다."

"아니, 당신은 못 할 거요."

"못 한다고?"

리처즈가 미소를 지으며 이유를 반쯤 털어놓았다. "우리는 매우 낮은 고도에서 인구 밀집 지역을 비행할 거요. 연료 포드 열두 개에 블랙 아이리시 5킬로그램을 더하면, 폭발력이 꽤 클 거요. 너무 크지. 당신이 그래도 무사할 수 있다면 쏘겠지만, 당신은 못 쏠 거요." 리처즈가 잠시 멈췄다가 덧붙였다. "당신은 참 똑똑한 사람인데, 내가 낙하산을 타리라는 건 예상했소?"

"아, 물론입니다." 매콘이 침착하게 대답했다. "앞쪽 객실에 실려 있습니다. 너무 진부한 수법이죠, 리처즈 씨. 아니면 또 다른 비장의 카드가 있나요?"

"낙하산을 조작하는 멍청한 짓을 하지는 않았소?"

"안 했습니다. 너무 뻔하니까요. 그리고 당신은 충돌 직전에 존재하지도 않은 그 격발 링을 당기겠죠. 꽤 효과적인 공중 폭발이 될 겁니다."

"잘 가시오, 키 작은 양반."

"잘 가세요, 리처즈 씨. 좋은 여행 되세요." 매콘이 껄껄 웃었다. "그래요. 당신은 솔직한 이야기를 들을 자격이 있어요. 그래서 카드 한 장을 더 보여 주겠습니다. 딱 한 장만. 우리는 카노진이 도착할 때까지 아무 행동도 취하지 않고 기다릴 겁니다. 미사일에 대해서는 당신의 말이 전적으로 맞습니다. 지금 당장은 그냥 뻥카였습니다. 콜을 부르고 다시 판돈을 올릴 겁니까? 하지만 난 기다릴 수 있습니다. 알다시피, 난 절대로 틀리지 않거든요. 그리고 당신이 뻥카를 가지고 있다는 사실도 알고 있습니다. 그래서 우리는 기다릴 수 있습니다. 하지만 당신을 놓아주는 건 아닙니다. 잘 가세요, 리처즈 씨." 매콘이 손을 흔들었다.

"곧 알게 될 거요." 리처즈가 말했다. 하지만 매콘에게 들릴 정도로 큰 소리는 아니었다. 그리고 그가 웃었다.

······마이너스 029, 계속된다······

일등석 객실은 길었으며, 넓은 통로가 세 개 있었다. 그리고 오래된 진짜 세쿼이아 나무 판재로 마감되었다. 바닥에는 발이 푹푹 잠길 듯이 폭신한 자주색 카펫이 깔렸다. 앞쪽으로 일등석과 조리실 사이의 벽에는 3D 영화 스크린이 말아 올려져 있었다. 100번 좌석에 커다란 낙하산 가방이 놓여 있었다. 리처즈는 가방을 가볍게 두드려 본 후 조리실을 지나갔다. 누군가가 커피도 준비해 놓았다.

리처즈는 또 다른 문을 지나 조종실로 이어지는 짧은 통로에 섰다. 오른쪽에는 무전 담당자가 있었다. 서른 살쯤 되어 보이고 근심으로 울상인 남자였는데, 씁쓸한 표정으로 리처즈를 쳐다보고는 다시 계기판으로 눈길을 돌렸다. 몇 걸음 더 가자, 왼쪽에 항법사가 보드와 격자, 플라스틱 덮개를 씌운 지도 앞에 앉아 있었다.

"우릴 전부 죽게 할 친구가 오고 있습니다, 여러분." 항법사가 목마이크에 대고 말했다. 그러고는 냉랭한 눈빛으로 리처즈를 바라봤다.

리처즈는 아무 말도 하지 않았다. 결국 그 남자의 말이 거의 확실히 옳았기 때문이었다. 리처즈는 비행기 앞쪽으로 절뚝이며 걸어갔다.

조종사는 최소 쉰 살 이상은 되어 보였다. 술을 입에 달고 살아서 코가 빨간 노련한 베테랑이었는데, 알코올 중독과는 거리가 먼 맑고 예리한 눈빛을 지니고 있었다. 부조종사는 그보다 10년 정도는 젊어 보였는데, 모자 아래로 붉은 머릿결이 풍성하게 흘러내렸다.

"안녕하세요, 리처즈 씨." 조종사가 인사했다. 그는 리처즈의 얼굴보다 볼록한 주머니를 먼저 힐끗 쳐다봤다. "미안하지만, 악수는 생략하겠습니다. 난 기장 돈 할러웨이입니다. 이쪽은 부기장 웨인 더닝거입니다."

"이런 상황에서는 당신이 딱히 반갑지 않습니다." 더닝거가 말했다.

리처즈의 입꼬리가 비틀렸다. "같은 마음이오. 나도 여기 오게 되어 유감이오. 할러웨이 기장, 매콘과 통신이 연결되어 있소?"

"물론입니다. 우리 통신 담당 키피 프리드먼을 통하면 됩니다."

"무전할 수 있는 걸 하나 주시오."

할러웨이가 마이크를 대단히 조심스럽게 건네주었다.

"이륙 준비를 시작하시오. 5분 주겠소."

"후방 화물칸의 문에 폭발 볼트를 장착할까요?" 더닝거 부기장이 기대에 찬 목소리로 물었다.

"당신 일이나 하시오." 리처즈가 차갑게 말했다. 이제 끝낼 시간이 되었다. 마지막 판돈을 걸어야 한다. 그의 두뇌는 뜨겁게 달아올라 어딘가에서 베어링이 곧 터져 나올 것만 같았다. 콜을 부르고 판돈을 올린다. 그게 게임의 규칙이었다.

'이제 난 한도 끝까지 판돈을 올릴 거야, 매콘.'

"프리드먼 씨?"

"네."

"난 리처즈요. 매콘과 무전을 하고 싶소."

30초 가까이 죽은 듯한 정적이 흘렀다. 할러웨이와 더닝거는 이제 리처즈를 쳐다보지 않았다. 두 사람은 계기판과 압력계, 플랩, 문, 스위치를 점검하며 이륙 준비에 몰두했다. 커졌다가 가라앉은 거대한 제너럴 아토믹스 터빈 엔진의 소리가 다시 울리기 시작했다. 하지만 이번엔 훨씬 더 크고 날카로운 소리가 났다. 이윽고 매콘의 소리가 들려왔지만, 거친 소음에 묻혀 작게 들렸다.
"매콘입니다."
"자, 이 벌레 같은 놈아. 당신과 그 여자는 이제 여행을 떠날 거야. 3분 안에 화물칸 문으로 오지 않으면 링을 당긴다."

더닝거가 총이라도 맞은 듯 접의자에 앉은 채 몸이 굳었다. 다시 수치들을 확인하러 간 그의 목소리는 떨리고 겁에 질려있었다.

'이놈에게 배짱이 있다면, 지금 콜을 부를 거야. 여자를 요구하는 순간 내 패를 다 보여 준 셈이니까. 그놈에게 배짱이 있다면.'

리처즈는 기다렸다.

그의 머릿속에서 시계가 똑딱 소리를 내며 돌아갔다.

……마이너스 028, 계속된다……

매콘의 목소리가 들려왔을 때, 그의 목소리에는 낯설고 거친 음색이 묻어 있었다. 두려움? 아마도 그럴 것이다. 리처즈의 가슴속에서 심장이 요동쳤다. 어쩌면 모든 계획이 맞아떨어지려는지도 몰랐다.

"미쳤습니까, 리처즈. 나는 절대로……."

"잘 들어." 리처즈가 매콘의 목소리를 자르고 말했다. "그리고 당신이 내 말을 듣는 동안, 반경 100킬로미터 이내의 모든 아마추어 무선사에게도 송출되고 있다는 사실을 잊지 마. 소문이 퍼질 거야. 당신은 어둠 속에서 일하고 있는 게 아니야, 조그마한 놈아. 당신은 큰 무대의 한복판에 서 있는 거라고. 당신은 올 거야. 속임수를 쓰다간 죽을 거라는 걸 알지만, 감히 그러기엔 너무 겁이 많은 졸보라서 올 수밖에 없지. 여자도 올 거야. 내가 어디로 가는지 그녀에게 말해 줬으니까."

'약하다. 더 세게 때려야 해. 아예 생각을 못 하게 해야 해.'

"내가 링을 당기면 당신이 살아남더라도, 사과 장사 일자리조차 못 구하게 될걸." 리처즈는 주머니 속의 핸드백을 미친 듯이 움켜쥐고 있었다. "이게 끝이야. 3분 남았어. 무전 종료."

"리처즈, 잠깐만……."

리처즈는 매콘의 목소리를 자르며 무전을 끊었다. 그가 마이크를 할러웨이에게 돌려주자, 할러웨이가 약간 떨리는 손으로 받았.

"뱃심 하나는 대단하군요." 할러웨이가 천천히 말했다. "그건 인정하겠습니다. 이렇게 뱃심이 좋은 사람은 본 적이 없는 것 같습니다."

"저 사람이 링을 진짜로 당기면, 그야말로 아무도 본 적이 없는 저 사람의 뱃속을 보게 될걸요." 더닝거가 말했다.

"이륙 준비 계속하시오. 난 손님들을 맞으러 가겠소. 5분 후에 출발하시오."

리처즈는 일등석으로 돌아가 낙하산을 창가 좌석으로 밀고, 일등석과 이등석 문을 바라보며 앉았다. 그는 곧 알게 될 것이다. 이제 곧 알게 될 것이다.

리처즈의 손은 어밀리아 윌리엄스의 핸드백을 어쩌지 못하고 불안하게 계속 만지작거렸다.

밖은 이제 거의 어둠에 잠겼다.

······마이너스 027, 계속된다······

그들은 45초나 남았을 때 계단을 올라왔다. 어밀리아는 숨을 헐떡이며 겁에 질려 있었고, 이 인공적인 평야를 휘감아 도는 거센 바람에 머릿결이 엉망으로 엉켜서 벌집 모양이 되어 있었다. 매콘의 겉모습은 변함없었다. 그는 여전히 깔끔하고 태연했으며 냉정한 것 같았지만, 그의 눈은 거의 정신병적인 증오 때문에 음산해 보였다.

"네가 이긴 게 아니야, 이 벌레 같은 놈아." 매콘이 조용히 말했다. "우리는 아직 비장의 카드를 꺼내지도 않았어."

"다시 만나서 반가워요, 윌리엄스 부인." 리처즈가 온화하게 말했다.

리처즈의 말이 신호가 되어 보이지 않는 실을 당긴 것처럼 어밀리아가 울기 시작했다. 그것은 신경질적인 울음이 아니었다. 그녀의 뱃속 깊은 곳에서 화산암 찌꺼기처럼 터져 나오는 완전히 절망적인 한탄이었다. 그녀는 터져 나오는 울음에 밀려 휘청거리다, 마치 얼굴이 흩어지지 않게 붙들려는 듯 두 손으로 얼굴을 감싼 채 일등석의 호화로운 카펫 위로 무너져 내렸다. 어밀리아의 블라우스는 리처즈의 피가 굳어 검붉게 얼룩져 있었다. 풍성한 치마가 활짝 펼쳐져 다리를 가리니, 그녀는 마치 시들어 버린 꽃 같았다.

리처즈는 그녀에게 미안했다. 미안한 느낌은 얄팍한 감정에 불과했지만, 지금의 그로서는 최선의 감정이었다.

"리처즈 씨?" 기내 인터컴에서 할러웨이 기장의 목소리가 들렸다.

"말하시오."

"우리…… 이륙해도 되나요?"

"그렇소."

"그러면, 승무원들에게 계단을 치우고, 출입문을 닫으라고 지시하겠습니다. 그 물건 때문에 괜히 긴장하지 마세요."

"알겠소, 기장. 고맙소."

"이 여자를 보내라고 했을 때, 넌 이미 패를 드러냈어. 그건 알고 있지?" 매콘은 웃는 것 같으면서도 동시에 찡그린 얼굴이었다. 전체적으로 소름 끼칠 정도로 편집증적인 느낌을 주었다. 매콘은 손을 꽉 쥐었다 펴는 행동을 반복했다.

"아, 그래?" 리처즈가 온화하게 말했다. "그렇다면 당신은 절대로 틀리는 법이 없으니, 우리가 이륙하기 전에 나를 덮치겠군. 그렇게 하면 당신은 위험에서 벗어나고 장미처럼 향기로워 보일 수 있겠지. 그렇지 않아?"

매콘이 살짝 으르렁거리듯 입술을 벌리더니, 이내 하얗게 되도록 입술을 굳게 다물었다. 그는 아무런 움직임도 보이지 않았다. 비행기의 엔진의 속도가 점점 올라가면서 미세한 진동을 일으키기 시작했다.

이등석의 탑승문이 쾅 닫히자, 소음이 갑자기 사라졌다. 리처즈가 약간 몸을 기울여 왼쪽의 둥근 창문을 내다보니, 계단을 굴리고 가는 작업자들이 보였다.

'이제 우리 모두는 사형대에 올라탄 거야.' 리처즈가 생각했다.

······마이너스 026, 계속된다······

　말아 올린 영화 스크린 오른쪽에 붙어 있는 '안전벨트를 매세요/흡연 금지' 표시등이 반짝거렸다. 비행기는 느리고 묵직하게 방향을 돌리기 시작했다. 리처즈가 제트기에 대해 아는 거라곤 프리비나 선정적인 모험 소설 같은 데서 본 게 다였다. 그리고 그가 비행기를 탄 것도 이번이 겨우 두 번째였다. 하딩에서 뉴욕으로 가던 왕복선은 이 비행기에 비하면 욕조에서 가지고 노는 장난감처럼 느껴졌다. 리처즈는 발밑에서 느껴지는 거대한 움직임이 불안했다.
　"어밀리아?"
　어밀리아가 천천히 고개를 들었다. 얼굴은 엉망이 되었고, 눈물 자국이 있었다. "네?" 목소리는 거칠었고, 맹하고, 콧물로 막힌 소리였다. 마치 자신이 어디에 있는지 잊어버린 듯했다.
　"앞으로 오세요. 이륙할 거예요." 리처즈가 매콘을 쳐다보며 말했다. "당신은 원하는 데로 가, 키 작은 양반. 비행기 안은 마음대로 다녀도 좋아. 단, 승무원들만은 귀찮게 하지 마."
　매콘은 아무 말도 하지 않고, 일등석과 이등석을 가르는 커튼 칸막이 옆에 자리를 잡았다. 그러다 뭔가 마음이 바뀐 듯, 다음 칸으로 들어가 사라졌다.
　리처즈는 좌석의 등받이에 몸을 기대며 어밀리아에게 다가갔다. "나는 창가 자리가 좋겠어요. 비행기는 한 번밖에 못 타 봤거든요." 그가 미소를 지으려 했지만, 어밀리아는 그를 멍하니 바라보기만 했다.

리처즈가 자리에 앉자, 어밀리아가 그 옆에 앉았다. 어밀리아가 리처즈의 안전벨트를 채워 주었다. 덕분에 그는 주머니에서 손을 빼지 않아도 됐다.

"당신은 악몽 같아요. 끝나지 않고 계속 반복되는 악몽이요." 어밀리아가 말했다.

"미안해요."

"난 절대로······." 어밀리아가 말하려 했지만, 리처즈가 그녀의 입을 막고 고개를 저었다. 그는 어밀리아의 눈을 바라보며 '하지 마!'라고 입 모양으로 말했다.

비행기는 느리고 지극히 조심스럽게 방향을 틀었다. 터빈이 비명을 질렀다. 그리고 서투른 오리가 물에 들어가려는 것처럼 활주로를 향해 굴러가기 시작했다. 비행기가 너무 커서, 리처즈는 비행기가 가만히 서 있고 지구가 통째로 움직이는 듯한 느낌을 받았다

'어쩌면 이 모든 게 착시일지도 몰라.' 리처즈가 터무니없는 생각을 했다. '어쩌면 놈들이 비행기의 모든 창문 밖에 3D 프로젝터를 설치하고······.

리처즈는 생각을 중단했다.

이제 비행기는 유도로의 끝에 도착했다. 비행기는 크고 묵직하게 우회전했다. 이제 활주로들과 직각으로 가며 3번과 2번 활주로를 지나쳤다. 1번 활주로에서 좌회전해 잠시 멈췄다.

인터컴을 통해 할러웨이가 무미건조하게 말했다. "이륙합니다, 리처즈 씨."

비행기는 처음에 공기차 속도 정도로 천천히 움직였다. 그러다 갑자기 무서운 속도로 가속을 시작해서, 리처즈는 겁에 질려 비명을 지르고 싶었다.

리처즈는 푹신한 좌석 등받이에 푹 파묻혔고, 창밖의 착륙등이 갑자기 현기증이 날 정도로 획획 지나갔다. 석양의 햇살을 받으며 황량한 지평선에 펼쳐진 덤불들과 배기가스 때문에 성장이 멈춘 나무들이 그들을 향해 굉음을 내며 달려들었다. 엔진이 점점 더 회전수를 높였다. 바닥이 다시 진동하기 시작했다.

리처즈는 문득 어밀리아 윌리엄스가 양손으로 자신의 어깨를 꽉 잡고 있다는 사실을 알아챘다. 그녀의 얼굴은 공포로 일그러진 채 처참한 표정을 짓고 있었다.

'맙소사, 이 여자도 비행기를 타 본 적이 없구나!'

"우리는 가고 있어요." 리처즈는 자신이 그 말을 멈추지 못하고, 또 하고, 또 하고, 또 하고 있다는 것을 깨달았다. "우리는 가고 있어요. 우리는 가고 있어요."

"어디로요?" 어밀리아가 속삭였다.

리처즈는 대답하지 않았다. 그도 이제 막 깨닫기 시작했기 때문이었다.

······마이너스 025, 계속된다······

제트 공항 동쪽 출입구의 검문소에서 근무하는 경찰 두 명이 거대한 여객기가 활주로를 달리며 속도를 내는 모습을 지켜봤다. 점점 어두워지고 있는 하늘에 여객기의 불빛이 주황색과 초록색으로 반짝거렸고, 엔진의 굉음이 그들의 귀를 때렸다.
"그놈이 가네. 젠장, 가는구나."
"어디로?" 다른 경찰이 물었다.
그들은 어두운 형체가 땅에서 발을 떼는 모습을 지켜봤다. 엔진 소리는 마치 추운 날 아침에 포병 훈련장에서 울리는 소리처럼 묘하게 단조로웠다. 비행기가 가파른 각도로 상승했다. 접시 위에 놓인 버터 덩어리만큼이나 현실적이고, 실체적이고, 세속적인 물건이 날아간다는 게 잘 믿어지지 않았다.
"그놈이 정말로 그걸 가지고 있었을까?"
"젠장, 내가 알겠냐."
제트기의 굉음이 이제는 낮은 주파수의 저음으로 들려왔다.
"하지만 한 가지는 말해 줄 수 있어." 첫 번째 경찰이 점점 멀어지는 불빛에서 시선을 떼고 옷깃을 세우며 말했다. "그놈이 그 개자식을 데리고 가서 다행이야. 매콘 말이야."
"개인적인 질문 하나 해도 돼?"
"대답은 꼭 안 해도 되는 거지?"
"그놈이 성공하는 걸 보고 싶어?"

경찰은 한참 동안 대답하지 않았다. 제트기 소리가 점점 희미해지고, 희미해지고, 희미해지더니, 결국 지하에서 작동하는 신경들이 웅웅거리는 소리에 묻혀 사라졌다.

"응."

"그놈이 성공할 것 같아?"

어둠 속에서 초승달 같은 미소를 지었다. "이 친구야, 내 생각엔 큰 게 한 방 터질 것 같아."

······마이너스 024, 계속된다······

그들 아래로 땅이 멀어져 갔다.

리처즈는 채울 수 없는 갈증에 시달리듯 놀라움에 눈을 떼지 못했다. 그는 지난 비행 때는 내내 잠을 잤었는데, 마치 이번 비행을 위해 이 순간을 아껴 둔 것 같은 느낌이 들었다. 하늘은 더욱 짙어져서 자줏빛 벨벳과 검정 사이의 색조로 물들었다. 별들이 머뭇거리며 빛을 내기 시작했다. 서쪽 지평선에는 태양의 흔적이 쓸쓸한 주황색 선으로 남아 있었지만, 어두운 땅을 비추지는 못했다. 아래쪽에는 불빛들이 모여 있었는데, 리처즈는 그곳이 데리일 거라고 짐작했다.

"리처즈 씨?"

"네." 리처즈는 뭔가에 찔린 듯 의자에서 움찔했다.

"지금은 대기 비행 중입니다. 보이트 제트 공항 위에서 큰 원을 그리며 선회 중이라는 뜻입니다. 지시 사항이 있나요?"

리처즈는 신중하게 생각했다. 너무 많은 정보를 알려 줘서는 안 된다.

"이 비행기로 낼 수 있는 최저 고도가 얼마요?"

논의를 하느라 한참 동안 대답이 없었다. "약 600미터 정도까지 내려갈 수 있습니다." 할러웨이가 조심스럽게 말했다. "NSA 규정에는 위배되지만······."

"그건 상관없소. 할러웨이 씨, 나는 어느 정도는 여러분의 손에 맡길 수밖에 없소. 비행에 대해 아는 게 거의 없으니까. 그 점은 이미 보고를 받았을 거요. 하지만 나를 감쪽같이 속일 기발한 아이디어를 가진 사람들은 모두 지상에 있고, 위험에서 벗어나 있다는 사실을 잊지 마시오. 만일 당신이 나에게 조금이라도 거짓말을 하고, 내가 그 사실을 알아챈다면……."

"여기에 있는 누구도 거짓말을 하지 않을 겁니다. 우리는 이 비행기가 떴을 때처럼 무사히 다시 내려가기만 바랄 뿐입니다." 할러웨이 기장이 말했다.

"오케이, 좋소." 리처즈는 잠시 생각할 시간을 가졌다. 어밀리아 윌리엄스는 그의 옆에 꼼짝도 하지 않고, 무릎 위에 손을 모은 채 앉아 있었다.

"서쪽으로 가시오." 리처즈가 갑작스럽게 말했다. "고도 600미터. 비행하는 동안 보이는 것들에 대해 알려 주시오."

"보이는 거요?"

"우리가 지나는 것들 말이오. 난 비행기를 한 번밖에 타 본 적이 없소."

"아." 할러웨이가 안도한 듯한 목소리로 말했다.

비행기가 그들의 발밑에서 기수를 틀자, 창밖의 어두운 석양빛이 기울어졌다. 리처즈는 매료되어 그 광경을 바라봤다. 이제 석양빛이 두꺼운 창문을 비스듬히 비추며, 유리 너머로 이상하고 즉흥적인 빛살을 만들었다. '우리는 태양을 쫓아가고 있어.' 리처즈가 생각했다. '정말 놀랍지 않아?'

6시 35분이었다.

······마이너스 023, 계속된다······

리처즈는 앞 좌석 등받이를 보며 감탄했다. 등받이 주머니에 안전 수칙 안내서가 들어 있었다. 난기류가 발생하면 안전벨트를 매세요. 기내 압력이 떨어지면 머리 위에 있는 산소마스크를 당기세요. 엔진에 문제가 생기면 승무원이 추가 지시를 할 것입니다. 갑작스러운 폭발로 사망할 경우에는 신원 확인을 위해 치아에 충전재가 충분히 있기를 바랍니다.

눈높이에 작은 프리비 세트가 좌석 패널에 내장되어 있었다. 그 아래 금속판에는 채널을 빠른 속도로 바꿀 수 있다는 안내문이 붙어 있었다. 채널을 이리저리 바꾸고 싶은 승객을 위해 터치식 채널 선택기가 제공되었다.

프리비 아래 오른쪽에는 항공사의 메모지와 제너럴 아토믹스 스타일러스 펜이 놓여 있었다. 리처즈는 종이 한 장을 꺼내 무릎에 대고 비뚤비뚤 글을 적었다.

"당신이 도청당하고 있을 확률은 99퍼센트입니다. 신발 마이크나 머리카락 마이크, 어쩌면 소매에 그물눈으로 세공한 송신기가 달려 있을 수도 있어요. 매콘이 귀를 기울이며 당신의 실수를 기다리고 있을 거예요. 잠시 후에 히스테리를 일으키면서 내게 링을 뽑지 말라고 애원하세요. 그러면 우리가 조금 유리해질 겁니다. 할 수 있겠어요?"

어밀리아가 고개를 끄덕였다. 리처즈가 잠시 망설이다 다시 썼다.

"왜 거짓말을 했어요?"

어밀리아가 리처즈의 손에서 스타일러스 펜을 빼앗아 그의 무릎 위에 놓인 종이 위에 잠시 들고 있다가 이렇게 썼다. '모르겠어요. 당신 때문에 내가 살인자가 되는 느낌이 들었어요. 아내. 그리고 당신이 너무' 펜이 멈추고 흔들리더니 다시 글을 휘갈겼다. '불쌍해 보였어요.'

리처즈는 눈썹을 치켜올리더니, 살짝 웃었다. 아팠다. 리처즈가 어밀리아에게 다시 스타일러스 펜을 주었지만, 그녀는 말없이 고개를 저었다. 그가 썼다. "5분 후에 연기를 시작하세요."

어밀리아가 고개를 끄덕였다. 리처즈는 종이를 구겨서 팔걸이에 있는 재떨이에 쑤셔 넣었다. 그리고 라이터로 종이에 불을 붙였다. 종이는 불꽃을 피우며 잠시 밝게 타올랐고, 창문에 작은 반사광을 비췄다. 그리고 재가 되어 사그라졌다. 리처즈는 생각에 잠긴 얼굴로 재를 쿡쿡 찔렀다.

약 5분 후 어밀리아 윌리엄스가 투덜거리기 시작했다. 그 소리가 너무 진짜 같아서 리처즈는 잠깐 놀랐다. 순간적으로 그 소리가 진심일지도 모른다는 생각까지 들었다.

"그만하세요." 어밀리아가 말했다. "제발 저 사람이 당신을 괴롭힐 수밖에 없는 상황을 만들지 말아요. 난 당신에게 아무 짓도 안 했잖아요. 남편이 있는 집으로 가고 싶어요. 우린 딸도 있어요. 여섯 살이에요. 엄마가 어디에 있는지 찾을 거예요."

리처즈는 무의식적으로 두 번이나 눈썹이 올라갔다 내려가는 게 느껴졌다. 어밀리아가 이렇게까지 잘하길 바라지는 않았다. 이렇게까지는.

"저놈은 멍청해요." 리처즈는 보이지 않는 청중에게 말하는 것처럼 하지 않으려 애쓰며 그녀에게 말했다. "하지만 그렇게 멍청하지는 않을 거예요. 다 괜찮아질 거예요, 윌리엄스 부인."

"그렇게 말하긴 쉽죠. 당신은 잃을 게 아무것도 없으니까."

리처즈는 대답하지 않았다. 그녀가 명백히 옳았다. 어차피 그는 잃을 게 아무것도 없는 사람이었다.

"저 사람에게 보여 주세요." 어밀리아가 애원했다. "제발요. 왜 그걸 보여 주지 않는 거예요? 그러면 저 사람도 믿을 수밖에 없잖아요······. 지상에 있는 사람들을 철수시킬 거라고요. 저들은 미사일로 우리를 추적하고 있어요. 저 사람이 그렇게 말하는 걸 들었어요."

"저놈에게 보여 줄 수 없어요. 주머니에서 꺼내려면 링을 안전한 위치로 돌려놓거나, 실수로 우리가 폭발할 위험을 감수해야 해요. 게다가······." 리처즈가 조롱이 섞인 말투로 덧붙였다. "설령 할 수 있다고 해도 저놈에겐 보여 주지 않을 겁니다. 잃을 게 많은 벌레 같은 놈이니까. 식은땀 흘리게 내버려 둬요."

"더는 못 참겠어요." 어밀리아가 힘없이 말했다. "차라리 당신을 툭쳐서 이 상황을 끝내 버리는 게 낫겠다는 생각이 들어요. 어차피 그렇게 끝내려는 거 아니었나요?"

"당신은······." 리처즈가 말하기 시작했을 때, 일등석과 이등석 사이의 문이 벌컥 열리며 매콘이 반쯤은 성큼성큼 걷고, 반쯤은 돌진하듯 들어왔다. 그의 얼굴은 평온했지만, 그 평온함 아래에는 이상한 광택이 있다는 사실을 리처즈는 즉시 알아챘다. 창백하고 납빛으로 번들거리는 공포의 광택이었다.

"윌리엄스 부인." 매콘이 급하게 말했다. "커피 좀 내려 주세요. 7인분. 죄송하지만, 이번 비행에서 스튜디어스 역할을 해 주셔야 할 것 같습니다."

어밀리아가 두 사람을 쳐다보지도 않고 자리에서 일어났다. "어디로 가야 되나요?"

"앞으로 가세요." 매콘이 부드럽게 말했다. "냄새를 따라가세요." 매콘은 온화해 보이고, 눈은 깜빡거렸지만, 어밀리아 윌리엄스가 리처즈에게 다가갈 기미가 보이면 언제라도 달려들 자세를 취하고 있었다.

어밀리아는 뒤돌아보지 않고 통로를 따라 걸어갔다.

매콘이 리처즈를 응시하며 말했다. "내가 사면을 약속하면, 이 일을 그만둘 건가, 친구?"

"친구라. 그 단어가 당신 입에서 나오니까 정말로 느글거리네." 리처즈가 감탄하듯 말했다. 그는 자유로운 손을 쥐며, 그 손을 바라봤다. 손에는 말라붙은 핏줄기와 메인주 남부의 숲을 부러진 발목으로 헤쳐 나올 때 긁히고 파인 자국이 덕지덕지 남아 있었다. "정말로 느글거려. 꼭 지방 덩어리만 있는 햄버거 패티 1킬로그램이 프라이팬에서 지글거리는 소리 같아. 공영주택 단지의 복지 상점에 가면 그런 거밖에 없지." 리처즈는 잘 가려진 매콘의 불룩한 배를 바라봤다. "그거 말이야. 꼭 내장 스테이크 같네. 최고급 부위잖아. 바깥에 주름지고 사소한 원형 부분 외에는 지방이 전혀 없잖아?"

"사면." 매콘이 다시 말했다. "이 단어는 어떻게 들려?"

"거짓말처럼 들려." 리처즈가 미소를 지으며 말했다. "지방이 잔뜩 낀 빌어먹을 거짓말. 네가 기껏해야 고용된 하수인에 불과하다는 사실을 내가 모르는 것 같아?"

매콘의 얼굴이 붉어졌다. 그냥 부드러운 홍조 정도가 아니었다. 단단하고 새빨간 벽돌 같았다.

"너를 우리 동네로 데려가면 재미있을 거야. 우리에게는 네 머리를 고층 빌딩에서 인도에 떨어트린 호박처럼 만들 충격용 탄환이 있거든. 가스 충전 탄환. 접촉할 때 폭발해. 그런데 배에 쏘면…….”

리처즈가 소리쳤다. "이제 간다! 링 뽑는다!”

매콘이 새된 비명을 질렀다. 비틀거리며 뒤로 두 걸음 물러서다가, 통로 건너편에 있는 95번 좌석의 푹신한 팔걸이에 엉덩이가 부딪히더니, 균형을 잃고 밧줄에 걸린 사람처럼 좌석으로 쓰러졌다. 그리고 머리 위 허공으로 팔을 마구 휘저으며 미친 듯이 무언가를 막으려는 몸짓을 했다.

매콘의 손이 머리 옆에서 돌이 되어 버린 새처럼 손가락이 벌어진 채로 멈췄다. 양손으로 이루어진 기괴한 틀 사이로 그의 얼굴이 보였는데, 마치 누군가가 장난삼아 금테 안경을 걸어 둔 석고 데스마스크 같았다.

리처즈가 웃음을 터트렸다. 처음에는 그 소리가 갈라지고 머뭇거리며, 자신의 귀에 낯설게 들렸다. 진심으로 가슴 깊숙한 곳에서 참지 못하고 거리낌 없이 터져 나오는 진짜 웃음을 마지막으로 웃어 본 게 언제였던가? 그는 평생 그늘지고 고단하고 성실하기만 했던 삶을 보내며 한 번도 그렇게 웃어 본 적이 없었던 것 같았다. 하지만 지금 그가 웃고 있었다.

'이 개자식.'

매콘은 목소리가 나오지 않았다. 그저 입술만 들썩일 뿐이었다. 그의 얼굴은 마치 험하게 가지고 놀아서 망가진 테디베어 인형의 얼굴처럼 일그러지고 구겨져 있었다.

리처즈가 웃었다. 자유로운 손으로 좌석 팔걸이를 붙잡고, 그저 웃고, 또 웃고, 또 웃었다.

······마이너스 022, 계속된다······

 할러웨이의 목소리가 리처즈에게 비행기가 캐나다와 버몬트주의 경계를 넘어가고 있다고 알려 주었다.(리처즈는 기장이 자기 일을 잘하고 있다고 생각했다. 아래로는 가끔 불빛 무리가 보일 뿐 어둠에 잠겨 있어서 아무것도 보이지 않았다.) 리처즈는 커피잔을 조심스럽게 내려놓고 말했다.
 "할러웨이 기장, 북미 지도를 주실 수 있소?"
 "지리 지도와 정치 지도 중 어떤 걸 원하나요?" 새로운 목소리가 끼어들었다. 리처즈는 항법사의 목소리일 거라고 짐작했다. 이제 리처즈는 멍청해서 무슨 지도를 원하는지 모르는 것처럼 행동해야 했다. 사실 몰랐다.
 "둘 다 주시오." 리처즈가 단조롭게 대답했다.
 "여자를 보내서 지도를 가져가겠습니까?"
 "이름이 뭐요, 친구?"
 자신을 딱 집어서 지목하자 남자가 갑작스러운 당혹감 때문에 주저하며 머뭇거리더니 대답했다. "도너휴입니다."
 "당신도 다리가 있잖소, 도너휴. 빠른 걸음으로 직접 가져다주는 건 어떻소."
 도너휴가 빠른 걸음으로 지도를 가지고 왔다. 그는 긴 머리카락을 기름칠해서 뒤로 빗어 넘기고, 가랑이 부분이 골프공 주머니처럼 보일 정도로 쫙 달라붙은 바지를 입었다. 지도는 부드러운 비닐에 싸여 있었다. 리처즈는 도너휴의 골프공이 무엇으로 감싸여 있는지는 알고 싶지 않았다.

"그렇게 말하려던 건 아니었습니다." 도너휴가 마지못해 말했다. 리처즈는 그가 어떤 사람인지 대충 짐작이 되었다. 돈 많은 집 자식들은 시간이 남을 때면 대도시의 후줄근한 유흥가를 떼지어 어슬렁거리며 시간을 보냈다. 때로는 걸어서, 더 자주는 오토바이를 타고. 동성애자들에게 주먹을 휘두르고 다니는 놈들이었다. '게이를 박멸하자. 민주주의를 위해 우리 화장실을 지키자!' 이런 놈들은 황혼의 유흥가를 벗어나 빈민가의 완전한 어둠 속으로 모험을 하는 일은 거의 없었다. 어쩌다 들어왔다간 늘씬 두들겨 맞기 십상이니까.

리처즈가 한참 동안 눈길을 떼지 않고 바라보자, 도너휴가 불안하게 몸을 움직였다. "더 필요한 거라도······?"

"당신도 게이들 패고 다니는 부류지, 친구?"

"네?"

"됐소. 돌아가서 비행기 조종하는 사람들이나 도와주시오."

도너휴는 종종걸음으로 재빨리 돌아갔다.

리처즈는 마을과 도시, 도로가 표시된 지도가 정치 지도라는 사실을 금방 알아차렸다. 손가락으로 데리에서 캐나다-버몬트주 사이의 국경까지 서쪽으로 직선을 그어서 대략의 현재 위치를 찾았다.

"할러웨이 기장?"

"네."

"좌회전하시오."

"네?" 할러웨이는 숨김없이 놀란 기색을 드러내며 말했다.

"남쪽 말이오. 정남쪽. 그리고 잊지 마시오······."

"기억하고 있습니다. 걱정하지 마세요."

비행기가 기수를 틀었다. 매콘은 쓰러졌던 자리에 웅크리고 앉아 뭔가 갈구하고 기다리는 눈빛으로 리처즈를 바라봤다.

······마이너스 021, 계속된다······

　리처즈는 자신이 멍한 상태에 빠졌다가 다시 정신을 차리길 반복하고 있다는 사실을 깨닫고 두려워졌다. 엔진이 꾸준하게 웅웅거리는 소리가 알아채지 못하는 사이에 최면을 거는 것 같았다. 매콘도 상황을 알아차렸는지, 의자에 기댄 자세가 점점 더 교활해졌다. 어밀리아도 그 사실을 알아차렸다. 그녀는 조리실 근처의 앞쪽 좌석에 초라하게 웅크리고 앉아서 두 사람을 지켜봤다.
　리처즈는 커피를 두 잔 더 마셨다. 별로 도움이 되지 않았다. 그들의 탈법적인 비행에 대해 할러웨이의 단조로운 해설을 들으며 지도를 보는 일에 집중하는 게 점점 더 힘들어졌다.
　결국 리처즈는 주먹을 쥐고 총을 맞은 옆구리를 세게 쳤다. 얼굴에 차가운 물을 끼얹을 때처럼 고통은 즉각적이고 강렬했다. 스테레오 스피커처럼 꽉 다문 입술 양쪽으로 휘파람 같은 비명이 반쯤 속삭이듯 새어 나왔다. 새 피가 셔츠를 적시고 손에도 묻어 나왔다.
　어밀리아가 신음 소리를 냈다.
　"약 6분 후에 올버니를 지납니다. 왼쪽 창으로 곧 보일 겁니다." 할러웨이가 말했다.
　"진정해." 리처즈는 누구에게도 아니고, 바로 자신에게 말했다. "진정해. 진정하라고."
　'맙소사, 빨리 끝날 수 있을까?' 그래. 곧 끝날 것이다.
　7시 45분이었다.

······마이너스 020, 계속된다······

악몽 같았다. 어둠 속에서 기어 나와 리처즈의 반쯤 깨어 있는 병든 정신의 조명 아래로 미끄러져 들어온 악몽 같았다. 더 정확히 말하면 환영이나 환각에 더 가까웠다. 그의 뇌는 하나의 층위로 항로 문제와 매콘의 사라지지 않는 위험에 대처하며 집중하고 있었다. 다른 층위에서는 뭔가 어두운 것이 자리를 잡고 있었다. 어둠 속에서 무언가가 움직였다.

'추적 중. 확인.'

어둠 속에서, 밤 속에서 윙윙거리는 거대한 자동 제어 장치가 돌아가고 있었다. 알려지지 않은 스펙트럼으로 빛나는 적외선 눈. 계기판과 오락가락하는 레이더 화면의 창백한 초록색 인광.

'목표 고정. 조준 완료.'

시골 도로를 덜컹대며 달리는 트럭들. 300킬로미터 떨어진 곳에 삼각형으로 배치된 평상형 트럭들에 실린 극초단파 안테나가 밤하늘을 향해 돌아갔다. 눈에 보이지 않는 박쥐 날개를 타고 전자파가 끊임없이 날아갔다. 반사되고, 반향되었다. 강렬한 삑 소리와 사라져 가는 잔상은 레이더의 회전하는 빛이 약간 더 남쪽 위치로 옮겨 갈 때까지 남아 있다.

'확실한가?'

'그렇다. 뉴어크 남쪽 300킬로미터. 뉴어크 범위 안에 있을 수도 있다.'

'뉴어크는 레드 구역이다. 뉴욕주의 남부도 마찬가지다.'
'집행 대기는 여전히 유효한가?'
'그렇다.'
'녀석을 올버니 상공에서 정확히 포착했다.'
'진정해, 친구.'

배타적인 마을을 트럭이 굉음을 내며 지나가자, 판지를 붙여 놓은 창문 사이로 사람들이 공포와 증오에 찬 눈길로 바라봤다. 밤에 울부짖는 선사 시대의 야수들 같았다.

'발사대 개방.'

거대한 모터들이 삐걱거리며 거대한 콘크리트 뚜껑을 옆으로 옮겨서 반짝이는 강철 트랙 위로 밀었다. H. G. 웰스의 『타임머신』에 나오는 몰록의 지하 세계로 들어가는 입구처럼 생긴 원형의 사일로들. 액체 수소가 빠져나가며 내쉬는 숨소리.

'추적 중. 추적 중이다, 뉴어크.'
'알겠다, 스프링필드. 통신을 유지하라.'

골목에 잠들어 있던 주정뱅이들이 트럭의 천둥 같은 소리에 어슴푸레 깨어나, 다닥다닥 붙어 있는 건물들 틈으로 말없이 바라본다. 그들의 눈은 누렇고 흐릿했으며, 그들의 입에서는 침이 줄줄 흘러내렸다. 손은 노쇠한 반사 신경으로 신문지를 끌어당겨 가을 추위를 막으려 하지만, 신문지는 더 이상 없었다. 프리비가 신문을 모두 죽여 버렸기 때문이다. 프리비는 세계의 왕이다. 할렐루야. 돈 많은 녀석들은 도크를 피운다. 누런 눈동자는 하늘 높이 깜빡이는 빛을 보지 못한다. 번쩍, 번쩍. 빨강과 초록, 빨강과 초록. 트럭들의 천둥소리가 사라지고, 돌로 이루어진 협곡을 약탈자들이 주먹을 휘두를 때처럼 이리저리 들이받으며 메아리친다. 주정뱅이들이 다시 잠이 든다. 끝내주네.

'스프링필드 서쪽에서 놈을 포착했다.'

'5분 후 발사 여부 결정.'

'하딩에서?'

'그렇다.'

'놈을 포위하고, 조준했다.'

밤하늘 전역을 보이지 않는 박쥐 날개들이 날아다니며, 미국 북동부 구석에 반짝이는 그물을 그렸다. 제너럴 아토믹스 컴퓨터로 제어하는 자동 제어 모터들이 매끄럽게 작동했다. 미사일은 수천 군데에서 미묘하게 방향을 바꾸고 이동하며, 하늘에 그리는 빨간색과 초록색의 불빛들을 따라갔다. 미사일들은 독을 품은 강철 방울뱀 같았다.

리처즈는 이 모든 것들을 보고 있었다. 그 모습을 보면서도 자신의 역할을 수행했다. 어떤 면에서는 뇌의 이중성이 이상하게도 위안이 되었다. 그것은 거의 광기에 가까운 초연함을 불러일으켰다. 피로 얼룩진 그의 손가락은 비행기의 남쪽 항로를 따라 부드럽게 움직였다. 이제 스프링필드의 남쪽, 이제 하트퍼드의 서쪽, 이제…….

'추적 중.'

······마이너스 019, 계속된다······

"리처즈 씨?"
"말하시오."
"뉴저지주 뉴어크 상공입니다."
"알겠소. 지켜보고 있소. 할러웨이 기장?"
할러웨이는 대답하지 않았지만, 리처즈는 그가 듣고 있다는 사실을 알았다.
"그들이 우리를 계속 조준하고 있지, 그렇소?"
"네."
리처즈가 매콘을 바라보며 말했다. "내 생각엔 저들이 여기에 있는 전문적인 사냥개 한 마리를 없애도 될지 고민하고 있는 거 같아. 결국은 없애도 된다고 결론 내릴 거야. 어차피 새로운 사냥개를 훈련시키면 되니까."
매콘이 그에게 으르렁거렸지만, 리처즈는 그게 완전히 무의식적인 행동일 거라고 생각했다. 아마도 조상에게서 물려받은 습성일 것이다. 매콘의 조상을 거슬러 올라가면, 명예롭지만 멍청하게 적과 죽을 때까지 싸우는 쪽보다는 큰 돌을 들고 적의 뒤로 몰래 다가가는 전술을 사용하는 네안데르탈인이 나올 것이다.
"언제 다시 들판 상공을 날게 되는 거요, 기장?"
"들판으로는 안 갑니다. 남쪽으로 계속 가면요. 하지만 노스캐롤라이나 해안의 해상 시추 시설을 지나면 바로 공해상으로 나아갈 겁니다."

"여기 남쪽은 전부 뉴욕시의 교외 지역이오?"

"대략 그렇습니다." 할러웨이가 대답했다.

"고맙소."

뉴어크는 여자가 검은 벨벳 화장품 보관함 안에 무심코 내던진 지저분한 보석처럼 그들 아래에 펼쳐져 있었다.

"기장?"

"네." 지친 목소리가 대답했다.

"이제 서쪽으로 가시오."

매콘이 누가 엉덩이를 쿡 찌른 것처럼 움찔했다. 어밀리아는 놀라서 목에 뭔가가 걸린 듯 기침 소리를 냈다.

"서쪽이요?" 할러웨이가 처음으로 불안하고 두려워하는 기색을 비쳤다. "그쪽으로 가면 위험을 자초하는 겁니다. 서쪽은 거의 탁 트인 들판이에요. 해리스버그와 피츠버그 사이의 펜실베이니아 지역은 모두 농지입니다. 클리블랜드 동쪽으로는 다른 대도시가 없습니다."

"당신이 내 전략까지 짜 주는 거요, 기장?"

"아니, 난······."

"서쪽으로 가시오." 리처즈가 무뚝뚝하게 다시 말했다.

뉴어크가 그들 아래에서 멀어져 갔다.

"미쳤군. 저들이 우리를 날려 버릴 거야." 매콘이 말했다.

"너와 다른 무고한 다섯 사람이 탑승한 상태에서? 이 훌륭한 나라에서?"

"실수가 될 거야." 매콘이 냉혹하게 말했다. "고의적인 실수."

"「국정 보고」 안 보나?" 리처즈가 여전히 미소를 지으며 물었다. "우리 나라는 실수를 하지 않아. 1950년 이래로 한 번도 실수라는 걸 한

적이 없어."

뉴어크가 날개 아래로 미끄러지듯 멀어져 갔다. 어둠이 그 자리를 채웠다.

"너도 이제 안 웃네." 리처즈가 말했다.

······마이너스 018, 계속된다······

30분 후, 할러웨이가 다시 인터컴을 통해 말했다. 목소리가 들떠 있었다.

"리처즈 씨, 하딩 레드에서 우리에게 고강도 방송 신호를 쏘겠다고 알려 왔습니다. 게임사에서 보내는 것입니다. 프리비를 켜면 당신에게 상당히 유용할 거라고 합니다."

"고맙소."

리처즈는 꺼진 프리비 화면을 바라보며 거의 켤 뻔했다. 그는 앞좌석 등받이에 내장된 모니터가 뜨겁기라도 한 듯 화들짝 손을 뗐다. 이상한 두려움과 데자뷔 같은 감각이 그를 채웠다. 마치 처음으로 돌아간 것 같은 느낌이었다. 마르고 지친 얼굴의 실라, 복도 끝에서 풍겨 오는 제너 부인의 양배추 냄새. 게임의 시끄러운 소리. 「돈 버는 러닝 머신」, 「악어와 수영」. 캐서린의 울부짖는 소리. 설령 그가 이 모든 것을 되돌리고, 철회하고, 처음으로 돌아간다고 해도, 이제 다른 아이가 생길 리 없었다. 캐서린도 기적 같은 확률을 뚫고 얻어 낸 아이였다.

"켜 봐. 우리에게, 아니 너에게 거래를 제안할지도 모르잖아." 매콘이 말했다.

"닥쳐." 리처즈가 말했다.

리처즈는 두려움이 무거운 물처럼 자신의 몸을 가득 채우도록 기다렸다. 호기심 어린 불길한 예감. 그는 너무 고통스러웠다. 상처에서는 아직도 피가 흐르고, 다리는 힘이 빠지며 감각이 느껴지지 않았다. 때가 되면 뻔히 보이는 이런 속임수를 끝낼 수 있을지조차 알 수 없었다.

리처즈가 끙 앓는 소리를 내며 다시 몸을 앞으로 기울여 ON 버튼을 눌렀다. 프리비는 믿을 수 없을 만큼 노이즈 하나 없이 증폭된 신호로 생생하게 살아났다. 화면을 가득 채운, 인내심을 가지고 기다려 준 얼굴은 매우 검었고, 매우 익숙했다. 댄 킬리언 총괄 프로듀서. 그는 게임사의 로고가 새겨진 콩팥 모양의 마호가니 책상에 앉아 있었다.

"안녕하시오." 리처즈가 부드럽게 말했다.

킬리언이 몸을 곧게 펴고 활짝 웃으며 말했다. "안녕하세요, 리처즈 씨." 그 순간 리처즈는 좌석에서 굴러떨어질 뻔했다.

······마이너스 017, 계속된다······

"당신이 보이지는 않지만, 목소리는 들을 수 있습니다. 제트기 내부의 인터컴이 조종실의 무선 장비를 통해 전달되고 있습니다. 당신이 총에 맞았다고 들었습니다."

"보이는 것만큼 심하지는 않소. 숲에서 좀 긁힌 것뿐이오."

"아, 네. 숲속의 달리기는 유명하죠. 바비 톰슨이 바로 오늘 저녁 방송에서 그 사건을 찬양했습니다. 물론, 당신이 현재 펼치고 있는 활약도 함께. 내일 그 숲에는 당신의 셔츠 조각이나 탄피를 주우려는 사람들이 몰려들 겁니다."

"정말 유감이오. 거기서 토끼를 봤었는데."

"리처즈, 당신은 우리가 지금까지 만난 참가자 중 최고였습니다. 행운과 실력이 어우러져, 당신은 그야말로 최고였습니다. 그래서 우리가 당신에게 거래를 제안하려고 합니다."

"어떤 거래요? 전국으로 방송되는 총살형이라도 하려는 거요?"

"이번 비행기 납치는 가장 화려했지만, 동시에 가장 어리석은 짓이었습니다. 왜 그런지 아십니까? 당신이 처음으로 당신과 같은 부류의 사람들과 멀어졌기 때문입니다. 땅을 떠날 때 그들을 다 놔두고 왔죠. 심지어 당신을 보호하는 여성도. 당신은 그녀가 당신의 편이라고 생각할지 모르지만, 그렇지 않습니다. 리처즈, 거기에는 우리 사람들밖에 없습니다. 당신은 이제 죽은 목숨입니다. 드디어."

"사람들이 내게 계속 그렇게 말했지만, 난 아직도 숨을 쉬고 있소."

"지난 두 시간 동안 당신은 게임사가 엄격하게 지시를 내린 덕분에 숨을 쉴 수 있었습니다. 내가 지시를 내렸죠. 그리고 당신에게 제안할 거래 내용을 최종적으로 승인하도록 밀어붙인 사람도 나였습니다. 구 세력의 강력한 반대가 있었지만(전례가 없는 일이었기 때문입니다.), 나는 관철할 생각입니다.

당신이 내게 기관총을 들고 맨 꼭대기 층으로 올라가면 누굴 죽일 수 있냐고 물었던 적이 있죠. 당신이 죽일 사람 중 하나는 나였을 겁니다, 리처즈. 놀랍지 않나요?"

"놀란 것 같소. 난 당신을 깜둥이 하인으로 봤거든."

킬리언이 고개를 뒤로 젖히고 웃었지만, 억지로 내는 웃음소리처럼 들렸다. 몹시 긴장한 상태에서 높은 판돈을 걸고 도박을 하는 남자의 웃음소리였다.

"리처즈, 제안할 거래는 이겁니다. 비행기를 타고 하딩으로 가세요. 공항에 게임사 리무진이 기다리고 있습니다. 처형이 진행될 겁니다. 가짜죠. 그리고 당신은 우리 팀에 합류하게 됩니다."

놀란 매콘이 분노에 찬 소리를 질렀다. "이 깜둥이 개자식이……."

어밀리아 윌리엄스가 깜짝 놀랐다.

"아주 좋소. 당신이 잘하는 건 알고 있었지만, 이건 정말 대단하군. 킬리언, 당신은 중고차 판매업에 뛰어들었어도 성공했을 거요." 리처즈가 말했다.

"매콘의 소리를 들어도 내가 거짓말하는 것 같습니까?"

"매콘은 훌륭한 배우요. 공항에서 보여 준 약간의 노래와 춤은 아카데미상을 받을 만했소." 그래도 리처즈는 마음에 걸리는 게 있었다. 어밀리아가 블랙 아이리시를 잘못 건드릴까 봐 매콘이 급하게 커피 심부름을 시킨 일, 그리고 매콘의 한결같은 강한 적대감……. 이건 뭔가 맞지 않았다. 아니면 맞는 걸까? 리처즈가 머리를 굴리기 시작했다. "당신이 매콘 모르게 일을 진행해서 그 제안을 불쑥 말했겠지. 그의 반응을 이용해서 제안을 더욱 그럴싸하게 보이도록 하려고."

"리처즈 씨, 플라스틱 폭약으로 춤추고 노래 부르는 건 다 끝났습니다. 우리는 알고 있습니다. 당신이 허세를 부리고 있다는 걸. 하지만 이 책상에는 작고 빨간 단추가 있는데, 이건 허세가 아닙니다. 내가 이 단추를 누르면 20초 후 그 비행기는 청정 핵탄두가 탑재된 지대공 다이아몬드백 미사일에 산산조각이 날 것입니다."

"블랙 아이리시는 가짜가 아니오." 리처즈가 말했다. 하지만 입맛이 썼다. 그의 뻥카가 들킨 느낌이 들었다.

"아, 가짜 맞습니다. 플라스틱 폭탄을 들고 록히드/제너럴 아토믹스 비행기를 타는 건 알람에 걸리지 않고는 불가능하거든요. 비행기에는 납치범을 막기 위해 네 개의 탐지기가 설치되어 있습니다. 그리고 당신이 요구했던 낙하산에 다섯 번째 탐지기가 설치되어 있죠. 당신이 비행기에 탑승할 때, 보이트 비행장 관제탑에서는 경보등이 켜지는지 아주 큰 관심과 두려운 마음으로 지켜봤습니다. 대부분은 당신이 블랙 아이리시를 가지고 있을 거라고 짐작했었죠. 당신이 모든 단계에서 매우 현명하게 행동했기 때문에, 그렇게 가정하는 게 합리적이었습니다. 경보등이 들어오지 않았을 때 다들 적잖게 안도했습니다. 아마 당신은 폭약을 손에 넣을 기회가 없었을 겁니다. 어쩌면 너무 늦게서야 그 생각을 하게 되었을지도 모르겠군요. 뭐, 상관없습니다. 당신 입장은 더 나빠지겠지만······."

매콘이 갑자기 리처즈 옆으로 다가왔다. "이제 간다!" 그가 이를 드러내며 웃었다. "여기에서 네놈의 빌어먹을 대가리를 날려 버릴 거야, 이 멍청한 놈아." 매콘이 리처즈의 관자놀이에 총을 겨눴다.

······마이너스 016, 계속된다······

"그러면 당신은 죽어." 킬리언이 말했다.

매콘이 머뭇거리다 한 걸음 뒤로 물러나 믿기지 않는다는 표정으로 프리비를 노려봤다. 그의 얼굴이 다시 뒤틀리고 일그러졌다. 매콘은 뭔가 말을 하려 입술을 꿈틀거리며 안간힘을 썼다. 이윽고 그의 입에서 나온 말은 좌절과 분노가 섞인 중얼거림이었다.

"저놈을 내가 죽일 수 있어! 지금 당장! 바로 여기서! 그러면 우리 모두가 안전해질 거야! 우리······."

킬리언이 지친 목소리로 말했다. "당신은 지금도 안전해, 이 빌어먹을 멍청아. 그리고 도너휴도 저 사람을 죽일 수 있어. 우리가 원하기만 한다면."

"이놈은 범죄자야!" 매콘의 목소리가 점점 더 커졌다. "이놈은 경찰을 살해했어! 무정부 행위와 비행기 납치를 저질렀어! 이놈은······ 나와 내 부서를 공개적으로 모욕했어!"

"앉아." 킬리언의 목소리는 행성 사이의 심우주만큼이나 차가웠다. "누가 당신에게 월급을 주는지 기억해, 수석 사냥꾼."

"이 일을 네트워크 협회장에게 보고할 거야!" 이제 매콘이 미친 듯이 악을 썼다. 입술에서 침이 튀었다. "이번 일이 끝나면 넌 면화나 따러 가게 될 거다, 깜둥아! 비겁하게 숨어서 싸우는 이 쓸모없는 개자식······."

"총을 바닥에 던져." 새로운 목소리가 말했다. 리처즈가 놀라서 돌아봤다. 도너휴, 항법사였다. 그는 어느 때보다 싸늘하고 위협적인 얼굴이었다. 기름을 바른 머리가 객실의 간접 조명을 받아 번들거렸다. 손에 든 와이어 스톡 매그넘/스프링스턴 기관권총의 총구가 매콘을 겨누고 있었다. "게임사 제어국 베테랑 로버트 S. 도너휴다. 총을 바닥에 던져."

······마이너스 015, 계속된다······

 매콘은 도너휴를 한참 동안 바라보더니, 두툼한 카펫 위로 총을 던졌다. "당신은······."
 "당신의 연설은 충분히 들은 것 같아. 이등석으로 돌아가서 착한 아이처럼 얌전히 앉아 있어." 도너휴가 말했다.
 매콘이 몇 걸음 뒤로 물러나며 무의미하게 으르렁거렸다. 리처즈에게 매콘은 옛날 공포 영화에서 십자가에 막혀 좌절한 흡혈귀처럼 보였다.
 매콘이 떠난 후, 도너휴는 리처즈에게 총으로 비꼬듯이 경례를 슬쩍 하며 미소를 지었다. "이제 저 사람은 더 이상 당신을 귀찮게 하지 않을 겁니다."
 "당신은 여전히 게이 패고 다니는 사람처럼 보여." 리처즈가 담담하게 말했다.
 도너휴의 입에 걸려 있던 작은 미소가 사라졌다. 갑자기 헛된 반감을 담아 리처즈를 노려보다가 다시 앞쪽으로 돌아갔다.
 리처즈는 프리비 화면으로 돌아갔다. 그의 맥박은 완벽하게 안정된 상태였다. 숨이 차거나 다리의 힘이 풀리지도 않았다. 죽음은 이제 일상이 되었다.
 "거기 계십니까, 리처즈 씨?" 킬리언이 물었다.
 "여기 있소."
 "문제는 해결됐나요?"

"그렇소."

"좋군요. 그럼 내가 하던 말을 계속 이어 가겠습니다."

"계속하시오."

킬리언은 리처즈의 말투에 한숨을 내쉬었다. "내가 말하려던 건 당신의 허세를 우리가 알고 있다는 사실이 당신의 처지를 더욱 불리하게 하긴 했지만, 우리 말의 신뢰도는 더욱 올라갔다는 겁니다. 왜 그런지 알겠습니까?"

"그렇소." 리처즈가 무덤덤하게 대답했다. "당신은 언제든 이 비행기를 날려 버릴 수 있었고, 할러웨이에게 지시해서 마음대로 착륙시킬 수도 있었다는 뜻이기 때문이오. 매콘을 시켜 나를 죽여 버릴 수도 있었고."

"정확합니다. 당신이 허세를 부리고 있다는 사실을 우리가 안다는 걸 믿습니까?"

"안 믿소. 하지만 당신이 매콘보다 훨씬 낫군. 심어 둔 하인을 동원한 건 훌륭한 한 수였소."

킬리언이 웃었다. "아, 리처즈. 당신은 정말 멋진 사람이에요. 정말 보기 힘든, 재능이 넘치는 사람입니다." 하지만 그 웃음소리 역시 억지로 짜낸 듯 긴장과 압박감이 배어 있었다. 리처즈는 문득 킬리언이 결코 말하고 싶지 않은 어떤 정보를 숨기고 있다는 사실을 알아챘다.

"만일 당신이 정말로 폭약을 가지고 있었다면, 매콘이 당신 머리에 총을 들이댔을 때 그 줄을 당겼을 겁니다. 그 사람이 당신을 죽이려 한다는 사실을 알고 있었으니까요. 그런데 당신은 그 자리에 그냥 앉아만 있었죠."

리처즈는 모든 게 끝났다는 사실을 깨달았다. 저들이 알아챘다는 것도. 리처즈의 얼굴에 미소가 떠올랐다. 킬리언은 그 미소가 무슨 뜻인지 알아차렸을 것이다. 킬리언은 날카롭고 냉소적인 사람이었다. 저들이 홀카드를 보려면 판돈을 걸게 만들어야 한다.

"나는 당신의 말을 안 믿소. 혹시라도 나를 밀어붙인다면, 모든 게 날아갈 거요."

"끝까지 가지 않으면 당신답지 않죠. 도너휴 씨?"

"넵." 도너휴의 차갑고 효율적이고 감정 없는 목소리가 인터컴과 프리비에서 동시에 흘러나왔다.

"돌아가서 리처즈 씨의 주머니에 있는 윌리엄스 부인의 핸드백을 꺼내세요. 단, 리처즈 씨에게 어떤 위해도 가해서는 안 됩니다."

"알겠습니다." 리처즈는 게임사 본사에서 자신의 ID 카드에 무늬를 찍었던 플라스틱 펀치를 떠올리고 섬뜩한 느낌을 받았다. '타닥, 타닥, 타닥.'

도너휴가 다시 나타나 리처즈를 향해 걸어왔다. 그의 얼굴은 부드럽고, 차갑고, 무표정했다. '프로그램됐군.' 그 말이 얼핏 리처즈의 머릿속을 스쳤다.

"거기 서, 예쁜 친구." 리처즈가 코트 주머니에 넣은 손을 살짝 움직이며 말했다. "저자는 땅에 안전하게 있어. 달로 날아갈 사람은 당신이야."

도너휴의 안정된 걸음걸이가 아주 잠깐 흔들리는 것 같았고, 눈도 지극히 미세하게 불안정하게 움찔하는 것 같았지만, 곧 다시 다가왔다. 그는 코트다쥐르 해안을 산책하는 것 같기도 하고…… 어두운 골목 끝에서 웅크린 채 떨고 있는 동성애자에게 다가가는 것 같기도 했다.

잠시간 리처즈는 낙하산을 들고 도망칠까도 생각해 봤다. 가망이 없었다. 도망이라니? 어디로? 도망가 봤자 삼등석 끝에 있는 남자 화장실보다 멀리 도망치지 못할 것이다.

"지옥에서 보자." 리처즈가 나직이 말하며, 주머니에서 뭔가를 당기는 동작을 했다. 이번의 반응은 아까보다 조금 나았다. 도너휴는 낮게 신음 소리를 내며 본능적으로 손을 들어 얼굴을 보호하는 몸짓을 했다. 인류의 역사만큼이나 오래된 본능이었다. 도너휴는 손을 내리고, 여전히 살아 있는 자신을 느끼며, 민망함과 격렬한 분노로 얼굴이 일그러졌다.

리처즈가 흙투성이에 여기저기 찢긴 코트의 주머니에서 어밀리아 윌리엄스의 핸드백을 꺼내 던졌다. 핸드백은 도너휴의 가슴에 부딪힌 후 죽은 새처럼 그의 발치에 툭 떨어졌다. 리처즈의 손이 땀에 젖어 미끈거렸다. 손을 다시 무릎 위에 내려놓았더니, 이상했고 창백했으며 낯설게 느껴졌다. 도너휴는 핸드백을 집어 들고 대충 살펴본 후 어밀리아에게 건네주었다. 리처즈는 그 핸드백이 건네지는 모습을 보며 어리석은 슬픔 같은 게 느껴졌다. 어떤 면에서는, 오래된 친구를 잃어버린 기분이었다.

"펑." 리처즈가 나직이 말했다.

······마이너스 014, 계속된다······

"당신 부하가 참 잘하더군." 도너휴가 다시 물러간 후 리처즈가 지친 목소리로 말했다. "내가 살짝 움찔하게 만들기는 했지만, 바지에 오줌이라도 지리길 바랐었소." 리처즈는 시각이 이상하게 겹쳐 보인다는 사실을 알아챘다. 그 증상이 잠깐씩 오락가락했다. 조심스럽게 옆구리를 확인했다. 두 번째로 다시 피가 간신히 굳어 가는 중이었다. "이제 어떻게 할 거요? 공항에 카메라를 설치해서 모든 사람에게 이 무법자가 벌 받는 모습을 지켜보게 할 건가?"

"이제 거래를 합시다." 킬리언이 부드럽게 말했다. 그의 얼굴은 어둡고 속내를 읽을 수가 없었다. 그가 숨기고 있는 게 무엇이든 이제는 표면의 바로 아래에서 모습을 드러내기 직전이었다. 리처즈는 그것을 느꼈다. 그런데 다시 갑자기 공포가 엄습했다. 손을 뻗어 프리비를 끄고 싶었다. 더 이상 킬리언의 말을 듣고 싶지 않았다. 그는 자신의 깊은 곳에서 느리고 끔찍한 떨림이 시작되는 게 느껴졌다. 실제로 말 그대로 몸이 떨렸다. 하지만 그는 프리비(Free-Vee)를 끄지 못했다. 당연했다. 어쨌든 공짜(free)잖아.

"사탄아, 내 눈앞에서 사라져라." 리처즈가 잠긴 목소리로 말했다.

"네?" 킬리언이 놀란 얼굴로 바라봤다.

"아무것도 아니오. 본론을 말하시오."

킬리언은 말하지 않았다. 그는 자신의 손을 내려다보고 있었다. 다시 고개를 들었다. 리처즈는 자신의 마음속 어딘지 알 수 없는 방 하나가 심령적으로 불길한 예감에 휩싸여 신음하는 게 느껴졌다. 마치 가난한 사람들, 이름 없는 사람들, 골목에서 자는 술주정뱅이의 유령들이 그의 이름을 부르고 있는 것 같았다.

"매콘은 끝났습니다." 킬리언이 부드럽게 말했다. "당신이 그렇게 만들었으니, 무슨 말인지 알 겁니다. 당신은 매콘을 힘없는 달걀 껍데기처럼 깨 버렸습니다. 우리는 당신이 그의 자리를 대신해 주길 바랍니다."

이미 겪을 수 있는 충격은 다 겪었다고 생각했던 리처즈는 믿을 수 없는 충격 속에서 멍하니 입을 벌리고 있었다. 거짓말이었다. 거짓말이어야 했다. 하지만 어밀리아는 이제 핸드백을 돌려받았다. 그들에게는 거짓말을 하거나 가짜 환상을 리처즈에게 들이댈 이유가 없었다. 그는 부상을 당했고, 혼자였다. 매콘과 도너휴는 무장을 하고 있었다. 왼쪽 귀의 바로 위에 총알 한 발이면 소란도 없고 혼란도 없이 귀찮지 않게 깔끔하게 그를 끝낼 수 있다.

결론: 킬리언은 전적으로 진실을 말하고 있다.

"미쳤군." 리처즈가 중얼거렸다.

"아닙니다. 지금까지 당신은 우리가 봤던 최고의 도망자입니다. 그리고 최고의 도망자는 어디를 찾아봐야 하는지 잘 알죠. 조금만 눈을 더 크게 뜨고 보면, 「러닝 맨」이 단순히 대중을 즐겁게 하고 위험한 인물을 제거하기 위해 진행하는 게 아님을 알게 될 겁니다. 리처즈, 네트워크는 항상 새로운 인재를 찾고 있습니다. 그럴 수밖에 없죠."

리처즈는 뭔가 말하려 했지만, 말이 나오지 않았다. 공포가 여전히 그의 안에 자리 잡은 채 더 넓어지고, 높아지고, 짙어졌다.

"수석 사냥꾼은 가족을 둔 경우가 한 번도 없었소." 이윽고 리처즈가 입을 열었다. "당신들도 이유를 알 거요. 혹시라도 협박당할 가능성이…….."

"벤." 킬리언이 무한히 정중한 말투로 말했다. "당신의 부인과 딸은 죽었습니다. 열흘 전에 사망했습니다."

······마이너스 013, 계속된다······

　댄 킬리언이 말을 하고 있었다. 아마도 한참 동안 계속 말을 했을 것이다. 하지만 리처즈에게는 그 소리가 머릿속에서 왜곡되고 이상한 메아리가 되어 저 멀리서 나는 소리처럼 들렸다. 아주아주 깊은 우물 안에 갇힌 채 누군가가 저 위에서 부르는 소리를 듣는 것 같았다. 그의 마음은 한밤중처럼 캄캄해졌고, 그 어둠은 일종의 사진첩 슬라이드 쇼의 배경이 되었다. 실라가 수공업 고등학교 복도에서 낱장식 바인더를 팔 아래에 끼고 춤추는 모습이 찍힌 오래된 코닥 사진. 당시는 초미니스커트가 다시 유행하던 때였다. 피어 만(입장료 무료)의 끝에 함께 앉아 카메라에 등을 돌린 채 바다를 바라보고 있는 두 사람의 정지 화면. 두 사람은 손을 맞잡고 있었다. 헐렁한 양복을 입은 젊은 남자와, 어머니의 가장 좋은 드레스를 특별히 수선해 입은 젊은 여자가 코에 커다란 사마귀가 난 판사 앞에 서 있는 세피아톤 사진. 결혼 첫날밤, 두 사람은 그 사마귀를 두고 킥킥 웃었다. 거대한 금고 같은 지하실에서 아크 램프 불빛 아래 납 앞치마를 두르고 가슴을 드러낸 채 중장비 기어 레버를 다루며 땀범벅이 된 남자의 강렬한 흑백 작업 사진. 창가에 서서 낡은 커튼을 한쪽으로 젖힌 채 창밖을 내다보며 거리를 걸어올 남편을 기다리는 배가 불룩한 여성이 담긴 (주변의 낡고 벗겨진 환경을 흐릿하게 처리한) 부드러운 색감의 사진. 빛이 부드러운 고양이 발처럼 그녀의 뺨을 쓰다듬고 있었다. 마지막 사진: 마른 남자가 머리 위로 자그마한 아이를 높이 들어 올리며 승리와 사랑이 묘하게 뒤섞인 얼굴로 활짝 웃고 있는 또 다른 옛날 코닥 사진. 사진들이 점점 더 빠르게 획획 돌아가기 시작했다. 슬픔도, 사랑도, 상실감도 느껴지지 않았다. 아니, 싸늘한 노보카인 마취제 같은 무감각만 느껴졌다.

킬리언은 네트워크가 그들의 죽음과 아무런 관련이 없으며, 모든 게 끔찍한 사고였다고 단언했다. 리처즈는 그의 말을 믿기로 했다. 그 이야기가 진실이 아니기엔 너무도 거짓말처럼 들렸기 때문이 아니라, 리처즈가 이 제안을 받아들인 후 가장 먼저 갈 곳이 공영주택 단지라는 사실을 킬리언이 알고 있기 때문이었다. 리처즈가 그곳에서 한 시간만 돌아다니면 진실을 파악할 수 있으리라는 것도.

좀도둑 세 명이었다.(혹시 매춘 손님일까? 리처즈는 갑자기 고통스러운 의문이 떠올랐다. 실라는 전화에서 뭔가를 숨긴 것처럼 약간 미심쩍은 기미가 있었는데…….) 그놈들은 약에 취한 상태였을 것이다. 아마 놈들이 캐서린에게 위협적인 행동을 하자, 실라가 딸을 보호하려 나섰을 것이다. 둘은 모두 칼에 찔려 사망했다.

그 말에 정신이 번쩍 들었다. "그딴 개소리 집어치워!" 리처즈가 갑자기 소리쳤다. 어밀리아가 뒤로 물러서며 갑자기 얼굴을 가렸다. "무슨 일이 있었어? 무슨 일이 있었던 거냐고!"

"더 이상 말할 게 없어요. 당신의 아내는 60번 넘게 칼에 찔렸습니다."

"캐서린……." 리처즈는 멍하니 아무 생각 없이 중얼거렸다. 킬리언이 얼굴을 찌푸렸다.

"벤저민, 이 모든 걸 생각할 시간이 필요한가요?"

"그래, 그래, 그러고 싶소."

"정말 진심으로 안타깝게 생각합니다, 친구. 우리 어머니를 걸고 맹세하는데, 네트워크는 그 일과 전혀 관계가 없습니다. 우리 방식은 당신과 멀리 떨어진 곳에 가족들을 숨겨 놓고, 당신이 동의한다면 방문권을 주는 겁니다. 가족을 살해한 회사에 자발적으로 일할 사람이 어디에 있겠습니까. 우리도 그 정도는 압니다."

"생각할 시간이 필요하오."

"수석 사냥꾼이 되면 말입니다." 킬리언이 부드럽게 말했다. "그 개자식들을 찾아내 깊은 구덩이에 던져 넣을 수 있습니다. 그리고 그놈들과 똑같은 다른 놈들도."

"생각 좀 하겠소. 잘 가시오."

"내가……."

리처즈가 손을 뻗어 프리비의 화면을 껐다. 그는 돌처럼 의자에 앉아 있었다. 손은 무릎 사이에 맥없이 늘어져 있었다. 비행기가 윙윙거리며 어둠을 향해 날아갔다.

'자, 이제 모든 패가 펼쳐졌어. 모든 패가.' 리처즈가 생각했다.

······마이너스 012, 계속된다······

한 시간이 지났다.

'때가 됐어. 바다코끼리가 말했다. 많은 것들에 대해 이야기해 보자. ······범선과 봉인 왁스에 대해. 그리고 돼지에게 날개가 있는지, 없는지에 대해.'*

리처즈의 머릿속에서 여러 가지 생각이 스쳐 지나갔다. 스테이시. 브래들리. 아기 얼굴을 한 엘턴 파라키스. 악몽 같은 도주. YMCA 지하실에서 마지막 남은 성냥으로 신문지에 불을 붙였던 일. 휘발유로 가동하는 차들이 삐걱거리며 달리고, 스텐 기관단총이 불꽃을 뿜었던 일. 지미의 쉰 목소리. 꼬마 게슈타포 요원들 같았던 두 아이의 영상.

'글쎄, 왜 안 되지?'

이제는 아무런 의무도 없고, 도덕 같은 것도 없다. 모든 것에서 잘려 나와 표류하는 사람에게 도덕이 무슨 의미가 있겠는가? 그런 사실을 잘 알고 있는 킬리언은 참으로 현명했다. 그는 차분하게, 그리고 온화하고 잔인하게 리처즈가 얼마나 철저히 혼자 남았는지를 보여 주었다. 브래들리와 그 열정적인 대기 오염에 대한 연설은 이제 멀게만 느껴졌고, 비현실적이고 중요하지 않게 다가왔다. 코 필터. 그래. 한때 코 필터라는 개념이 굉장히 크고 중요하게 생각되었다. 하지만

---

*   루이스 캐럴의 『거울 나라의 앨리스』에 나오는 시 「바다코끼리와 목수」에서 인용.

더는 그렇지 않았다.

'가난한 사람들은 항상 너희와 함께 있을 것이다.'*

사실이다. 심지어 리처즈의 몸뚱이도 이 살육 기계 같은 체제를 위한 전형을 만들어 냈다. 결국 가난한 사람들은 적응하고 돌연변이할 것이다. 1만 년이든 5만 년이든, 그들의 폐는 자체 여과 시스템을 만들어 낼 것이다. 그리고 언젠가 산소가 공기 중에서 부차적인 요소밖에 되지 않을 때, 그들은 봉기해서 인공 필터를 뜯어내고, 그 주인들이 버둥대고 발길질하고 두드리며 죽어 가는 모습을 지켜볼 것이다. 그렇다면 벤저민 리처즈에게 미래는 무엇일까? 그 모든 것들은 그저 다 개 같은 불평거리일 뿐이었다.

비탄의 시대가 올 것이다. 저들은 그것을 예상하고 대비할 것이다. 분노의 시대, 반란의 순간도 있을 것이다. 공기 중에 고의적으로 독을 풀었다는 사실을 다시 세상에 알리려다 실패로 끝나게 될 시도들도 있을 것이다. 저들이 그 문제를 처리할 것이다. 리처즈를 돌봐줄 것이다. 언젠가 그가 저들을 돌봐 줄 것이라 기대하며. 본능적으로 리처즈는 자신이 그 일을 할 수 있을 것이라는 생각이 들었다. 리처즈는 자신이 그 일에 어떤 천재성이 있을지도 모른다는 의심이 들었다. 그들이 리처즈를 도울 것이고, 치유할 것이다. 약과 의사들. 마음의 변화.

그리고 평화.

그의 호전성이 쓴풀처럼 뽑혀 나갔다.

리처즈는 사막에 있는 사람이 물을 바라는 것처럼 평화를 간절히 바랐다.

어밀리아 윌리엄스는 눈물이 다 마른 지 한참이 지난 후에도 자리

---

* 마태복음 26장 11절.

에 앉아 계속 울고 있었다. 리처즈는 무심한 표정으로 그녀가 어떻게 될지 궁금해했다. 어밀리아는 지금의 상태로는 남편과 가족에게 돌아갈 수 없을 것이다. 식사와 모임, 클럽, 요리 같은 일들로 머릿속이 가득 차서 정지 신호에 차를 세웠던 어밀리아는 지금의 그녀와 다른 존재였다. 어밀리아는 선을 넘었다. 리처즈는 그녀가 약물 치료와 상담을 하고, 환자처럼 행동하며 자신을 과시할 것이라 짐작했다. 두 갈래 길에서 왜 잘못된 길을 골랐는지 원인을 찾아내려 탐구할 것이다. 우울한 갈색으로 뒤덮인 혼돈의 축제.

리처즈는 문득 어밀리아에게 다가가 위로해 주고 싶었다. 당신은 그렇게 심하게 망가지지 않았다고, 정신적 반창고를 몇 개 붙이면 금세 괜찮아져서 예전보다 더 좋아질 거라고 말해 주고 싶었다.

실라. 캐서린.

둘의 이름이 마치 종이 울리듯 머릿속에서 울리고 또 울렸다. 그 이름을 자꾸 반복하면 언젠가 무의해질 것처럼. 자신의 이름을 200번쯤 반복해 보라. 그러면 자신이 아무것도 아닌 존재임을 깨닫게 될 것이다. 슬픔은 불가능하다. 리처즈는 그저 모호한 당혹감을 느낄 뿐이었다. 저들이 그를 붙잡아서 숨이 턱에 찰 때까지 몰아붙였고, 결국 그는 그냥 멍청이에 불과한 존재가 되었다. 그는 문득 초등학교 시절 '국기에 대한 맹세'를 하려고 자리에서 일어나다 바지가 내려갔던 어떤 소년을 떠올렸다.

비행기는 계속 웅웅거렸다. 리처즈는 4분의 3쯤 잠이 들었다. 머릿속에서 느리게 사진들이 지나갔다. 전체 사건들이 아무런 감정적 색채 없이 보였다.

그러더니 마지막 사진첩이 나타났다. 경찰 사진사가 껌을 씹으면서 찍은 반들반들한 8×10인치의 사진. 증거물 C, 배심원 여러분. 피로

흠뻑 젖은 아기 침대 안에 찢기고 잘린 작은 시체 한 구, 싸구려 치장 벽토와 10센트에 산 마더구스 모빌에 튄 핏방울과 흘러내린 자국들, 한쪽 눈이 없는 중고 테디베어에 묻은 커다랗고 끈적한 핏덩어리.

리처즈가 갑자기 깼다. 완전히 깨어서 벌떡 일어나, 입을 크게 벌린 채 알아들을 수 없는 비명을 질렀다. 폐에서 뿜어져 나온 힘이 너무 커서 혀가 돛처럼 펄럭거릴 정도였다. 일등석의 모든 게 갑자기 선명해졌고 적나라한 현실로 밀려 들어왔으며 위압적이고 끔찍했다. 공포물을 소개하는 흑백 타블로이드 신문 기사의 거친 현실감이 느껴졌다. 토피카의 창고에서 끌어내어지던 지미의 모습처럼. 모든 게, 모든 게 총천연색으로 너무 현실적이었다.

어밀리아도 동시에 겁에 질린 비명을 질렀다. 좌석에 잔뜩 웅크린 채 눈은 금이 간 자기 문손잡이처럼 커졌으며, 주먹을 통째로 입에 쑤셔 넣으려는 것 같았다.

도너휴가 총을 꺼내 들고 조리실에서 달려왔다. 그의 눈은 작고 열정적인 검은 구슬 같았다. "무슨 일이죠? 무슨 일이 있나요? 매콘?"

"아니오." 리처즈는 심장이 조금 가라앉은 덕분에 쥐어짜거나 다급한 소리를 내지 않아도 되었다. "악몽을 꿨소. 내 딸."

"아." 도너휴의 눈빛이 거짓 연민으로 부드러워졌다. 그는 그런 감정을 잘 표현하지 못했다. 아마도 그는 평생을 얼간이로 살아갈 것이다. 어쩌면 언젠가는 배울 수 있을지도 모르지. 도너휴가 몸을 돌렸다.

"도너휴?"

도너휴가 경계심 가득한 눈으로 돌아섰다.

"나 때문에 많이 놀랐소?"

"아닙니다." 도너휴가 짧게 말하고 돌아섰다. 그의 목덜미는 잔뜩 긴장되어 있었고, 꽉 끼는 파란 제복 안의 엉덩이는 아가씨 엉덩이만 큼이나 예뻤다.

"더 무섭게 해 줄 수도 있소. 코 필터를 빼앗아 버리겠다고 협박할 수도 있었지." 리처즈가 말했다.

'도너휴 퇴장.'

리처즈가 피곤한 듯 눈을 감았다. 반들거리는 8×10인치 사진이 다시 떠올랐다. 눈을 떴다가 다시 감았다. 반들거리는 8×10인치 사진은 보이지 않았다. 그는 기다렸다. 그리고 사진이 (당장은) 돌아오지 않을 거라는 확신이 들자, 눈을 뜨고 프리비를 켰다.

화면이 켜지고, 킬리언이 나타났다.

······마이너스 011, 계속된다······

"리처즈." 킬리언은 긴장을 숨길 생각조차 하지 않고 앞으로 몸을 기울였다.
"제안을 받기로 결정했소."
킬리언이 등받이에 몸을 기댔다. 웃고 있는 건 그의 눈밖에 없었다. "정말 기쁘군요."

······마이너스 010, 계속된다······

"세상에." 리처즈가 말했다. 그는 조정실 문에 서 있었다.
할러웨이가 돌아봤다. "안녕하세요." 기장은 '디트로이트 VOR'이라는 곳과 교신 중이었다. 더닝거는 커피를 마시고 있었다.
쌍둥이처럼 똑같이 생긴 두 개의 콘솔은 아무도 조작하지 않았다. 그래도 마치 유령의 손과 발이 조종하듯 돌고 기울어지고 회전했다. 계기판의 눈금이 움직이고 불빛이 번쩍거렸다. 대량의 지속적인 입출력이 계속되고 있는 것 같았지만······ 누구에게 하는지는 알 수 없었다.
"누가 이 버스를 몰고 있는 거요?" 리처즈가 매혹된 듯 물었다.
"오토(Otto)가 조종해요." 더닝거가 말했다.
"오토?"
"오토는 자동 조종 장치죠. 무슨 말인지 알겠죠? 형편없는 말장난이에요." 더닝거가 갑자기 미소를 지었다. "당신이 팀에 합류하게 되어 기뻐요, 친구. 믿기지 않겠지만, 우리 중 몇몇은 꽤 열심히 당신을 응원했습니다."
리처즈는 별다른 대답 없이 고개만 끄덕였다.
할러웨이가 약간 어색한 분위기를 깨기 위해 말했다. "오토는 나도 무섭습니다. 이걸 사용한 지 20년이 넘었는데도 말이에요. 하지만 정말로 안전합니다. 끔찍하게 정교하죠. 옛날 자동 조종 장치에 오토를 비교하면······ 뭐랄까, 오렌지 상자를 치펀데일 고급 책상과 비교하는 것 같다고나 할까요."

"저리로 가는 게 맞는 거요?" 리처즈가 어둠을 응시하며 말했다.

"네. 목적지 좌표(P.O.D.)를 입력하면 오토가 보이스 레이더의 지원을 받아 비행하는 내내 모든 것을 제어합니다. 이착륙 때나 문제가 발생했을 때 외에는 조종사를 거의 필요 없게 해 버리죠."

"문제가 생기면 당신들이 할 수 있는 일이 많소?"

"기도할 수 있습니다." 할러웨이가 말했다. 아마 농담으로 한 말이겠지만, 그 말은 묘하게도 진지한 울림이 되어 기내에 퍼졌다.

"저 조종간들은 실제로 비행기를 조종하는 거요?"

"위아래로만 움직입니다. 좌우로 움직이는 건 페달로 조정하죠." 더닝거가 말했다.

"아이들이 비누 상자로 만든 경주차 같군."

"살짝 더 복잡합니다. 누를 버튼이 몇 개 더 있다는 정도죠." 할러웨이가 말했다.

"오토가 미쳐 버리면 어떻게 되는 거요?"

"절대로 그런 일은 없습니다." 더닝거가 웃으며 말했다. "만약 그런 일이 발생하면, 그냥 오토를 무시하고 직접 조종하면 됩니다. 하지만 컴퓨터는 절대로 실수하지 않습니다."

리처즈는 떠나고 싶었지만, 회전하는 조종간, 페달과 스위치들이 미세하고 무심하게 움직이는 모습이 그를 붙잡았다. 할러웨이와 더닝거는 다시 자신들의 일로 돌아갔다. 그들은 알 수 없는 숫자들과 잡음으로 가득 찬 통신을 처리했다.

할러웨이가 뒤를 한번 돌아보고는 리처즈가 아직 떠나지 않은 것을 보고 놀란 모양이었다. 할러웨이가 웃으며 어둠 속을 가리켰. "곧 하딩이 다가오는 게 보일 겁니다."

"얼마나 걸리오?"

"5, 6분 정도면 지평선에 보일 겁니다."

할러웨이가 다시 돌아보니, 리처즈는 이미 사라지고 없었다. 할러웨이가 더닝거에게 말했다. "저 사람을 빨리 내려놓으면 좋겠어. 꼭 유령 같다니까."

더닝거가 뚱한 표정으로 아래를 내려다보며 초록색의 빛을 발하는 제어판에 얼굴을 묻었다. "저 사람은 오토를 싫어해요. 알아채셨어요?"

"나도 알아." 할러웨이가 말했다.

……마이너스 009, 계속된다……

리처즈가 엉덩이 폭 정도의 좁은 복도를 따라 걸어갔다. 통신 담당자 프리드먼은 고개를 들지 않았다. 도너휴도 마찬가지였다. 리처즈는 조리실로 들어가 멈춰 섰다.

커피 향이 진하고 좋았다. 그는 컵에 커피를 한잔 따라서 인스턴트 크리머를 타고, 승무원들의 휴식용 의자 중 하나에 앉았다. 사일렉스 커피포트에서 보글보글 김이 올라왔다.

내부가 투명하게 보이는 냉동고에는 고급 냉동 식사가 가득했다. 주류 캐비닛에는 항공용 소형 술병들이 채워져 있었다.

'한번 제대로 취할 수 있겠네.' 리처즈가 생각했다.

리처즈가 커피를 홀짝였다. 진하고 훌륭한 맛이었다. 커피포트가 끓어올랐다.

'내가 여기까지 왔군.' 리처즈는 생각하며 다시 커피를 마셨다. 그래, 그건 의문의 여지가 없었다. 그는 여기에서 커피를 홀짝이고 있었다.

냄비와 프라이팬은 모두 정갈하게 정돈되어 있었다. 스테인리스 스틸 싱크대는 포마이카 소재의 주방에서 크롬 보석처럼 반짝였다. 그리고 전열기 위에서 사일렉스 커피포트가 보글보글 끓어오르며 김을 내뿜었다. 실라는 항상 사일렉스를 갖고 싶어했다. 그녀는 항상 사일렉스가 오래 간다고 주장했었다.

리처즈가 울었다.

스튜어디스만 쪼그려 앉아서 볼일을 볼 수 있는 작은 화장실이 있었다. 문이 반쯤 열려 있어서, 그 안을 볼 수 있었다. 그래, 심지어 그 변기 안에는 소독한 듯한 파란 물이 있었다. 그들은 15킬로미터 상공에서도 우아하고 화려한 화장실에서 볼일을 봤다.

리처즈는 커피를 마시며, 사일렉스가 보글보글 끓으며 김을 내뿜는 모습을 바라봤다. 그리고 울었다. 그 울음은 매우 차분했고, 완벽하게 고요했다. 그의 울음은 커피를 다 마시면서 끝났다.

리처즈가 자리에서 일어나 스테인리스 스틸 싱크대에 커피잔을 놓았다. 사일렉스의 갈색 플라스틱 손잡이를 잡고 들어 올려 커피를 조심스럽게 싱크대에 쏟아부었다. 사일렉스의 두꺼운 유리에 작은 물방울들이 맺혔다.

리처즈는 재킷 소매로 눈을 닦고, 좁은 복도로 돌아갔다. 한 손에 사일렉스를 든 채 도너휴가 일하는 곳으로 갔다.

"커피 마시겠소?"

"아뇨." 도너휴가 고개도 들지 않고 퉁명스럽게 말했다.

"마셔." 리처즈가 말하며, 도너휴의 숙인 머리를 향해 유리 주전자를 있는 힘껏 휘둘렀다.

······마이너스 008, 계속된다······

그 영향으로 옆구리의 상처가 세 번째로 벌어졌지만, 커피포트는 깨지지 않았다. 리처즈는 극심한 난기류에 대비해 깨지지 않도록 뭔가(비타민 B12 같은 거?)로 보강한 것이 아닐까 궁금했다. 커피포트에는 도너휴의 피가 엄청나게 많이 묻었다. 도너휴는 지도 테이블 위로 조용히 쓰러져 있었다. 피가 플라스틱 코팅을 따라 흘러내려 떨어지기 시작했다.

"로저. 신호 감도 양호, C-하나-아홉-팔-넷." 무전기에서 밝은 목소리가 들렸다.

리처즈는 아직도 사일렉스를 들고 있었다. 커피포트에는 도너휴의 머리카락도 잔뜩 엉겨 붙어 있었다.

리처즈가 커피포트를 떨어트렸지만, 쿵하는 소리는 들리지 않았다. 여기도 카펫이 깔려 있었다. 사일렉스 커피포트가 그에게 굴러와, 피로 물든 눈알처럼 깜빡였다. 캐서린이 아기 침대에 누워 있는 8×10인치의 반들거리는 사진이 불쑥 떠올라서 리처즈가 몸을 떨었다.

리처즈가 도너휴의 머리카락을 움켜잡고 죽은 몸을 들어 올려 파란 비행 재킷 안을 뒤졌다. 총이 있었다. 그는 도너휴의 머리를 지도 테이블에 내려놓으려다 멈칫했다. 그리고 다시 더 높이 들어 올렸다. 도너휴의 입이 벌어져 바보 같은 미소를 지었다. 피가 입안으로 흘러 들어갔다.

리처즈가 한쪽 코에 묻은 피를 닦고, 그 안을 들여다봤다.

거기에 있었다. 아주 작았다. 정말로 작았다. 반짝이는 그물망.

"도착 예정 시간 확인, C-하나-아홉-팔-넷." 무전기에서 목소리가 들렸다.

"이봐, 네가 대답해야지." 프리드먼이 복도 건너편에서 소리쳤다.

"도너휴……."

리처즈가 절뚝이며 복도로 나왔다. 몸에 힘이 거의 없었다. 프리드먼이 고개를 들었다. "도너휴에게 일어나서 응답하라고 말해 주……."

리처즈가 프리드먼의 인중을 쐈다. 부서진 야만인의 목걸이처럼 이가 날아갔다. 의자 뒤의 벽으로 머리카락과 피, 뇌수가 로르샤흐의 잉크처럼 튀었다. 그 벽엔 3D 화보 속의 여자가 반들반들한 마호가니 침대의 기둥에 다리를 벌리고 누워 있었다.

조종실에서 비명 소리가 먹먹하게 들리더니, 할러웨이가 문을 닫기 위해 필사적으로 몸을 날렸다. 리처즈는 기장의 이마에 물음표 모양의 아주 작은 흉터가 있는 것을 발견했다. 모험심 많던 어린 소년이 낮은 나뭇가지에서 조종사 놀이를 하다가 떨어지면 생길 법한 흉터였다.

리처즈가 할러웨이의 배를 쐈다. 할러웨이는 크게 충격을 받은 소리를 냈다. "후우우우!" 할러웨이의 발이 허공으로 휙 들리며 얼굴부터 바닥으로 떨어졌다.

더닝거가 늘어진 달덩이 같은 얼굴로 의자에서 몸을 돌렸다. "쏘지 마세요, 네?" 그가 말했다. 그러나 그 말을 제대로 뱉어 내는 것조차 힘들어하는 것 같았다.

"옜다." 리처즈가 친절하게 말하며 방아쇠를 당겼다. 더닝거가 쓰러질 때, 그의 뒤로 뭔가가 터지면서 짧고 격렬한 불꽃이 일었다.

정적.

"도착 예정 시간 확인. C-하나-아홉-팔-넷." 무전기가 말했다.

리처즈가 갑자기 큰 소리를 내며 커피와 담즙을 잔뜩 토했다. 근육이 수축하며 그의 상처가 더 벌어졌다. 옆구리에서 욱신거리는 통증이 느껴졌다.

리처즈는 절뚝이며 조종석으로 갔다. 여전히 복잡한 기계들이 끊임없이 기울어지고 미끄러지며 움직이고 있었다. 계기판과 조종 장치가 너무 많았다.

이렇게 중요한 비행에서는 통신망을 계속 열어 두고 있지 않을까? 당연히 그럴 것이다.

"확인." 리처즈가 대화하듯 말했다.

"혹시 거기 프리비가 켜져 있는가, C-하나-아홉-팔-넷? 신호가 잘 들리지 않는다. 별일 없는가?"

"신호 감도 양호." 리처즈가 말했다.

"더닝거에게 나한테 맥주 사야 한다고 전해 주세요." 목소리가 수수께끼 같은 말을 남기고 끊어졌다. 곧 배경 소음만 들려왔다.

오토가 버스를 운전하고 있었다.

리처즈는 자신의 일을 마저 끝내기 위해 돌아갔다.

······마이너스 007, 계속된다······

"오, 세상에." 어밀리아 윌리엄스가 신음했다.

리처즈가 무심히 자신의 몸을 내려다봤다. 갈비뼈에서 종아리까지 오른쪽 전체가 선명하고 생생한 붉은색으로 물들어 있었다.

"그 늙은이의 몸속에 이렇게 피가 많을 줄 누가 생각이나 했겠는가?"* 리처즈가 말했다.

매콘이 갑자기 일등석으로 달려 들어왔다. 그는 리처즈를 한눈에 훑어보고 상황을 파악했다. 매콘이 총을 꺼내 들었다. 그와 리처즈가 동시에 발포했다.

매콘이 일등석과 이등석을 가르는 캔버스 천 사이로 사라졌다. 리처즈가 털썩 주저앉았다. 몹시 피곤했다. 배에 큰 구멍이 뚫렸다. 창자가 보였다.

어밀리아가 끊임없이 비명을 지르며, 양손으로 뺨을 아래로 당겨 마치 플라스틱 마녀 얼굴 같아 보였다.

매콘이 비틀거리며 일등석으로 돌아왔다. 그는 웃고 있었다. 머리의 절반이 날아간 것 같았는데도, 여전히 웃고 있었다.

매콘이 두 발을 쐈다. 첫 번째 총알은 리처즈의 머리 위로 날아갔다. 두 번째 총알은 리처즈의 쇄골 바로 아래에 맞았다.

---

* 셰익스피어의 희곡 「맥베스」에서 맥베스에게 왕을 죽이라고 설득했던 맥베스 부인이 죄책감에 시달리며 몽유병 상태에서 손을 반복해 씻으며 외치는 소리.

리처즈도 다시 쐈다. 매콘이 방향을 잃고 춤을 추듯 두어 번 비틀거렸다. 손에서 총이 떨어졌다. 그리고 고개를 들어 일등석의 두툼한 흰색 스티로폼 천장을 올려다봤다. 마치 이등석 천장과 비교라도 하는 것 같았다. 그가 쓰러졌다. 사과즙 압착기에서 나는 사과 향처럼, 화약 타는 냄새와 살이 타는 냄새가 선명하고 또렷하게 느껴졌다.

어밀리아는 계속 비명을 지르고 있었다. 리처즈는 그녀의 목소리가 놀라울 정도로 건강하게 들린다고 생각했다.

······마이너스 006, 계속된다······

리처즈는 창자를 손으로 꾹 눌러 넣으며 매우 천천히 일어났다. 누군가가 그의 배 안에 성냥을 켜는 것 같은 느낌이었다.

그는 한 손으로 배를 감싸고, 인사를 하듯 몸을 구부린 채 천천히 통로를 걸어갔다. 한 손으로 낙하산을 집어 들고 질질 끌며 걸었다. 회색 소시지 같은 게 손가락 사이로 빠져나왔지만, 손가락으로 다시 밀어 넣었다. 밀어 넣는 게 너무 아팠다. 몸의 일부를 똥처럼 싸고 있다는 느낌이 어렴풋이 들었다.

"마." 어밀리아 윌리엄스가 신음했다. "마, 마, 마, 맙소사. 아, 맙소사."

"이거 메요." 리처즈가 말했다.

어밀리아는 계속 몸을 심하게 떨고 신음을 내느라 그의 말을 듣지 못했다. 리처즈가 낙하산을 떨어뜨리고, 그녀의 뺨을 때렸다. 하지만 힘이 들어가지 않았다. 그는 주먹을 말아 쥐고 어밀리아를 때렸다. 그녀가 입을 다물었다. 그리고 멍하니 리처즈를 바라봤다.

"이거 메라니까요." 리처즈가 다시 말했다. "배낭처럼. 어떻게 하는지······?"

어밀리아가 고개를 끄덕였다. "나······난 못 뛰어요. 무서워요."

"우리는 추락해요. 뛰어야 해요."

"못 해요."

"알았어요. 그럼 쏴야겠네."

어밀리아가 좌석에서 튀어나와 리처즈를 옆으로 밀치고, 미친 듯이 눈을 굴리며 낙하산 배낭을 당기기 시작했다. 그녀는 낙하산 끈과 씨름하며 리처즈에게서 뒤로 물러났다.

"아니, 그건 아……아래로."

리처즈가 다가오자, 어밀리아는 매콘의 시신 쪽으로 물러나며 빠른 속도로 끈을 매만졌다. 리처즈의 입에서 피가 뚝뚝 떨어지고 있었다.

"이제 링볼트에 클립 채우고. 배……배에."

어밀리아가 떨리는 손으로 클립을 채웠다. 처음에 연결이 안 되자 눈물을 흘리기 시작했다. 그녀는 광기 어린 눈으로 리처즈의 얼굴을 응시했다.

어밀리아는 매콘이 흘린 피에 순간적으로 미끄러졌다가 시체를 넘어갔다.

그들은 그렇게 움직이며 이등석과 삼등석으로 갔다. 리처즈의 배 안에서는 이제 성냥불이 아니라 라이터 불을 계속 가져다 대는 느낌이었다.

비상문은 폭발성 볼트와 조종사가 제어하는 가로대로 잠겨 있었다.

리처즈가 어밀리아에게 총을 건네며 말했다. "쏴요. 난…… 반동을 못 견뎌……."

어밀리아가 눈을 질끈 감으며 고개를 돌리고, 도너휴 총의 방아쇠를 두 번 당겼다. 그러자 탄창이 비워졌다. 문은 여전히 닫힌 상태였다. 리처즈는 역겨운 절망감을 얼핏 느꼈다. 어밀리아 윌리엄스는 긴장한 얼굴로 낙하산을 펼치는 줄을 붙잡고 약간씩 잡아당기고 있었다.

"아마……." 어밀리아가 말하기 시작했을 때, 갑자기 문이 밤하늘로 날아가며 그녀도 함께 빨려 나갔다.

······마이너스 005, 계속된다······

리처즈는 문이 날아간 곳에서부터 마녀처럼 몸을 구부리고 폭풍을 거스르며 좌석의 등받이를 붙잡고 앞으로 나아갔다. 비행기가 더 높은 고도에서 비행해서 안과 밖의 기압 차가 컸다면, 그도 함께 빨려 나갔을 것이다. 하지만 이 상태에서도 리처즈는 심하게 휘청거렸고, 가련한 창자들은 아코디언처럼 쭈글쭈글하게 튀어나와 바닥에 질질 끌렸다. 고도 600미터 상공의 희박하고 날카로우며 차가운 밤공기는 찬물로 얼굴을 후려치는 느낌이었다. 라이터는 이제 토치로 바뀌었다. 그의 내장이 활활 불타는 것 같았다.

이등석을 지났다. 조금 나아졌다. 공기를 빨아내는 힘이 아까보다는 약해졌다. 이제 대자로 누워 있는 매콘의 시체를 넘어서(발을 올려, 제발) 일등석을 지나갔다. 리처즈의 입에서 피가 줄줄 흘러내렸다.

리처즈는 조리실 입구에 잠시 멈춰서 창자를 그러모으려 했다. 그는 얘네들이 바깥세상을 좋아하지 않는다는 사실을 알고 있었다. 조금도 좋아하지 않았다. 모두 더러워지고 있었다. 리처즈는 이런 상황을 전혀 원하지 않았던 불쌍하고 연약한 자신의 창자를 위해 울어 주고 싶었다.

리처즈는 창자를 다시 안으로 넣을 수 없었다. 모든 게 잘못되었다. 전부 뒤죽박죽이었다. 고등학교 생물 교과서에서 봤던 끔찍한 사진들이 눈앞을 스쳐 갔다. 자신의 끝이 다가왔다는 사실을 서서히 힘겹게 깨달았다. 그는 입에 피를 가득 머금은 상태로 처참하게 울부짖었다.

비행기 안에서는 아무런 반응이 없었다. 모두가 사라졌다. 그와 오토만 남았다.

리처즈의 몸에서 선명한 액체가 빠져나가는 동안 세상도 색을 점점 잃어 가는 것 같았다. 술에 취한 사람이 가로등에 기대듯 조리실 입구에 구부정하게 기대고 서 있는 리처즈는 그를 둘러싼 모든 것이 유령처럼 회색으로 변해 가는 모습을 보았다.

'이제 끝이야. 내가 간다.'

리처즈는 다시 소리를 지르며 세상을 고통스러운 현실로 불러들였다. '아직은 안 돼. 절대로 안 돼.'

리처즈는 창자를 밧줄처럼 늘어뜨린 채 조리실을 가로질렀다. 그 안에 그렇게 많은 게 들어 있는 줄은 몰랐다. 너무 동글동글하고, 단단하고, 가득 차 있었다.

리처즈가 자신의 일부를 밟았다. 안에서 뭔가가 당겨졌다. 활활 타오르는 고통의 강도는 믿기 힘들 정도였고, 이 세상 너머의 것이었다. 그는 새된 소리를 내며 반대편 벽에 피를 튀겼다. 균형을 잃고 넘어질 뻔했지만, 벽 덕분에 60도 이상 넘어가지는 않았다.

'배에 맞았어. 내가 배에 맞았다고.'

미친 듯이 그의 머릿속에 대답이 떠올랐다. '타닥-타닥-타닥.'

해야 할 일이 하나 더 있다.

배에 총을 맞는 건 최악이었다. 언젠가 한밤중에 점심을 먹다가 가장 끔찍한 죽음에 대해 토론한 적이 있었다. 리처즈가 엔진닦이였을 때였다. 다들 건강하고 왕성했으며, 피와 소변과 정액으로 꽉 찬 젊은 이들이었다. 그들은 샌드위치를 우적우적 먹으며 방사선 중독, 동사, 추락사, 폭행 치사, 익사 중 뭐가 더 고통스러운지 따졌다. 그런데 누군가가 배에 총을 맞는 이야기를 꺼냈다. 아마 해리스였을 것이다. 일할 때 몰래 맥주를 마시던 뚱뚱한 놈.

'배가 아파.' 해리스가 말했다. '그리고 오래 걸려.' 다들 진지하게 동의하며 고개를 끄덕이긴 했지만, 당시는 고통에 대한 개념이 전혀 없었다.

리처즈는 양쪽 벽을 붙잡고 좁은 복도를 비틀거리며 걸어갔다. 도너휴를 지났다. 프리드먼과 과격한 치과 수술 현장을 지났다. 마비되는 느낌이 팔을 타고 올라왔다. 하지만 배(본래 리처즈의 배였던 그 자리)의 통증은 점점 더 심해졌다. 그럼에도, 그는 계속 움직였다. 리처즈의 망가진 몸은 두개골에 갇힌 미친 나폴레옹의 명령을 따르려 애쓰고 있었다.

'세상에, 이게 진정 리코의 최후란 말입니까?'*

리처즈는 자신의 머릿속에 죽음에 대한 클리셰가 이렇게 많이 들어 있을 줄은 생각도 못 했다. 그의 정신은 안쪽으로 파고들며 마지막으로 과열된 짧은 시간 동안 스스로를 먹어 치우고 있는 모양이었다.

하나. 더. 해야 한다.

리처즈는 할러웨이의 쓰러진 몸 위로 넘어져서 드러누웠다. 갑자기 졸음이 몰려왔다. 낮잠. 그래. 지금 딱이다. 일어나기가 너무도 힘들었다. 오토가 콧노래를 흥얼거렸다. 생일을 맞은 소년에게 잠을 자라고 노래를 했다. 쉿, 쉿, 쉿. '초원의 양, 옥수수밭의 소.'

리처즈가 머리를 들었다. 엄청난 노력이 필요했다. 그의 머리는 강철, 무쇠, 납처럼 무거웠다. 두 개의 조종간이 쌍둥이처럼 춤을 추는

---

* 범죄 영화 「리틀 시저(Little Caesar)」(1931)의 대사.

모습을 응시했다. 그 너머로 플랙시글라스 창문에 하딩이 있었다.
 너무 멀다.
 '그는 건초 더미 밑에서 곤히 잠들었단다.'*

---

* '초원의 양, 옥수수밭의 소'와 '그는 건초 더미 밑에서 곤히 잠들었단다.'는 동요 「리틀 보이 블루(Little Boy Blue)」의 가사이다.

······마이너스 004, 계속된다······

무전기가 불안한 목소리로 꽥꽥거렸다. "응답하라, C-하나-아홉-팔-넷. 고도가 너무 낮다. 응답하라. 응답하라. 우리가 유도 통제권을 넘겨받을까? 응답하라. 응······."

"엿 먹어라." 리처즈가 중얼거렸다.

리처즈가 기울어지고 흔들리는 제어 장치로 기어가기 시작했다. 페달이 들락날락했고, 조종간이 경련을 일으켰다. 새로운 고통이 타올라, 리처즈가 비명을 질렀다. 그의 창자가 할러웨이의 턱에 걸렸다. 리처즈는 다시 기어갔다. 걸린 창자를 풀었다. 다시 기어가기 시작했다.

팔의 힘이 풀리며 잠깐 동안 무중력 상태로 떠 있었다. 코가 부드럽고 푹신한 카펫에 박혔다. 리처즈가 몸을 밀어 올리고, 다시 기어가기 시작했다.

일어나서, 에베레스트처럼 높다란 할러웨이의 좌석으로 들어갔다.

······마이너스 003, 계속된다······

 거기 있었다. 그것이 밤하늘에 네모지고 거대하게 우뚝 솟아 다른 모든 것들 위로 검은 실루엣을 드리웠다. 달빛이 설화석고처럼 그것을 하얗게 물들였다.
 리처즈가 조종간을 살짝 틀었다. 바닥이 왼쪽으로 확 떨어졌다. 그는 할러웨이의 좌석에서 휘청거리다 거의 떨어질 뻔했다. 조종간을 다시 돌렸는데, 이번에도 너무 틀었다. 바닥이 오른쪽으로 확 떨어졌다. 수평선이 미친 듯이 기울어졌다.
 이제 페달이다. 그래. 좀 나아졌다.
 리처즈가 조심스럽게 조종간을 밀었다. 바로 앞에 있는 계기판이 눈 깜짝할 사이에 600에서 450으로 움직였다. 조종간을 천천히 뒤로 당겼다. 그는 거의 앞이 보이지 않았다. 오른쪽 눈은 완전히 안 보였다. 눈의 시력이 한 번에 하나씩 사라지는 게 이상했다.
 "C-하나-아홉-팔-넷." 이제 목소리가 매우 다급했다. "무슨 일인가? 응답하라!"
 "말해, 꼬마야." 리처즈가 갈라진 목소리로 말했다. "멍, 멍."

······마이너스 002, 계속된다······

  거대한 비행기가 은색의 얼음 조각이 미끄러지듯 밤하늘을 뚫고 날아갔다. 공영주택 구역이 찢긴 거대한 종이상자처럼 아래에 펼쳐져 있었다.
  리처즈가 돌진하고 있었다. 게임사 건물을 향해.

······마이너스 001, 계속된다······

 이제 제트기는 신이 손으로 떠받친 듯 거대한 굉음을 내며 운하를 건너갔다. 문간에 서 있던 푸시 중독자가 하늘을 올려다보니 마지막 먹은 마약의 꿈이 그를 환상의 세계로 멀리 데려가는 것 같았다. 모든 음식이 공짜이고, 모든 원자로가 깨끗한 제너럴 아토믹스의 천국으로.
 엔진 소리에 사람들이 문으로 나와서 핼쑥한 불꽃들처럼 목을 빼고 위를 올려다보았다. 유리 쇼윈도들이 덜컹거리다 안쪽으로 떨어졌다. 도로변의 쓰레기들이 미친 듯이 펄럭이며 볼링장 같은 도로로 쓸려 갔다. 경찰이 전기봉을 떨어뜨리고, 두 손으로 머리를 감싸며 비명을 질렀지만, 자신의 비명조차 들리지 않았다.
 비행기는 여전히 하강 중이었다. 이제 은빛 박쥐처럼 지붕들 위를 미끄러지듯 날고 있었다. 우현의 날개 끝이 '글래머 컬럼 매장'의 벽을 겨우 4미터쯤 비껴 갔다.
 전파 간섭이 일어나 하딩 전역의 프리비가 하얗게 변했고, 사람들은 어리둥절하고 두려운 불신의 눈으로 화면을 바라봤다.
 천둥소리가 세상을 뒤덮었다.
 킬리언이 책상에서 고개를 들어 사무실의 한쪽 벽 전체를 가득 채운 통유리 창문을 바라봤다.
 도시 남부에서 크레센트까지 이어지며 반짝거리던 도시의 전경이 사라졌다. 창문 전체를 가득 채운 것은 다가오고 있는 록히드 트라이

스타 제트기였다. 비행기의 야간 항행등이 깜빡였다. 그리고 완전한 놀라움과 공포, 의혹의 광기가 휘몰아치는 찰나의 순간에, 킬리언은 자신을 노려보는 리처즈를 볼 수 있었다. 리처즈의 얼굴은 피범벅이었고, 그의 검은 눈동자는 악마의 눈처럼 불타고 있었다.

리처즈가 씩 웃었다.

그리고 킬리언을 향해 가운뎃손가락을 치켜들었다.

"젠장……." 킬리언이 뱉을 수 있는 말은 그게 다였다.

······마이너스 000, 계속된다······

    살짝 기울어진 록히드 제트기가 게임사 건물 상층부 4분의 3 지점에 정확히 꽂혔다. 연료 탱크에는 아직 4분의 1 이상이 남아 있었다. 제트기의 속도는 시속 800킬로미터를 약간 넘었다.
    폭발은 무시무시했다. 신의 분노처럼 밤하늘을 밝혔고, 스무 블록 떨어진 곳까지 불덩이가 비처럼 쏟아졌다.

옮긴이 | 최세진

SF 전문번역가. 옮긴 책으로 『독쑤기미: 멸종을 사고 팝니다』, 『로즈웰 가는 길』, 『크로스토크』, 『베스트 오브 존 발리』, 『베스트 오브 코니 윌리스』(공역), 『리틀 브라더』, 『홈랜드』, 『별의 계승자 2: 가니메데의 친절한 거인』, 『별의 계승자 3: 거인의 별』, 『별의 계승자 4: 내부우주』, 『별의 계승자 5: 미네르바의 임무』, 『우주복 있음, 출장 가능』, 『별을 위한 시간』, 『온도의 임무』, 『계단의 집』, 『마일즈 보르코시건: 바라야 내전』, 『마일즈 보르코시건: 남자의 나라 아토스』, 『SF 명예의 전당 2: 화성의 오디세이』(공역), 『SF 명예의 전당 3: 유니버스』(공역), 『제대로 된 시체답게 행동해!』(공역) 등이 있다.

러닝 맨

1판 1쇄 찍음 2025년 9월 5일
1판 1쇄 펴냄 2025년 9월 12일

지은이 | 스티븐 킹
옮긴이 | 최세진
발행인 | 박근섭
편집인 | 김준혁
책임편집 | 장은진
펴낸곳 | 황금가지

출판등록 | 2009. 10. 8 (제2009-000273호)
주소 | 06027 서울 강남구 도산대로 1길 62 강남출판문화센터 5층
전화 | 영업부 515-2000 편집부 3446-8774 팩시밀리 515-2007
홈페이지 | www.goldenbough.co.kr

도서 파본 등의 이유로 반송이 필요할 경우에는 구매처에서 교환하시고
출판사 교환이 필요할 경우에는 아래 주소로 반송 사유를 적어 도서와 함께 보내주세요.
06027 서울 강남구 도산대로 1길 62 강남출판문화센터 6층 민음인 마케팅부

ⓒ황금가지, 2025. Printed in Seoul, Korea
ISBN 979-11-7052-650-6 03840

㈜민음인은 민음사 출판 그룹의 자회사입니다.
황금가지는 ㈜민음인의 픽션 전문 출간 브랜드입니다.